贺州文学作品选

杨剑华 主编

团结出版社

图书在版编目（CIP）数据

贺州文学作品选 / 杨剑华主编. -- 北京：团结出
版社，2024.8
　　ISBN 978-7-5234-0967-1

　　Ⅰ.①贺… Ⅱ.①杨… Ⅲ.①中国文学-当代文学-
作品综合集 Ⅳ.①I217.1

中国国家版本馆 CIP 数据核字（2024）第 099645 号

出　　　版：团结出版社
　　　　　　（北京市东城区东皇城根南街 84 号　邮编：100006）
电　　　话：（010）65228880　65244790
网　　　址：http：//www.tjpress.com
E － mail：zb65244790@ vip.163.com
出版策划：力扬文化
经　　　销：全国新华书店
印　　　刷：四川科德彩色数码科技有限公司

开　　　本：180mm×230mm　1/16
印　　　张：26.25
字　　　数：443 千字
版　　　次：2024 年 8 月第 1 版
印　　　次：2025 年 1 月第 1 次印刷

书　　　号：ISBN 978-7-5234-0967-1
定　　　价：128.00 元（全二册）

出品单位：中共贺州市委宣传部
　　　　　贺州市文学艺术界联合会
支持单位：贺州市文化广电和旅游局
　　　　　贺州市民族宗教事务委员会

主　　编：杨剑华
执行主编：冯　昱　孟　菲

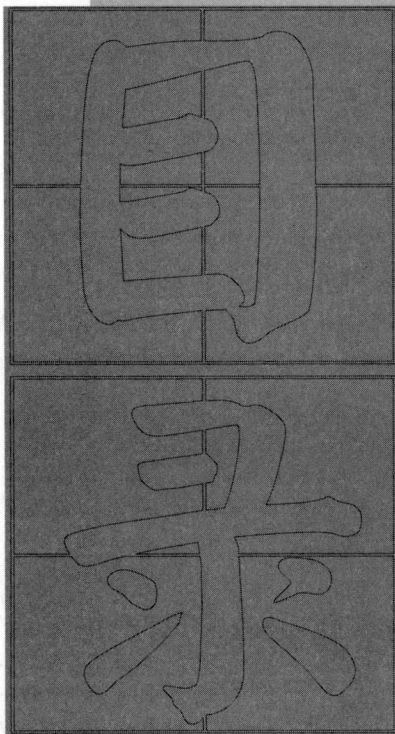

目录

风 光

风　俗

风 华

风 潮

风光

贺州纪事（组诗）

娜仁琪琪格

娜仁琪琪格，女，蒙古族。生于内蒙古，长于辽宁朝阳。中国作家协会会员，一级作家。大型女性诗歌丛书《诗歌风赏》主编。参加诗刊社第22届"青春诗会"，著有诗集《在时光的鳞片上》《嵌入时光的褶皱》。诗集《在时光的鳞片上》入选21世纪文学之星丛书。现居北京。

探访潇贺古道

"古道、西风、瘦马"
我的大脑闪跳出这三个词，混沌的事物似乎
清晰起来。
在岔山村古道的青石板上行走，就是走在
古老、狭长的隧道
我们要探访的是久远的历史
去搬动岁月往复的积压、重叠

瑶族风雨桥、寂寥的戏台、旧居老屋
砖头、石器、苍老的树木，都是我们翻动的
书页——
那些湮没的、喑哑的、沉寂的

都在潇贺古道，发出声音。

是什么借助苔藓、紫罗兰，在斑驳的墙体上
探出头来回眸、侧目，
伸展婀娜。我听见曼妙的声音
如丝竹、棉锦之经久
我看见烽烟、战火
疾驰的马蹄。古道、长亭，它的跌宕
起伏，从秦时明月、汉时关
蔓延进，今天的一带一路
这古老的海陆丝绸之路，这崭新的海陆丝绸之路
是多么浩荡的贯穿与绵延

前路漫漫、历史磅礴，未来是多么令人期待
当我从古道、山林，折返回岔山村
再次看到在树荫下卖杨梅的老人，在巷道中玩耍的孩子
都觉得他们是故人。
我伸手触摸斑驳的墙，触摸时光的记忆
油茶、梭子粑粑、剔透如水晶的凉粉
依然是旧年的味道

登高，望九天瀑布

这注定是一次匆忙的行程，去拜谒九天瀑布
准以40分钟返回。我首先想到的是快马加鞭
马不停蹄
"仙女一样的瀑布"一定是玉立云霄上
终于来到

又怎可不一睹芳容？

走在前面的徐国志、胥得意，一个警察，一个军人
他们在前方开路
大步流星、疾风闪电，转眼就消失在了
逶迤的栈道，丰茂的丛林
我和从赤峰来的同族妹妹赵广贤，必须用上多年修炼来的
淡定与从容，我们要不急不缓
登上耸立于云霄的高峰。

茂密的大树举着大伞，垂落阴凉，雨后的空气清新怡人
每一口呼吸都是清透，都是舒爽。
我们借着青石的台阶，一步一步长高
我们借着逶迤的栈道，学流水潺缓、柔韧坚毅
茂密的植物用水嫩的芬芳洗涤着我们的肺腑，又把我们浸染。
水流激越，汩汩淙淙在石头与树木间
撞击着和鸣。迤逦、清透、磬音响亮
自然之声是多么和谐、美妙。如果你没来姑婆山
没穿越九天峡谷，
哪里知道什么是和悦，什么是天籁？

我们说：
即便这样走着，听听流水的声音就好
如果不想走了，在水边静静地坐一坐也好
而"仙女一样的瀑布"，玉立白云间向我们发出了邀请
激荡在岩石上的白色花朵，每一朵都是她的笑颜
欢愉奔跑的溪流，每一条都是她的使者
这偶然的汇合修炼了千年，又怎能不抵达？

一路的欢愉、美妙，还有感动相伴
当我们的脚步放慢，当我们情不自禁

在某一处停下来观望、拍照
当我们调整着呼吸，停住脚步
来自浙江的山哈和湖北的谭成举，一直走在我们身后
我的感动在山水间回响
感激的话却只有一句：你们是我们此行的护法神啊
在尘世，总有温暖、感动在某一刻突然降至
让已是厌倦，疲惫的人陡然生出眷念与感恩
两个绅士断后保护
行走在仙山，我们匀长的耐力，笃定了安稳。

迤逦向前，一再被升高、被滋润
浓重地清凉袭来，已是闻到瀑布的气息，透彻、沁骨
而后就是巨大的喧响——
九天瀑布，它的悬落、飞倾之姿出现在我的视野时
世界是顿然，开阔、高远
羽衣飘飞、清逸洒脱、仙风袭袭
我站在飘舞，飞溅的水花中沐浴天恩
不知今夕是何年

访奔马瀑布

从白云的深处驶来，携带着天庭的信息
缥缈、迅疾

是奔涌浩荡中，分离出来的一支队伍
是风驰电掣，汇集的一条壮阔的银河
携带着风雷闪电。降落，就是奔突
就是冲锋，就是所向披靡

英姿飒爽——

悬然飞倾、纵身跌落
就是敞开的——
水推涌着水，风推涌着风
白云推涌着白云
将醒世的清凉，剔骨的透彻
倾泻、挥洒
那些纷乱又有序的美

沐浴过天水，领略过奔腾激荡的人
生命中已是注入奔放不羁，骁勇善战
又柔软仁善的精魂

总是要离去。转身，我看到栈道上满地黄花
这花絮，也曾纵情歌舞
跌落漫天飞云红晕

夜宿酒壶山宾馆

一声婉转清澈的鸟鸣把我从沉睡中喊醒
它的嗓子中定是含着百灵仙草。它是刚刚啜饮过姚江的水
来喊我——
那香气与清透，是向我倾洒的第一缕晨浴

我从酒壶山宾馆舒软洁白的床上欣欣然起身
迅疾地打开窗帷，就看见雾岚推着叠嶂
向我涌来——

真武、隔江、叠螺、天马
这些碧绿的山峦，它们不是山峦
是仙人借着微茫的晨光，在涌动的云雾中
向我展示的
一枚又一枚巨大的软玉
我伸出手，欲触摸：
"物华天宝，每一枚都是葱茏茂盛、各赋天姿"

晨光，黄姚古镇

那只将我从沉睡中唤醒的小鸟，它啁啾婉转的歌鸣
实在好听。我认定她是上天派来人间的使者
我认定它是黄姚古镇最美的精灵

它用滴翠的鸣叫，唤醒我
我叫它：小姐姐
它用滴翠的鸣叫牵引
我看到，雾岚推涌着山峦
我叫她：小姐姐
惊艳间，我看到，神仙在人间行走
神与人离得这么近，这么近

我来到古老的龙爪榕下
晨光温存，轻抚它八百多年的古老身躯
听到厚重的喘息，它沧桑的力道开始讲述
青石板上跌宕的历史——

小桥，流水，绕过紧密的人家

昨夜的灯火，安静，迷离的梦幻，呓语
已经退转到更深的梦里。
我看着，姚江正温婉、柔情
串连起一块块碧玉
——酒壶、真武、鸡公、叠螺、隔江、天马、天堂
牛岩、关刀九座山脉
它们又穿连起姚江、小珠江、兴宁河，
蜿蜒旖旎、丰茂娇娆、千姿百媚，
激越、低缓
在古镇汇合交融。

姑婆山，惜缘

当厚重的云稀薄在天际，已经在高速上开过去的大巴
调转身来，姑婆山在擦肩而过后，又得相逢。
这陡转的行程，充满了戏剧
一波三折，牵动人心
而我笃定的信念，充满感恩。

我不会写下《过姑婆山而不入》了
慢慢升上心头的遗憾已成喜悦。喜悦在前方引路
喜悦在天空，越来越清晰明澈
一次又一次漫上天空的云
在我们抵达姑婆山的那一刻
迅速撤去。让出天空的碧蓝、清澈的蓝、水蓝
白云悠悠、微风轻袭

我的每一步行走都是感恩，每一次眺望、凝神

都是珍惜、感念。
姑婆山丛林茂密，栈道清润
天水洗过的清洁，是为了我们的到来。
姑婆山，你的声音是多么和悦
它是清泉石上流，瀑布落九天
它是鸟鸣涧，仙子笑

我站在姑婆瀑布下白衣翩然，长发飞动
就还了魂。
想为这倾泻的白云
碧绿的悬崖、激荡的川流、飞溅的水花
添加一抹红——
抖开长长的红丝巾，又把她披在肩上

仙人的幻化

我是被仙风吸引，被柔韧的力吸引
被那一树跳跃的白色的火焰
吸引，被娇娆的舞姿征服

所有来到的人，都抢着在姑婆瀑布下
拍照，仰望疾驰倾泻的速度
仰慕壮观、倾慕强大
而我，一眼就看到了一树洁白
它的清雅

在瀑布轰然跌落的宏大音响里
我听到的声音，清丽、婉约

飘动淡淡的芬芳，它袅娜在水边
临水照影、顾盼生姿
它的俊美

我与它合影，在风中飘动着长长的白裙
我与它合影，披上红艳的丝巾
我与它合影，彼此倾慕
我与它合影，灵犀相通

我们的队伍向下一个景点行进
所有人都已离开，我是多么不舍
当我驻足再次回首，看见它在姑婆瀑布下
沐风、沐水，在水边玉树临风
那柔韧的力道

蓦然间，我看到花树不是花树
而是仙人的幻化

[原载于《贺州文学》2018年第5期]

夜走黄姚古镇

大　解

大解，1957年生，河北省青龙县人。著有诗歌、小说、寓言等多部，作品曾获鲁迅文学奖等多种奖项。现居石家庄。

凌晨一点进入黄姚古镇，风在身后跟随，
时而超过我，走进弯曲的小胡同。

石板路通向深处，地上似乎抹了油，
有光，滑腻而不流动。

直角的墙壁，三角形的月光，
大哥形状的拐角，老房子的阴影，

都是安静的，只有屋顶后面的月亮，
会突然闪现，发出空虚的喊声。

月亮有恐高症，可能是吓坏了，
我若是个透明体，不至于那样。

今夜，有人在梦里等我。
有一个民宿，为我虚掩着木门。

在黄姚古镇，脚步越轻，心越稳，
石板路越弯曲，越是捷径。

后来，我在路上遇见了一个朋友，
他叫田湘，他用笑容迎接我。

这个夜游的家伙，怀抱一本书，
正在空气中寻找诗神。

[原载于《诗刊》2020年8月号下半月刊，2020年
"黄姚诗会"系列诗歌活动作品]

黄姚三题

石才夫

石才夫，笔名拓夫，广西来宾人。中国作家协会会员。现任广西文联二级巡视员、副主席、中国作家协会第十届全国委员会委员。1982年开始发表作品。著有散文随笔集《坐看云起》、散文集《天下来宾》、诗集《以水流的姿势》《八桂颂》《流水笺》《新时代颂》等。《八桂颂》获第八届广西文艺创作铜鼓奖。

黄姚四韵

一

在无数次有关旅程的回想里
我总是遇见一个柔美的黄姚
那里的流水
刻下无波的印记
那里的风
吹过脸颊不着痕迹
像多年前的那个春天
你穿一件火红的裙子
站在桥边，说：
什么时候，我们一起
去看杜鹃？

二

在无数次关于诗的构思里
我写下一个恬静的黄姚
光滑的青石板上
永远定格的鲤鱼腾跃
经年的时光打磨
黄泥墙上的紫藤和瓜秧
直到江边的那株紫薇
独自开花，落叶
像是一场漫长等待
又像是刚刚转身离开

三

在无数次深夜的相思里
我拥抱一个妩媚的黄姚
丹凤眼，卧蚕眉，肌肤胜雪
一座古城的无尽风光
也无法遮掩
你的一颦一笑
感谢那些无法改变的安排
让我们有那么多相见的美好
我一次又一次来到这里
只不过是为天上的思念和别离
在这尘世间
做一个鲜活的注脚

四

在我最初的关于爱的记忆里
有一个深情的黄姚
筑一座城池，引一湾水流
让大树天天长高
古戏台上的家国故事
上演坚守、牺牲、奉献
人们在这里驻足，思考
如果可以回到从前
是否还相信自己的选择
就是人间正道
我是一定还会再来的
这一腔诗意、满怀思念注定
属于黄姚

　　［原载于《民族文学》2021年第10期，"多民族文学名家走进黄姚古镇暨2021《民族文学》创阅中心（创作基地）培训改稿班与经验交流座谈会"系列活动作品］

黄姚四意

一

是临江仙
也是声声慢
唱黄姚
不宜水调歌头

小桥一句
流水一句
最后一句
放在斜阳里

二

是大写意
也是细工笔
画黄姚
需要松烟老墨
一泼是春雨
一抹是竹枝
最后的题款
印在月色里

三

晴也好
雨也好
四时皆宜到黄姚
春看风吹柳
夏随云逍遥
秋寄一片叶
冬饮炉边烧

四

写黄姚
我要把你带上
最好是在小巷的拐角遇上

那些花啊草啊
都是熟悉的眼角眉梢
没有长亭短亭
只剩夕阳古道
大榕树下那座鸳鸯桥

[原载于《贺州文学》2021年第1期]

黄姚四境

静

山静，日子也静
叶落地上
鸟宿池边
月上梢头
脚印贴着青石板
静里乾坤大啊
你用雨点轻轻呼唤
我心里就被砸了一万个窟窿

月

夜色如幕
月便是心灯
我们从远处来
从前世来
在这里悟盈亏圆满
悟光阴

悟相见和分别
把一块青石板磨平
需要多重的时光

空

空巷无人
一棵古榕，中间是空的
一个小镇空的时候
一座城也空了
兵马撤了
繁华散了
我来了
你走了

远

桥架起来
路便远了
水流无声
秋天便远了
门吱呀打开
燕子飞远了
我把身子尽量贴近你
因为
离别
不远了

[原载于《贺州日报》2020年10月20日，
《贺州文学》2021年第1期]

龙爪榕

钱利娜

钱利娜，女，浙江宁波人。出版有诗集《落叶志》等四部，长篇非虚构作品《一个都不放弃》。两次获得浙江省青年文学之星优秀作品奖，并获首届人民文学新人奖、浙江省优秀文学作品奖、於梨华青年文学奖大奖，参加31届青春诗会。作品在《诗刊》《人民文学》等发表，诗歌十余年入选国内各类年度选本。

黑暗吮吸着你
直至与你达成契约，要从大地深处
长出反骨
曝于阳光之下
要做最硬的木头
让斧头上的火焰退去，寂静缓缓燃烧
要悄悄盛开着
用绿叶与阳光的交谈
为路人递上一角的阴凉
要把风送来的小秘密
都结出果子
它们的甜，让一只赶路的蚂蚁
举起了星空

[原载于《诗刊》2020年8月号下半月刊，2020年"黄姚诗会"系列诗歌活动作品]

黄姚记

李 速

李速，女，诗人，祖籍湖南岳阳。获2014年《现代青年》年度最佳诗人奖。作品散见于《诗刊》《十月》《青年文学》等刊物，入选多种诗歌选本。出版诗集《正红色》《星星的遗墨》二部。2010年度举办个人作品研讨会。

鼓楼牌匾之下匆匆掠过是我
清溪流水悱恻阵，穿行是我
我来，想把一些尘世的纠葛如实抖落
或许在晨起梳头时能够遇见另一个自己
眉眼清晰

"每一座小青山都俊朗
拱桥，楼阁，寂夜里的橙色灯笼
遗世孤立的
其实没有什么真的被遗忘
没有任何一个故事
不值得回味"，在一块青石板上驻足
我抬头，老房子的斑驳白墙上有什么
仿佛历历在目，譬如那不知名者的画笔曾描述：
秀美的龙，稚气的凤

参天大树下奔跑与追逐有着十个孩童
事实上，古老的树，她是如何将我们沉默注视
她的眼中，所有人，不过就是一百个孩童
一千个孩童，各自持有闪亮的或凝重的容颜
荒凉来过，盛世来过

也不知那伏地的石蝙蝠，它曾被多少心灵托付
虔诚，夙愿与美梦。一再驻足
我双手合十为之深深鞠躬：智慧的神灵
愿你庇佑这片温良土地如同经年我被你庇佑——
愿她从此步履轻快，愿她路途通达
愿她寂寥之后，备受恩宠

[原载于《诗刊》2020年8月号下半月刊，2020年"黄姚诗会"
系列诗歌活动作品]

黄姚古镇

林何曾

林何曾，笔名少爷、阿少，1979年生于莆田仙游。与友人创办突围诗社，主编《突围》诗刊。有作品入选《人民文学》《诗刊》《星星诗刊》《诗歌月刊》《诗选刊》等，入选《天涯》"21世纪诗歌精选之八"，《中国诗歌选2004—2006卷》《2008—2009中国诗歌双年巡礼》《2009中国诗歌选》《十年诗选：2000—2010》《2011—2012中国诗歌选》《2013中国诗歌选》《2013年中国诗歌排行榜》《新世纪诗典》等选本。2013年参加《人民文学》第二届"新浪潮"诗会，获第二十届云里风文学奖。

鼓楼牌匾之下匆匆掠过是我
清溪流水悱恻阵，穿行是我
我来，想把一些尘世的纠葛如实抖落
或许在晨起梳头时能够遇见另一个自己
眉眼清晰

"每一座小青山都俊朗
拱桥，楼阁，寂夜里的橙色灯笼
遗世孤立的
其实没有什么真的被遗忘
没有任何一个故事

不值得回味"，在一块青石板上驻足
我抬头，老房子的斑驳白墙上有什么
仿佛历历在目，譬如那不知名者的画笔曾描述：
秀美的龙，稚气的凤

[　原载于《诗刊》2020年8月号下半月刊，2020年"黄姚诗会"系列诗歌活动作品　]

林何曾·黄姚古镇

在黄姚

冯艳冰

冯艳冰，女，《广西文学》编审、副主编，广西民族大学创意写作中心文学坊导师。曾获2023年"全国文学报刊联盟奖·骨干文学编辑奖"，出版有文化随笔集《名编访谈》《〈红楼梦〉与为人处事》等。

天地多么仁慈
允许前朝私藏了
这面
时光之湖

与蓄水的湖泊相似
这儿也有微风吹过
降临的每一个黄昏
都如一阵又一阵的水波
拍打着光阴的记忆

远足的客人
都是
最诚实的垂钓者
有涟漪在他们的脸颊

荡漾开去

那些在眉眼间
收藏了星辰的过客
如出走半生归来仍然的少年

他们侧身让过
那些像风一般跑去的孩子
惊愕　羡慕地看着他们
遗下推搡嬉戏的童音
落在光滑的石板路上
又往高处弹了回去
窄窄的巷子里
哪里都是他们的声音

被旧时光裹身的黄姚
多像他们从小长大的地方
门环接着门环
屋檐挨着屋檐
人间的烟火遮去一半
世事的光阴又遮去一半

这里有三江七门
但圣旨永远也无法送达

［ 原载于《诗刊》2020年8月号下半月刊，2020年
"黄姚诗会" 系列诗歌活动作品 ］

冯艳冰·在黄姚

黄姚的十二月

罗 曼

罗曼，1992年生于北京，中国诗歌网编辑，曾获樱花诗赛二等奖，全球华语大学生文学奖（新诗组），工商银行杯全国高校征文优秀奖（散文组），诗作见于《诗刊》《诗林》等。

心电图般陡峭的群山
遗世、孤傲，像是拒绝
暮色四合我们驱车
深入，黄姚的十二月

得裹紧外衣，箱子提着
小狗慌乱撞向你，颠簸的
灯笼下憧憧人面，这个夜里
影子太快，步伐就不真实起来

就好像天外飞仙，我们
过河，不宜久留，慢了会被定格
被捕捉，寒气从亭台和溪涧
点点渗出，让月色更清冷

让我们，像是从古代，迢迢而来
下石阶，看到水塘隐于林荫
氤氲了尘寰，窄窄的灰色石桥
不知通向谁的哪段往世

这样平和的人家，这样晴好的日子
跳皮筋的女孩们，熟睡的猫猫狗狗
没有谁认识我
没有一处房屋是我们的

三角梅肆无忌惮地开，柿饼铺平
在太阳底下晒，走近了辨识
墙上的民国电灯广告
——请用国货

哦，这南方的冬月！

竹子累弯了腰，水呈断魂的青绿
方形古井，一个用来浣衣，一个洗菜
另一个就来承载你我无处安放的倒影

打石板街走过，再亲密的友人
也仿佛只是不折不扣的过客，而每位陌生人
又仿佛前世的爱人

黄姚有的是绵延的时间
此地宜相遇，不宜告别
且坐吃茶，日光倾泻而下

照出我们短暂而贫瘠的一生
黄姚记得这一切，蛇状顽石记得

女贞树下你说，"诗要写得险"
不说喜欢，而说，要夺她的命

明天清晨我将重新梦到黄姚
看见叠叠青山淹没在雾霭中
仿佛波纹，仿佛永不枯竭的爱

[原载于《诗刊》2020年8月号下半月刊，2020年
"黄姚诗会"系列诗歌活动作品]

世外黄姚

震 杳

震杳，本名刘洋，1982年生，黑龙江大庆人。中国诗歌学会会员，黑龙江省作家协会会员。作品见于《诗刊》《芳草》《星星》《山东文学》《星火》《延河》《草原》等。获第四届诗河鹤壁大赛一等奖、中国（东莞）森林诗歌节大赛一等奖，2021年获诗探索·第六届中国诗歌发现奖。

一

村子老于戏台，戏台老于《桃花扇》
《西厢记》《刘三姐》
这些戏，又纷纷老于李香君、崔莺莺、刘三姐
细长的嗓音一起
人们就聚拢来，茶碗与竹椅，青山端着绿水
也来听。

一位李香君出家当了道士，又来了一位
血溅桃花的李香君；
一位崔莺莺有情人终成眷属，又来了一位待月西厢
愁眉不展的崔莺莺；
一位刘三姐唱过山歌走了，又来了一位唱水歌

的刘三姐

此类事光听不过瘾，还得眼见，眼见不过瘾
还需一次次重来。能比黄姚更动人的
就是这些女子婀娜的命了
演员们在后台，一捧清水就卸了妆
古戏台的妆，则有风雨一点一点来剥蚀

二

曾有仙人在这沐浴，对此，我深信不疑
如许清澈的水前，谁不想一洗风尘

仙人古井的水，顺着青石板
依次而流：第一口井饮用
第二口井淘米洗菜；剩下三口洗衣盥手
流过五口井，它就算本地人了
女人们心上的事，与手头的活儿
全瞒不住它

仙人古井的心事，月亮看出来却不说
它在清波里仔细摸索
当年仙人遗留的蛛丝马迹。它剥开一朵水花的
时间，约等于少女
变成老妪

三

必须得用青石铺路，自己走完，儿孙还得走
儿孙走完，风雨的车马也要走
有时，流水上岸

飞鸟还俗，都要打此过

可路还是不够硬。先祖们在上面走着
走着，就消失了，陷了进去
风雨跑着跑着，就悄没声息
西去的落日，双脚从不沾地，只把长长的衣摆
拖过街巷

在鲤鱼街，那条平地跃出的石鱼
仍像谶语昭证着：
时间中一切皆是河流，不存在坚硬之物。
因此这道青石路，不过是条清波河
你看，雨后那些粼粼的闪光，皆不可渡

四

不是山水，或曲折的小巷
让黄姚慢下来
而是那些柱上的楹联，门楣上的匾额
不断喊住你
要与你交谈

它们有的来自清，有的来自明
有的来自左手，或右手；
来自楷书的，字正腔圆
来自隶书的，爱用尾音
大篆路最远，带着青铜的瓮声瓮气

但它们又十分严谨：多不过十几字
短仅有两三字
仿佛已算准你厌倦了尘世的长篇大论

它们只点到为止
点不到的，也止

五

山水环绕的古老村镇，里面再有一株古老的树
这就更像一个仙境了

在黄姚，参天蔽日的龙爪榕，代表着一切
鸡鸣一片叶，犬吠一片叶，婚丧嫁娶各一片
曾来过的，和未至的
已说出口的，和滞存胸间的，都被它
无所不包的生涵盖

盘根错节，枝条万千，它引起的惊叹与折服
将在我们的一生里不断回响
很显然，张开的巨爪，与既定目标之间
有什么仍隐而未现

因此，我们可以继续在它身畔
生活几百年，甚至上千年。我们还可以将自身
的短暂之苦，与它的漫长之苦
相互参照

六

大多数村落，像茅草一样，是散生的
开始有一两家，然后是四五家
慢慢连成片，鸡犬相闻，人烟飘飞
就成了村镇

而黄姚一落生，便已完成全部的构想
每条街巷，每块青石
按照九宫八卦，都有着命定的位置

我猜这座迷宫的用途有二：不让外界的喧嚷
闯进来；也防止里面的人
一不小心就走出去

当初建镇的人，本还有更多谋划。但有人提醒他
在山水间，我们的打算多少都有些可笑
于是，就此作罢

[原载于《贺州文学》2020年第1期，获2019 "黄姚诗会"
主题征文一等奖]

震 杳 · 世外黄姚

黄姚抒情（组诗）

乡下刚子

乡下刚子，本名陈刚，甘肃天水人。新疆作家协会会员。作品散见报刊。

愿 望

我看见许多人，来自柔软的江南，
也来自烈性的北方。走进这座古镇前，
先停好车，也把疲惫和欲望停在镇外。

轻身的人们，走在石板上，步履轻盈。
他们把肠胃交给食物，眼睛交给风景。

把他们自己，交给此刻。内心的大海
被历史掀起波涛。从书中读来的
远不及亲历，更让人迷醉。

这时，你对着鱼灯，只能许一个愿望——
成为柔烈适宜的黄姚古镇中，一个平民。

把清贫的爱情搬到黄姚

半袋子大米，一串腊肉
半截水缸，一座小石磨
书一本都不要，在临近姚江的
小院落住下来，读黄姚

信步走在街上，我会重新遇见你
爱情会从沉默的岩石中发芽
像我们身后的龙爪榕，喷薄出绿意
让我们像枝丫间的鸟儿
接受阳光，重新生活

某个正午，我从门楼远眺回来
看见你，用仙人古井打来的水
洗衣服。你哼着小调
把那件洗净的白衬衫
拧云朵一样拧干，并挂上蓝天
几只鸟儿，正从高处飞临

柚子灯

我们到带龙桥去，和大家一起
看灯。从河水中飘来的
一盏盏亮着的灯，
一个个心愿
在河流中找到了家。
我抢到的柚子灯，和你抢到的
一样美好。

黄姚日常

清晨鸟儿站在榕树上，用淳朴的声音，叫醒你
人们在花雕床伸懒腰，用清冽的水梳洗，
围着八仙桌吃完早餐，一日重新打开。
老妇人用一口小锅煎糯米笋，滋滋作响的
是平常的幸福，滋味正好
挑担子的大叔，吆喝声穿过街道
一些妇人，挺着肚子站在墙根下
被日光恩宠，几个孩子跑来跑去
嬉闹一阵，又把鸟鸣归还祠堂……
几个外来的画家，低头作画
他们的画板上，停着下午的阳光

小客栈观景

那日落雨，你在安乐街的小客栈住下来
在二楼，透过窗子，眼中的黄姚
小景精致。有水清澈，水上飞桥
桥旁有亭，亭内有人，眼神温柔
这一方水土，像一位来自宋朝的故人
在雨中，慢慢向你走来

浅夜在街上走一走

夜色是轻纱，时辰正好，如无睡意
就到街上走一走。
一本千年的书，翻开它，轻些
花开一样轻，走在石板街道

光影碎碎，映在上面，像史书中的字
诉说着一方水土的旧史。
青砖房在红灯笼的光晕中羞涩
这镇子，多像一位俏俏的佳人
端庄温婉，在夜色中等你回来
从巷子深处飘来酒香
你闻一闻，就醉成新郎。

[原载于《贺州文学》2020年第1期，获2019"黄姚
诗会"主题征文一等奖]

黄姚古镇 （外二首）

仲 媛

仲媛，女，2004年开始发表诗歌，有诗作散见《诗刊》《扬子江诗刊》。

要想翻晒人生，就架起古戏台，
要想燃起信仰，就建起安乐寺，
要想统一此岸和彼岸，就筑起带龙桥，
要想咀嚼永恒，就到黄姚古镇来，
在千年里，走一回。
在小镇，你要一步三回头，
才能解开光阴的纽扣，
才能捡到几粒岁月消化不了的舍利。
在守望楼，她望过"来路"，也望过"去路"，
却望不见脚下的路。已是霜降，
青石板上结着霜花，仿佛爱
落地后凝结成的碎裂声。巷子不宽，
一个个拐角不断地矫正着方向，
仿佛一个人在和命运角力，硬要
掰出一个九宫格的圆满。

她在一块青石上小息，
把孤独别在岁月的胸口上——
历史里从来都是孤家寡人，唯有蝶获得了永恒。
她步着姚江的微澜走，
让自己成为一条江的闲章，
盖在两岸事物的晃动里，仿佛
就此脱卸了茫茫心事。
临水几棵石上榕，深入人间数百年，
不懂爱情，只知顺应天地运转。
所谓永恒，不过是
某一瞬间不断氧化的漫长过程。
她站在佐龙桥上，牵着两岸，
一心想与自己和解——

鲤鱼街

总有什么会破石而出，比如
一条鲤鱼，或是其他什么炽热的渴望。
（有人打破生活的边框，把诗意和远方泅进留白。）
鲤鱼街的路不是直的，像人生多折。
古老的光阴一段一段折在小镇的扉页里，
喊着人一页页翻阅、寻找。
（人啊，到底在寻找什么呢？）
沧桑的青砖、斑驳的木门窗、泛光的青石板，
遍地都是明灭可见的旧光阴。
唯有待售的商品是新的，堆在时间的顶层。
众多游人在光阴里进进出出，
仿佛光阴煮出的几缕炊烟。

（可有人试出了时间的深浅？）
红灯笼不倦地说着小镇的方言，
一心想指出一个方向。
这是三百多年时间煲出的一锅商业老汤，
偏重于安身立命的口味。
这里的人心多还是明清时代的结构，
瞳孔还没被金钱堵死，还有光在此居住。
卖红薯糍的大妈用暖暖的笑包着红薯糍递过来。她说：
"红薯糍里包着好日子，趁热吃。"
知足，也许才是灵魂找来找去的栖息地……

黄姚群山

站着也罢，卧着也罢，
哪座青峰不曾炽热过？
哪座青峰不曾用涌动的力叩问过天空呢？
她上坡，下坡，上坡，下坡，
把一个命爬得气喘吁吁。
山道上，树影斑驳、晃动，
仿若生命与命的生死角力，循环往复。
（案上，天下人的命被一管签筒收藏。）
山一圈圈消减着攀爬的力，
力尽时，成顶。
多有寺庙建在山顶，仿佛倾尽的空杯
唯有佛才接得住。
上山的人与下山者擦肩而过，
仿佛一条山道就求出了人生的二次方。
山脚下几座石头坟，

像上古的几个偈语，把人生一镂而空。
周边，忍冬丛密，蜘蛛结网，
几只死去的飞虫在蛛网上颤动，
不甘心地拍打着空无。
山脚下，姚江的河水不停努力着，
要把什么送上岸——

[获2021黄姚诗会主题征文一等奖]

在黄姚古镇，
我喜欢的都有了相认

清水秋荷

清水秋荷，原名冯艳华。吉林省作家协会会员。有作品发表在《诗刊》《星星》《作家》《扬子江》《人民文学》增刊、《中国诗歌》《飞天》《诗潮》《绿风》《诗选刊》等。获首届杜甫国际诗歌奖、第三届"浪漫海岸"杯世界华语诗歌大赛一等奖、2021黄姚诗会一等奖等多个奖项。第七届中国好诗榜上榜诗人。有诗入选《新世纪诗选》《中国实力诗人作品选读》《中国诗歌精选300首》等多种选本。

一

水也有走投无路的时候。比如仙人古井里的水
走到井沿儿就不知道往哪走了
——没有一种深是可以信赖的
这是结束和开始的关系。五口井依次行使着
饮用，洗菜，洗衣服，洗农具……的使命
有的挨上了灵魂，有的挨上了脏东西
它们无关旱涝，一言不发
在黄姚古镇，它们是被时间命名过的永恒

原本是山泉水，但山太沉了，它带不动
井边有太多的脚印了，有的去了山上
有的回到神仙那里，有的从古镇口传来了好消息
有的，继续和鞋作对
在黄姚古镇的仙人古井面前
你用什么想法看了它，它就用什么面相认出了你

二

若赶上大戏，会有穿戏服的人
从古老的唱词里出来。戏台古老
新人发着旧声
常看戏的都知道：翻着跟头上来的
后面定会有你进我退的几个回合
鼓乐着急时，唱腔才开始
为江山松绑——
嗓子吊着悬念。揪心处，有雪落在唱词里
别情依着亭阁，悲伤大多翻山越岭而来
戏台上，兰花的手指指点点。台下
有等着的眼泪，收拾冤情
剧情上下翻飞，鼓乐却戛然而止
仿佛所有的声音都用尽了——
台柱子掉着漆皮，四野给了望眼欲穿
——错比对，更像人生
下一场是上一场的重复。戏台上
皆大欢喜是历史的相似——
演戏的人又一次替古人甩出了水袖
袖态如水啊——
姚江边，这是第几段水落石出？

三

叶上有真武山巍峨的倒影
根里有姚江哗哗的水声
一棵850年的龙爪榕，精灵苍翠。仿佛绿
是另一种醒来
在黄姚古镇，她从不隐瞒盘根错节
也不隐瞒，枝叶们的相聚又别离
她一直相信：自己的根遇见了
世界上最好的厚土
850年，天空高远，大雁回眸
你的根有足够时间陈述厚土的深刻
站在你的根上，我们也有足够的心思——
靠着大树好乘凉
龙爪榕，还是有了龙的比喻
就像龙的传人，是人的比喻一样
鸟们来过，但一棵精通世俗的老榕树从不认定：
穿着乌鸦衣服的就是乌鸦，穿着喜鹊衣服的就是喜鹊
黄姚古镇的龙爪榕，依旧是
头顶云来云去，脚下根来根往
一生终于自己的一棵树命——
与泥土和谐相处，与风雨波澜共生

四

抬脚是天上，落脚是人间。也只有
黄姚古镇的月亮桥了。不管桥模仿月亮
还是月亮模仿了桥，你要是觉得日子黑了
就来这里吧
也许她的开始，与过不去有关
也许她的后来，与过得去有关

在黄姚古镇，一座月亮桥不想知道
高低深浅，她只遵守以满月的方式
让彼和此
通顺，踏实，不拐弯儿抹角
就算郭家大院月亮门的砖比太阳门少了一块
也一样表达着明清时代的隐喻——
来去是风水，过往是光阴
黛瓦参差，安宁得像一种迎接
以遮风挡雨为使命，这么多年一直对着东门楼的
头顶诉说着，卷边的真理
古老的建筑说着厚实的话。你看：
每一扇门都以风霜之吻向慢推开
"吱呀"一声，是一个故事
数一数亭联匾额就知道古镇悠悠
灯笼高挂，飞檐一旦有了飞的态度
时光必将挪开那些
犹抱琵琶半遮面的琵琶

五

走在黄姚古镇的青石板上
深一脚是宋朝，浅一脚是民国
九宫八卦，支路相连，环环相扣
"你简单，世界就是童话
你复杂，世界就是迷宫"
在黄姚古镇，我喜欢的都有了相认。比如
鲤鱼街里的鱼就是闭口为安的代表。即便有的话
还憋在鱼嘴里波浪翻滚。一尾鱼
在化身为石头时，鱼水情深的水
也可以省略一生了
风还在吹着时间。站在石鱼上突然想起

随遇而安这个词。只是风别致起来时
那掉在露水上的露水
也会在你的灵魂上，蹦那么几下
不是所有的江南都能与时间遇见
在鲤鱼街，最得意你的那声娘子啊——
竟被我的旗袍撞出了细腰般的长音
古街幽静，每一次往前，都能找到光阴的故事
就像生命和命运相逢的拐点总能听到：
下回分解

[原载于《贺州文学》2023年第2期，获 "2021黄姚诗会"
主题征文一等奖]

在黄姚古镇

谷 禾

谷禾，诗歌和其他文字写作者。1967年端午节出生于河南农村。20世纪90年代初开始写诗并发表作品，著有诗集《飘雪的阳光》《纪事诗》《大海不这么想》《鲜花宁静》和小说集《爱到尽头》等多种。有作品入选数十种选本并译介到海外。曾获"华文青年诗人奖""《诗选刊》最佳诗人奖""扬子江诗学奖""刘章诗歌奖"等奖项。现供职于某大型期刊。

一

在黄姚古镇逼仄的巷子里
我遇到了
白亮而密集的雨点从瓦蓝的天空落下来
但红灯笼一直
挂在屋檐下
巷子两边的敞门口
依次排开的腌制咸菜的缸盆
无声地向我说着
故人变异的饮食习惯
要足够的辣子
要足够的盐
明清时代流传下来的老房子

大多被改造成了
商铺和客栈
反复挽留着旅行者的脚步

二

在黄姚古镇逼仄的巷子里
我不止一次
遇到了一个光脚的男孩
他有一双明亮而清澈如泉的眼睛
每一次
都憨笑着向我打招呼
我有些犯嘀咕
甚至怀疑他是拉客的小工
离开巷口去马路对过时
我又遇到了他
满嘴泡沫裹着一根红牙刷
依然光着脚
急赤白脸地冲过来
一手拉紧我的衣袖
一手指向了
呼啸驶过的载重卡车

一直到他消失了身影
我们都在议论他
即便不是餐馆小工
也一定精神异常
因为他一直对我们憨憨地笑
因为街头巷尾一次次我们相遇他
因为他竟提醒一个陌生人过马路时提防呼啸驶过的载重卡车
一个光脚男孩

让我为自己的戚戚之心
而生出了
刹那间的羞愧

三

在黄姚古镇逼仄的巷子里
我还遇到了
一件碎花长裙搭配着大红短衫
挂在某个屋檐下
空空地等待着它的主人
而河水不言
它穿镇而过，向下流向春夏秋冬

四

在黄姚古镇逼仄的巷子里
我一次次地
与另一个自己擦身而过

而又忐忑、惶惑地，不敢回头张望

[原载于《贺州文学》2020年第1期]

黄姚古镇，典藏一种山水时间

辰 水

辰水，本名李洪振，1977年出生，山东兰陵人。中国作家协会会员。在《人民文学》《诗刊》《天涯》《青年文学》《北京文学》《山花》《飞天》等期刊发表作品。参加第32届青春诗会。曾获诗歌月刊奖、明天诗歌奖、第三届红高粱诗歌奖、首届山东文学奖等多种奖项，并多次入围华文青年诗人奖。作品入选《星星五十年诗选》《70后诗歌档案》及十余种年度选本，著有诗合集《我们柒》《辰水诗选》《生死阅读》。

一

请允许时间停滞，典藏
在群山之中，拥抱一个小镇，如此轻松
惬意，又带着微微的甜

是山，还是水？水的步履，缓慢
而青山，绵延，静默
谁在这里漫步，如同在画中游

穿越鸟声的历史，光线停留在飞檐之上
换一种说法，明清的古建筑
就活了，就在古镇的故事里提炼春秋

那是谁的眼睛？在每一支月光里
推测一个沉睡的千年，凝视不语，
却喜欢落日、长巷、门楼……

在山水楼亭之间，诗书礼乐
是最大的宗教，为淳朴、为一方山水
注入道德的针剂

天地之中，八卦布局
动的是流水，而静的却是
砖木与老漆的古镇

二

那亭台楼榭之余，被乱石惊醒的旧梦
停留在楹联匾额之间，生长
诠释一个家族的兴衰

在宗祠旁，登守望楼望远
寨墙颓圮。又有谁能挽留一个远去的朝代？
芸芸众生之中，凡人如斯

随着"吱嘎"作响声，上一座木楼
甬道幽暗，忽明忽暗的光线
让自己怀疑与前朝的故友同居

此刻咫尺之外，夜色如凉的古镇
迎来无限大的幽静。人来人往之后
寂寞，如苔藓生长

如龙爪榕的阴影，我们失散

已是八百五十年之久
却在这里重逢，轮回

三

借一架天空的梯子，是否能找到
一片瓦的足迹？
被埋入云丛深处的飞檐，孤悬

步步青石之上，被锁进
春天的脚步，丈量琥珀的小镇
老寨古墙，风铃叮叮当当

在鲤鱼街，一个说书人为群山守灵
以酒壶为首，以关刀为尾
却道不尽天堂山之上，远遁的鸡公

而三条小河汇聚，水面之上
徐徐而过的风，吹得一座祠堂更空
容下烛香绕梁

以远山为题，在优雅的青黛之中
锁住泼墨的山水，入画
丹青妙手虚构一片纸上的风景

这地理的美学，时光的美学
砌一片秦砖汉瓦，便飞来一阕宋词
那楼阁之上的飞檐拎着雨滴

四

从一本镇志里，寻找历史遗漏的细节
闻到一种沉香木的味道
在明清故居的门口，醒来的早市上

时间的光线，滑入生活
小桥流水的深处，漩涡与踪影丛生
委身于这个小镇，人亦是风景

在古老的石桥下面，藏进一千重天空的倒影
白云与绿水，互为友邻
在蛰伏的意象里，传奇一生

巷口深邃，只有鸟儿早起
张望一池的春水，打鸣新的一天
而在流水的刻度里，走失

步出太平门，向远去的背影致意
曾经的繁华已逝，空余悠长的老巷
迷离，凝视万物

流水、小桥、古宅。早年的幻象，一直在
小镇的老街上，练习穿越术
当世界大同，你又坚持了什么？

五

为乡愁守身如玉的仙人古井，借着春水
还给人间，一方汪洋

洗菜，淘米，饮用……天赐之泉

一缕炊烟，一段乡愁
那烟火中的意象，重叠而弯曲
小镇如颤动的油画，感应

向着远方延伸的美学，在小镇之外
在周家水库，以偌大的明镜
收纳天空，也孕育生灵

世间的修辞，有着灵魂的温度
给予夜晚的黄姚，一片灯光，摆渡夜行人
也在押韵这典雅的美

经历过月光的擦拭，小镇半明半暗
客栈、古宅、酒馆、商铺，有着倒映之美
滞留在水的左侧

今夜我们微醺，月光垂地
守住这黄姚时间，在一支高脚杯中
停滞，生长……

[原载于《贺州文学》2020年第1期，获 "2019黄姚诗会"
主题征文二等奖]

黄姚古镇，流水浸润与飞檐镶嵌的清澈时光（组诗）

孙大顺

　　孙大顺，安徽省怀宁县人。中国作家协会会员，中国自然资源作家协会全委、诗歌委员会委员、签约作家，鲁迅文学院第二十一届高研班学员。参加第七次全国青创会。诗文散见《人民文学》《诗刊》《星星诗刊》《诗歌月刊》《诗选刊》《解放军文艺》《扬子江诗刊》《北京文学》《山花》《芒种》《文艺报》等军地刊物，有作品入选《中国年度优秀散文诗2013卷》《2014年中国新诗排行榜》《2015中国诗歌精选》等多种文集，获第四届李白诗歌奖。出版诗集《山水之弦》。

姚江曲

天空需要一面镜子，姚江就波光粼粼
人间需要山水古镇，千年黄姚就繁星点点
二月之前，站在悠长的石板街上
敲门的春天，只在摇晃的柳枝
多梦的带龙桥，等待的飞檐上停顿
晨雾与雨滴，鼓动着赤脚的河水

在古街、古井、古榕树、古庙宇、古门楼
附近散步，给我们熟悉的词穿上新衣裳

白云是值得托付的邻居
萤火虫为夜晚的古戏台点灯。斑斓的蝴蝶
来得正是时候，一面浪漫主义的河水
选择和星空站在一起
唯美的亭台楼阁，在时光的练习册上抱影而眠
一只斜飞的白鹤，让大地鸦雀无声
只有这湿地之神，水中摇晃的菱花
点水的蜻蜓，才配得上蓝天白云

风有些软，在黄姚古镇开了另一扇窗
领走一片光。天空空得像
一个无处可去的人
古井里石头和月亮的秘密
惊人的相似，值得用疼痛来守护
听从美的召唤，在微澜的波纹看得见的地方
把心空着，等待穿城的姚江
找到它流经的乡愁

像暮色那样，姚江只管清澈
你的爱恋与惆怅
而你必将终生，带着它的水花与倒影
消磨光阴，而不说眷恋
必须有爱、私语，蜿蜒和曼妙
在黄姚古镇的千年时光里
我们才能穿行自如

佐龙寺

风不在，龙爪榕在
孤云不在，空空的石板路在
来佐龙寺的人，要先于春天
与自己和解。无人认领的钟声
在秋天失去边界

多么自由，我们在自己留下的经验里
迷失方向。不能落地的魂魄
被穿过大殿的阳光，摘走阴影

在黄姚古镇，星星依然
掌管着无边夜空。从天而降的寂静
在人世蹑手蹑脚
但很快被无处不在的祈愿找回

消失的光影，从佐龙寺出来
仿佛找到另一个世界的入口
双手合十，就可以重返时光的扉页

石板街

空空的石板街，藏有多少个秘密
哈气的旧木窗
就有多少遍追问。晚风迷失在街巷深处

孙大顺·黄姚古镇，流水浸润与飞檐镶嵌的清澈时光（组诗）

再也不能把自己平静地放下
从此失去呼啸的本能

雨来了，送伞的少女，曼妙的背影
让湿漉漉的古镇着迷
不能更近了，再近了她就走不出石板街
那浅浅的脚印，再也找不到
在朴素的年代，消失的爱人

夜色弹琴，风加了进来。怒放的月季
舒展的榕树，不动声色的灯光
也加了进来。星星、流水、石桥
古宅院都在曲子里。只有无声的石板街
静静地守着光阴入口

穿过门前的石板街，到春天的那边
要经过一本旧书的引子
月光从泪水里获得速度
离别的时候，万物虚无，仿佛都停在原地
只有疼痛的青石板，送你一程又一程

[原载于《贺州文学》2020年第1期，获 "2019黄姚诗会"
主题征文三等奖]

黄姚古镇：茨维塔耶娃的黄昏和钟声（组诗）

阿 雅

> 阿雅，本名单宇飞，原籍辽宁。中国诗歌学会理事，重庆作家协会会员。文字散见《诗刊》《诗歌月刊》《诗选刊》《解放军文艺》《江南诗》《绿风》《中国诗歌》《诗林》《诗潮》等，出版诗集《水色》。现居重庆。

在黄姚古镇穿行

怀揣露水，与祠堂楹联对话
捡拾落花，置于戏台的案上
在黄姚古镇穿行
群山绿水与体内的风雨
相契，千年时光触手可及又飘摇不定
每一个角落都写满了故事
每一条河流都抚慰着来路
每一个临水的窗口都在打开一个段落
每一个段落，都是一次旅行
在黄姚古镇，我的恍惚
陷于青石，也陷于水声
这寂静深处的光，仿佛没有悲喜
只把时间的蓝一层层打开

月光下的古井

像经文被翻动，或流星滑落
回声从未停止提醒
月光下的古井幽深而神秘
水声从远处传来，月光碎落
而后重组，那些碎片
是谁的命运一再昭示？
花样年华里的爱恨
棋局内外的，野心
深埋或者打开，都是安静的事
月光浩荡，井水惊涛
沉默在深呼吸，以防一不小心
被路过的故事悄悄带走

微风吹过古戏台

一些画面开始倾斜
一些爱和恨开始身不由己
微风吹过古戏台
吹落美人花朵，吹起青衣水袖
也慌乱，也懒散
掀起眉头的瞬间
压低的惊叫混迹于失手打破的瓷器中
空旷的，蓝色的瓷器
伤口散落在戏台上
风过，发出呜呜声响

风在寻找，悲喜频繁互换
哭后的眼睛里，大把好词转身
依然是人潮，俗事
一片叶子被风翻动
从戏里走出来，回到古镇的午后

黄姚古镇：茨维塔耶娃的黄昏和钟声

我们逛街，听屋檐滴落雨水
沿着青石走，看两侧花朵爬上木窗
看小船在水里摇荡
夜色来临，星光从你的脸庞
滑过，落上我的肩膀
我们回到18岁，红着脸说话
我们去看望我们的老年
在炉火旁打盹
翻开的书，静静立在茶几上
黄姚古镇有着茨维塔耶娃的
无尽黄昏和绵绵钟声
我们在阳台上挥手，看河水静静地流
喝黄精酒，两只杯子相撞
酒从杯口溢到了我们的手指上

[获2021黄姚诗会主题征文二等奖]

黄姚：姓氏里的时光密码

米 祖

> 米祖，本名黄春旺，女，70后。中国诗歌学会会员、湖南省作家协会会员。有诗歌作品发表于《诗刊》《星星》《诗选刊》《湘江文艺》《湖南文学》《特区文学》《诗歌月刊》等，曾获第七届栗山诗会中国诗歌艺术奖·女诗人奖、第三届黄姚诗会二等奖等。出版诗集《与你慢度时光》。

一

一直在寻找：从喀斯特地貌按图索骥
在青砖黛瓦的纹理上，翻阅方志和野史
在"可以兴"的繁华里，黄氏与姚氏相处已近千年
他们演绎的故事恰好暗合我生命里的时光轴
我确信，这里的黄字是我血管里的颜色
是我血脉里的另一个自己
我怀疑，这里的姚
是我终生牵肠挂肚却触摸不到的一个人
是我无法抵达的远方

二

在这里，你有宝珠观、文明阁陪着仙人古井

有明清宅院，古屋旧祠。有老街长弄，石桥溶岩
一切都捭阖有度，相濡以沫
在这里，走进司马第，会听到守望楼的更声
不小心还会遇见鲤鱼游街、青蛇出洞
一切都出其不意，又顺理成章
我踮起脚尖闯进来时，已是三月
春风绵绵十里。你正好草长莺飞，如束发少年
我手执青葱，愿陪你舞勺加冠

三

这里的姚江、小珠江和兴宁河
无数个丝绸般柔嫩的软体宠物，豢养在你的身体里
我们蛰居陆地：南亩种豆，北亩种瓜
静待日子：风生，水起
江上的石拱桥
你在时，是上弦月，万顷阳光挺拔
我在时，是下弦月，十八阕月辉流淌
满月时，你在，我在，契合成一个同心圆
很多时候，山与水相依，水与桥相映，桥与亭相伴
石跳桥方方墩墩活在自己的影子里
佐龙亭告诉我："唯尔有神"
或许只是一个想象：你不在，我也不在

四

行走在九宫八卦的弄巷里，总会邂逅不同的榕树
你会告诉我
龙爪榕、龙门榕、石上榕、夫妻榕的生息来历
你会指着盘缠在榕树上的青藤告诉我：
爱情需要双向奔赴，不停地跋涉

那些榕树发须垂下来，有些因渴望重生而植入地下
挂在空中的因饱受飘荡之苦已枯死
这时你又会告诉我：植物与人类一样
在不停地遇见，又是一场告别的过程
如，蜜蜂繁花，山峰晨岚
如，一树一叶，一茶一水

五

由着一个慢字，踏着青石板在古巷慢成一帧风物
不经意会遇见何香凝，正好铺开画布起笔
自远：古镇四周的九座山峰枕于黛青的光阴里
而近：窗纸雕花的里弄廊棚用丹青描摹流年
古戏台上欧阳予倩正甩着水袖打开《桃花扇》
他唱罢：草烟中寻粉黛，斜阳影里说英雄……
余音绕耳，仿佛循着时光隧道折返100多年
经典，永恒，圆融
或画或戏，或过往或当下，我相信
每一次找寻和遇见，都是生命里的救赎和福祉
时光能记住和改变的
是一个密码，解读另一个密码
抑或无须密码

六

我曾无数次，在黄姚
在姓氏里寻找一种不可言说的力量
一种光，打开一道菩提的门
或许与生俱来，或许从未曾来过
所谓的古镇，旧的一直未旧
新的，只是前文的轮回、继续与外延

如同你掌纹里的两条小河汇成岁月的大河
如同流水不腐，草木枯了又葳蕤

七

所以。我盘算在古镇开一家客栈，取名：黄姚故事
我要与你一起"且坐吃茶"把故事写完
累了，我们坐在河畔，闻风听雨数欸乃的橹声
看月亮从时间的东头滑到西头
一轮轮先于我们老去
我愿意别去世俗和铅华
与你煮茶、戏墨、临字、鼓琴、栽花、莳草
与你摇橹而作，布衣而眠
我会把豆豉鱼、木槌酥、黄精酒料理成诗歌里的绝句
一句取悦自己，其他的都归你宠爱
我会把你的方言当成我的母语，把你的习俗捻成
我的习惯。我会把黄姚古镇
当作温柔乡，繁华地
从此：安身立命

八

黄姚：两个字
多么像躺在爱情里的两颗糖
多么像站在信仰里的两个人
左边是你，右边是我

[原载于《贺州文学》2023年第2期，获"2021黄姚诗会"
主题征文二等奖]

明梅村

邓　露

邓露，瑶族，广西贺州人。中国少数民族作家学会会员，中国诗歌学会会员，广西作家协会会员，广西民间文艺家协会会员，鲁迅文学院第十三期少数民族文学创作培训班学员。

走过这条小木桥，溪水就瘦了
栅栏边。几株黄白色的菜花飞舞
不如来时路上的竹林，那么蓬松
细碎的石头在石地里拥挤
把村落照亮

梅还是去年的白，过些日子
她将改名为桃
如果有雨露，其中的一朵
会插在明梅村赵五妹的发髻上
那时候，春就红了

藤绕在树上
伸出粉嫩的芽舌，害羞地窥视着

整个春天
五妹待在木楼边
把心事缠了又缠

[原载于《贺州文学》2022年第2期，入选《诗选刊》
2022年11—12期合刊]

邓露·明梅村

八步记（组诗）

诗 雨

诗雨，女，原名杨美英，重庆合川人，广西作家协会会员，鲁迅文学院第五届西南青年作家班学员。有作品在《民族文学》《诗刊》《星星》《四川文学》《飞天》《广西文学》等刊物发表，出版个人诗集《流经铺门的无名河》。现居广西贺州。

灵峰山

一个孤独的物种
有立于闹市的烦忧

草木在山上腐烂，又重新长出新芽
悬崖下蚂蚁成群
为食物奔忙

阳光灿烂的时候
白云一次次把它加冕为新王
人们仰望
把它一点一点置于陈旧的历史中

山上有洞
不知生成于何时
风吹落叶，让我想起
那些曾在洞里居住过的人
他们后来去了何处？

玉印浮山

众水簇拥的浮山
有不规则的线条，和迷途

每年四月二十六，长着羽毛的歌声
扒开拥挤的烟雾飞远

跟着河水远去的秀才，迟疑中又被光阴带回
人们向他鞠躬，脸上浮着白云般的虔诚

古树上，光斑零碎
孤单的人独自住在岛上
跟着河水翻卷，跟着河水晃来晃去

客家围屋

时间让瓦背呈现新的色彩
围屋充满古老而完美的装束

从光绪十一年开始，从湖洋塘开始
它迎向世人的胸脯坚硬而醇厚

苍老的曲线遵循建筑工的意愿
在围屋里窜动
在每个角落相互呼应

在这里，不需要语言
眼睛可以搜索到世间逃逸的美

枪眼和门闩，有相同的职责
它们像晨光一样坚持
把秘密藏在深邃的思维之下

每天早上
无数双眼睛醒来
无数个世界在眼睛里闪动
朝向屋顶，指认出浮云的行程

陶家大院

欧式风情的建筑，在人去楼空的
寂静中，显得无所事事
它在提醒，故人远去

月亮从鸟群隐身的地方出来
照着"得月楼"

清光包裹着佣工们的鼾声和他们困顿的脸

"爱菊斋"被蜘蛛纠缠
忘记了自己的来历
它是值得赞美的，除了用语言
应该还有别的

中华石城

战火远去，炊烟移位
被闲置的石城，在散漫中
把锋利的墙角磨钝

南门外灯火昏暗
大人抱着孩子唱："推磨磨，摇磨磨
磨个大饼好大个"

老虎不睡觉守着洞穴
和一只猪，僵持了千年
把人们带向各种猜测

落日中，群鸟扑向古树
像扑向时间的尽头
它们还不懂得，沧桑如枯藤
悲喜如乱石

潇贺古道

我们称呼它古道
它也许更喜欢把自己
叫作一条路
一条一米宽的路
两旁挂着村庄和田野

走的人已经很少了
但它内心的车水马龙并没有散去
只要俯耳倾听
石板上的车辙和蹄坑里的
声音就会继续赶路

即使路上的人
只是从村头走向村尾
它的两端还是
咸阳和广州
……它从旧地图上找到了
那些被时间不小心擦除的路段
并在历史书上
把它们重新描绘成实线

越来越多的路从它身边
高速掠过——
它仍然觉得自己
在独自穿过都庞岭、白芒岭
带着秦腔和楚辞
向南海边走去

山马塘高山公园

黑色的礁石趴在山顶
和草坪相守，不生背叛之心

云朵，一会儿白，一会儿蓝
影子掉下来
不知死活
草丛接纳了一些
乱石接纳了一些
剩下的去向不明

群山绵延，向东又向西
眺望的人
可以听见鸟儿收拢翅膀的声音
却望不到波浪线的边缘

天堂顶

一个合格的天堂是
你需要向白云购买门票
才能置身其间
当云散去
杜鹃花和竹林随即涌上来
苦笋的根部
溪水在秘密集结
瀑布拖着满山的水

往下走

一个合格的天堂是
它用高于众生
为山下的两省裁出界线
而不阻断山下的人
交通往来
它甚至拍着自己肩膀
对山下的牛羊说
"来吧，给你们草场"

上莫石城

我想写一首关于它的诗
诗里没有它的过去，也没有它的未来
就停留在现在
时间在此时完全消失
城墙上乌青的苔藓和
它有浅薄的和谐，也有细小的敌意

唯一的门不需要推开
晨光到来之前
不再有守夜人的走动和喘息

厚厚的墙构成了历史
有人站在上面眺望自己想要的结果
而远山苍茫，含着苦味

金鸡山

蒙在雾中的金鸡山
像一位羞涩的新娘
她的记忆跨过时间的门槛
在草坪上犹豫不定

传说在人们的嘴上
充满古老而不完美的叙述
当它们来到纸上
模糊的部分消失
剩下的清晰，是一种说不出的缺失

太阳每天在不同的地方出现
它看照金鸡山时
有着不同的设想
它映照翠竹林和白云
映照乱石岗和牛群
在鸟声中悄悄掠过无人的山头

[原载于《贺州文学》2019年第5期]

岔山遥想（外二首）

黄神彪

　　黄神彪，壮族，作家、诗人。至今已发表诗歌、散文诗、散文、小说、评论约200万字。著有《吻别世纪》《随风咏叹》《花山壁画》《热恋桑妮》《大地神歌》《海的魅力》等，并获得多种奖项。曾主编《中国皇冠诗丛》四套48本诗集，其传略入《中国少数民族文学史论》及《广西文学五十年》等。20世纪90年代初创作出版的长篇散文诗《花山壁画》，引起文坛广泛关注。

太阳热辣
挥汗如雨
岔山上的风
闷热着不动

我戴着一顶翻羊皮帽
跟上尉都睢的南征步履
从高高的岔山
进入岭南的潇贺古道
神秘入岔山小村
流来的富江与秀水一起
感受着旷古的风烟

我吃的第一块口粮
有人告诉我叫作梭子粑
我喝的第一口水
是一个深井抽上来的
当地的瑶胞把井水
拿来打成香喷喷的油茶
无名的花随处在村外飘香
有鹰鹞展示古村落的苍茫

我实在有点累了
故意跟不上南征大军
那晚的天风高气爽
一个瑶妹唱的动听情歌
让我禁不住靠近她家门楼
我为什么还要去南征

我是他们雇用的一个秀才
他们让我在村头的石头城墙
写下了古朴的汉字岔山村
潇贺古道上的风
从此在这里静静地滚过
我心的动脉已跳荡近三千年
随着热辣太阳的普照
我的大地与岔山村
一同挥汗如雨至今

姑婆，我来了

姑婆，我来了

我从茫茫的大草原海拉尔来
为你带来了马头琴和高纯度酸牛奶
我是内蒙古的汉子包玉祥
我摘下一片碧绿春叶
告诉了我的海拉尔
神奇的岭南有一座姑婆山
山上住着美丽的仙姑婆
美得让我禁不住唱起了
遥远蒙古草原的情歌

姑婆，我来了

我来自七彩云南的大理苍山
是一个瘦弱的彝家女孩
我的学生叫我姚静老师
我有一个心愿写首赞美诗
告诉我的孩子们
大美的贺州姑婆山
美得就像我们想象中的天堂

姑婆，我来了

我来自有湘西风情的苗山
龙宁英是认为还好听的名字
当我站着沐浴仙姑瀑布时
我奶奶的歌声便在耳边响起

我也想和着我奶奶的歌声
把这秀美的姑婆来称赞

姑婆，我来了

我来自杭州的畲族汉子山哈
我带来了拍过无数风景的相机
仙姑岭的雨后春茶场
酒是故乡浓的九铺香酒坊
那飞流直下三千尺的奔马瀑布
那如弯弯栈道的石板路
那绿得醉人的森林绿
我都一律在心里头尽收

姑婆，我来了

心灵的游走

是的，在贺州
我和你进行了一次心灵游走

我们的游走，你说
把我们的脚步慢下来
慢下来我们好好看贺州的山水
还看看如何把自己心灵穿越

那个闷热的天
一下子让我们都大汗淋漓

可我们的步履却变得更悠闲
心灵也更自在放松
那个传说中的黄姚古镇啊
每一块青石板路
每一座垒起的青石拱桥
每一栋古香古色的青砖瓦房
和它的古树它的流水
都让我们相爱着
进行着两千多年的历史流连

还是艳阳高照的日子
我们的脚步踏上了潇贺古道
那当年秦兵入桂的第一村——岔山村
我们选了一处最老的房子
坐下来品尝着梭子粑
还试着和一个漂亮的瑶妹子
一起学着打瑶家油茶

当来到秀水状元村的时候
我们的眼睛睁大了
毛氏宗祠的状元毛自知
和那了不起的26进士
我们感受到了
沉甸甸的文化的分量
当然古朴清幽的秀水村
被赤热的阳光普照得更加灿烂

我们还尽量地慢下来
分享着更多贺州的大美风光
当我们慢走进姑婆山
这座名震华南的天然氧吧时

我们的肺湿润了
一次次的深呼吸
让我们仿佛远离了
世尘曾经缭绕的霾气风烟

是的，在贺州
我们还想再到处慢走
永远的闲情逸致
哪怕一辈子我们觉得不够

[原载于《贺州文学·平桂文艺专号》2018年夏季号]

贺州行（组诗）

高　瞻

　　高瞻，70后，广西陆川人。广西作家协会会员，贵港市作家协会副主席兼秘书长。出有诗集《心醉南方》。

秀　水

天地不仁　状元老去　带着廿六位进士
在富川　如果一座村落　可以传承
走南闯北　那么　庭院中的荷花
超度过多少草鞋　踉跄　膜拜
和不屈的心灵

岁月不仁　江山衍脉　石鼓传佳话
重檐小院转再过　秀水的
尽头　我策马以流水的速度
浣洗明月的心　姗姗来迟

然则　我踩下的每一声马蹄　都必将
踏成命运里难解的心经

潇贺古道

我听到大队的骆驼　带来苜蓿和经书
我看到连绵的旌旗　倒映湘水漓水

天山已远　五岭之内　一个鲜衣怒马的
少年　一个南来北往的时代

一个青铜的帝国　遵循着五尺驰道的
刻度　有油茶　更有桑蚕

以及景德镇　以及风雨桥下日渐
稀少的流水　我用一个上午　由广西

出湖南　一碗米酒中的节度使
岔山上的度牒　风烟止息后的　不忍离去

福　溪

在泉水中打马　在泉水的深处
遇见她　白衣似雪　隐忍如铁

之上　五马归槽　守土成仁
百柱成庙　万法归宗　谁又能以此质押自己？

于是　在溪水中种花　在光阴慢的

青山下　洒扫内心　不让它乱如麻

这步步生莲的漫山遍野
这恒河沙数的古道繁华

这深山浅黛　这谁也不敢抄袭的
普天下的弘法　仍然热烈　无法冷却

黄　姚

有一个千年的梦想　在夜晚　在灯火
辉煌的江南　山与水　心安与故乡

有一轮不老的明月　在昭平　在问道
岭南的贺州　酒与友　千里闻茶香

有一场深刻的吟唱　在初秋　在渔樵
五更的黄姚　醉与醒　又结泪千行

［原载于《贺州文学》2021年第3期］

潇贺古道行（组诗）

牙侯广

牙侯广，壮族，广西凤山人。广西作家协会会员，2018年广西"文学桂军"新锐签约作家。有诗歌发于《中国诗歌》《星河》《广西文学》《三月三》《散文诗·校园文学》《青年文摘》《上海诗人》《文艺报》等报刊，出版有诗集《山魂水魄》。

富川·福溪村

在还没去福溪村之前
我臆想了一下
福溪，福溪——
顾名思义有了一条小溪
流经村里，那天下午
我们沿着一条小溪
走进了福溪村
村里的农妇在小溪边洗衣

当然，福溪村外围还有老树
比如榕树、看这个村都多老
就看树脚丫的身份证

以及三三两两在户外散步的老人
他们的脸，在黄昏的阳光映照下
呈现古铜色

昭平·桂江

我们乘着中山号客船
站在船头平缓前进

仰望着两岸的青山倒立
它们沿着江边跑

身后的细浪消失于江水中
而满船的人沉默
仿佛在默哀一位伟人
——孙中山
在一穷二白的革命年代里
途经桂江，逆"潮流"而上

如今江河无语，人世太平
我们在江心作揖，感念今生不易

钟山·百里画廊

钟山县的百里画廊是天然的

这里湖光山色，青黛色
水里的鱼儿通人性
成群结队地游来
亲密

远处有座山
当地人叫蜡烛山
当清晨太阳出来
阳光在山顶闪烁

如果你再往深山里走
一个人走、一直走
你即可自立为王

潇贺古道·岔山村

在岔山村，我们喝一碗油茶
一天的疲惫慢慢消失
接着，往山上走去
那里一条残缺不全的石板路
光亮亮地沉睡着

石板的另一边是湖南永州
回忆，这是海上丝绸之路
陆路的起点
南下连接贺江
再往下通往珠江
这是古人用智慧打通的

一条军事通道、古官道
也是一条繁盛的贸易之路

我站在裸露在地上的石板上
多年后，这些石阶尚存否？
远处的禾苗绿油油
微风飘过，清香依旧

富川·秀水村

秀水村在宋开禧元年出来个状元
叫毛自知
从此秀水村也叫状元村
这是众所周知的
走进状元楼
毛家的媳妇在卖纸钱
买了一炷香祈祷
不问不欲不语

楼外的小溪潺潺
不知名的鸟儿在后山的林里
"叽叽喳喳"个不停
它们是大地的话语者

［ 原载于《贺州文学》2019年第3期 ］

游南山

黄万雄

黄万雄，中国民间文艺家协会会员、广西作家协会会员。有作品在《广西文学》《贺州文学》等刊物上发表，编写电影剧本《龙湾的孩子》等，著有诗集《烟台的夜港湾》《飘逸的情思》等。获"西部的太阳"——中国诗人西部之旅优秀奖。

南山茶海
那蜿蜒曲折的傍山步道
似一条弯曲的心路
直往山边的草丛放纵
是看景　却说不出
美在哪里
是采情　却讲不出
喜出何意
林中需要记下的景
在那清新的空气中
已经蹂躏成一个影
变成一抹向天的雾
润在了
凝聚成仙　梦幻成型的芽尖上
伸手捡一点树香

舔进了能说会道的舌尖
清香之气直往蓝天上拱
忘记了会逝去的这岁月光阴

一路弯弯的云海
摇晃在山边会作画的雾中
拈一点露水
点化这大自然不认知的迷蒙
让每一颗心激动
我们也融入之中
南山不在县城南边
想挑灯上掌
却不时在迷蒙化解的珍重
一拨又一拨人在往山上拱
回来以后
却都不知道风从何来
水会雾化　气会流动
你看那路边茶园之上
又提一盏灯
挂在墨绿墨绿的青翠茶树旁

[原载于《贺州文学》2019年第5期]

走在福溪的青石板上（外一首）

阿 风

阿风，原名义庆德，瑶族，广西富川瑶族自治县人，贺州市作家协会会员。有作品发表于《广西文学》《贺州文学》等刊物。

旧巷长长。时间在这里
停下脚步。一条青石板路
蜿蜒、曲折，淹没了历史的烟云
重重门楼打开古老的笑容
听溪水轻轻诉说千年的传奇

百柱基石，撑起山水之重
穿斗的檐木，牢牢卯紧岁月的骨骼
拴马石拴不住的沧桑背影
肃立在马殷庙前
静静戍守先祖灵魂的穿行

福溪，福兮，清风归来
白云流转，苍天为证
历史的刻度已缓缓退下
不管脚步如何安放

我赤裸着尘世的动荡和忧伤
又怎能为你写下一首宁静的诗行

［ 原载于《贺州文学》2019年第5期 ］

神仙湖

只有岸边的垂柳
执守一湖深深的蓝
轻轻低语
暗涌的涟漪

是哪一路神仙
留下的泪滴
岁月风不干，引来
无数目光的探索
惊飞了鱼群
也难以揣测
来自天堂的秘密

满心期许
让晨曦和明月
一次次抵达
跟时间站在一起
敞开胸怀，拉近与你的距离
只有风长出翅膀的声音
穿越旷古的神奇

你本无心隐藏
谜底，是凡人自扰
无端猜疑
搅了你的圣洁之境
频惹你浅淡的忧郁

或许，最好的方式
唯有静静聆听、凝望
才能触摸你
抱紧的心事，述说
你的前世今生

[原载于《贺州文学》2018年第3期]

爱莲湖

张　丽

张丽，女，90后。教师，广西贺州人。贺州市作家协会会员，有作品发表在《贺州日报》《贺州文学》等报刊。

风吹皱了湖水
水纹随风荡漾开去
像少女初遇爱情时掀起心动的涟漪

芦苇微微摇曳
我喜欢它宠辱不惊温柔的模样
仿佛它明白
最爱的人来自想象

[原载于《贺州文学》2021年第1期]

风俗

柚子灯

大同十指

　　大同十指，本名李宁，1997年生，作品发表于《诗刊》《扬子江》《星星》《诗潮》等刊物，曾参加第十三届星星大学生诗歌夏令营。

每一颗柚子灯都是一瓣月亮
挂在姚江，所耗减的火焰都换成祝福
内心的灯，把黄姚的夜晚一点点填满

有人说那是璀璨的金龙，在姚江的嗓子里
去凿那块铁，古镇全部的重量都落在铁上
小而轻的柚子灯，叠成朴素的乡愁
每一盏都从身后的水中长出来，特别宁静

一代人交给一代人。香和烛点亮同一片天空
灯头写下风调雨顺、国泰民安，
每一个字都是美好，都是一缕光明

隐藏水下的善意，是黄姚的一部分
无数被打捞的美，都将奔赴明天
对于黄姚，明天就是我们回来
剪一块姚江的水，做一件新衣

[获2021"黄姚诗会"主题征文三等奖]

那年烟花特别多

盘春华

盘春华，瑶族，广西桂林市全州县人。贺州市作家协会主席。曾在《青年文学》《民族文学》《广西文学》《散文选刊》《星星》《诗歌报》等几十种报刊发表（选载）作品。作品入选《新时期中国少数民族文学作品选集》等多种选本。著有诗集《夜歌》。现居广西贺州。

一定曾有过的绽放
就像一场大雨和彩虹，欢笑和热泪
暗淡一瞬
绚烂一瞬
夜空里，噼噼啪啪
满是期待与惊喜

夜空的黑就不一样
美与好，都走得太快
尖叫不会太久
光芒一消失
四野寂静

就像一些余生

[原载于《贺州文学》2020年第3期]

舞火猫（外一首）

诗 雨

诗雨，女，原名杨美英，重庆合川人，广西作家协会会员，鲁迅文学院第五届西南青年作家班学员。有作品在《民族文学》《诗刊》《星星》《四川文学》《飞天》《广西文学》等刊物发表，出版个人诗集《流经铺门的无名河》。现居广西贺州。

南乡的正月，一条肥大的草绳
迅速长出猫的头颅
它的身上插满香。美好的愿望

带着汉子们在田间跳动。作为遥远的
祭祀，它从古老的年代跑来
像一种神圣的召唤
作为一只猫，它面露凶相
朝着向阳的一面亮出利齿

老鼠们已经习惯逃跑
在这一天，它们总能感到
这只形而上的猫
在追赶着自己

南乡汤浴

一种古老的习俗
以特别的方式存在

矮墙围过来，邪念
低于一米
月光朗照，神明
在头顶

摇摇晃晃的池水
用反光抚摸水面上的皮肤
夜色寒凉
雾气欢喜

裸露也是隐藏
浑浊的欲望
在温水中
得到了从未有过的校正

[原载于《贺州文学》2019年第5期]

朝东东山村（外一首）

黄忠美

黄忠美，瑶族，广西贺州市富川瑶族自治县人。广西作家协会会员，鲁迅文学院第二十八期全国少数民族创作培训班学员。作品散见于《广西文学》《三月三》《百花园》《参花》《短小说》《精短小说》《贺州日报》等刊物。有诗歌入选《诗意贺州》。出版有小小说集《南岭的诱惑》、散文集《潇贺古道有人家》。

砖雕在晨光中
惬意地打盹
晨风试探地轻扣
铜门环
门联透出世族的不俗
着青衫的先生用笔蘸朱砂在
长出胡子的文昌阁里
蜻蜓点水般在学童的额上轻轻一点
若干年后
豪山才子何廷枢
这只蜻蜓就踏着青云
一路攀升
立上了明南京御史的荷尖
小巷有多深

东山村的文脉就有多深
八字门楼显赫至今
是东山村一个耀眼的地标
白发老妪
正在教年轻的女子
编织瑶锦
这五彩线织成的锦带
当年或是何廷枢送给盘兰芝的信物
雕花木窗里
传出响亮的划拳声
豪爽之风
一点也不比
喊芦笙长鼓舞的号子逊色

[原载于《贺州文学》2019年第5期]

芦 笙

是竹子选出的歌手
清脆袅袅
绕梁三日
它没长成梯子的模样
却也能让人天天向上
它也不是筷子的芳容
但能让到场的人
吃了一场饕餮盛宴

[原载于《贺州文学》2021年第2期]

红土地上淌山歌（外一首）

吴　锋

吴锋，1977年生于广西贺州。贺州市作家协会第三届理事会理事。15岁开始写诗，曾在全国青少年文艺刊物上发表大量诗歌、散文、报告文学等作品。期间，江苏《少年文艺》、吉林《现代中学生》、安徽《初中生必读》等文艺期刊曾专版刊发其创作事迹和照片。曾获中国作家协会《诗刊》社"春天送你一首诗"诗歌大赛二等奖等奖项。

二月二，龙抬头
客家阿哥，吼一嗓子山歌
天也震三震
地也抖三抖

落山就见藤缠树，出山又见树缠藤
在这片红土地上
生长着火辣辣的山歌
生长着不屈不挠的客家人

种地，能收获一箩山歌
砍柴，能挑回一担山歌
撒下渔网，也能捞起满船舱的山歌

老阿公的烟斗里，装着山歌
细伢子的童谣里，装着山歌
赶圩阿姐的背篓里，也装着满满的山歌

客家阿妹，唱一曲山歌
山也青灵灵
水也清凌凌
阿哥摇船妹泼水，敢唱山歌唔怕人

瑶山情长

当你用呢哝的勉语，唱起情歌
山中的百灵，停止了歌唱
瑶乡的山山水水
静静聆听，阿姐阿妹的情话

我在山谷，在绿榕之下
你在水埠，在流水之上
我看山花烂漫，烟柳轻垂，
你似秋水温柔，鸟语啁啾。

山中的草木青黄
河岸的芳草正茂
思念，从遥远的境地
泅渡而来。
你在桥头，驻足成一道风景

我们相爱，相送，相别离
在瑶山的每一个角落
草色青青，琵琶欲饮
我把自己带走
把心留在这里

[原载于《贺州文学·平桂文艺专号》2018年夏季号]

她与篝火

张 丽

张丽，女，90后，广西贺州人，贺州市作家
协会会员。有作品发表于《贺州日报》《贺州文
学》等报刊。

她常常梦见
无数的星星从深夜中醒来
提着火把的男女排了长长的队
吊楼上的她
伸手去拉那只手
触碰到的是孤独
惊醒，起身
端起碗里的酒一饮而尽

老瑶医从鬼门关替她抢回了孩子
她暗自祈祷，这辈子定做一名虔诚的信徒
她原谅了当年的不辞而别
甘愿做负伤的那一个

煤油灯下
她把秘密拍打进了长鼓里
她用双手编织了一道生活的彩虹
她去路边采菊，去山头摘红豆
她把这些美好的事物
储存在去往春天的路上

山风拂过，火苗晃了晃
那盆篝火
像一位久经世事的老人
不再计较人世的恩怨

[原载于《贺州文学》2020年第1期]

暮色下的村庄

陆彩红

　　陆彩红，女，70后，广西贺州市昭平县人。农民诗人。近年有作品发表于纸媒和网络平台。

一场雨终止于暮色时分
河水加快了流速
湿翅膀的母鸡
踱着慢悠悠脚步回舍

时光仿佛慢了起来
露出悠闲的痕迹
这个小小的村庄
每一盏灯光回望
都能暖和内心的寒凉

夜，不做任何表达
悲也好，喜也好
暮色越来越深
掩尽世间万象

大把的往事漫上来
一切生动暗合着芬芳
我们静静的靠近
又静静的相离

[原载于《贺州文学》2019年第5期]

风华

在黄姚

刘　春

　　刘春，1974年生。中国作家协会会员、中国诗歌学会理事、广西作家协会副主席。在《人民文学》《十月》《上海文学》《天涯》《钟山》《诗刊》《山花》《作家》等发表过诗歌。在《花城》《星星》《名作欣赏》等开设过当代诗歌研究专栏。著有诗集《另一场雨》《我写下的都是卑微的事物》、散文集《文坛边》《让时间说话》、评论集《一个人的诗歌史》（三部）等。现居桂林。

这一生你会丢弃很多事物
存留下来的，也会变空、变轻
当一个人说：我爱这土地
他的眼前很可能是万丈深渊
不要梦想无中生有
不要指望柳暗花明
那些相遇和离别
那些牵手和转身
那些喧嚣，那些静默
那些峰回路转和茫然失措
走着走着，就淡了
就消失在烟尘中
像今夜，一些人到来

他们的声音被红灯笼听见
脚步被青石板收纳
他们的喜悦、爱和顿悟
在心里融化
但月亮依然高悬
大地依然沉默
相机要定格一些景致
时间却在流逝
是的，在黄姚
想象中的永远终究太远
不如就这样走着
默契，无声

[原载于《诗刊》2020年4月上半月刊]

平安夜想念黄姚的石板路

宗仁发

宗仁发,《作家》杂志主编、编审。国务院特殊津贴专家。中国作协散文委员会委员、青年工作委员会委员、中国诗歌学会常务理事。编发的短篇小说曾获第一、二、四届鲁迅文学奖,编发的长篇小说曾获第九届茅盾文学奖。主编的《作家》杂志曾获第三届中国出版政府奖期刊奖,个人曾获第三届中国出版政府奖优秀人物奖。2021年获中国作家出版集团"致敬资深编辑奖"。著有文学评论集《寻找"希望的言语"》、随笔集《思想与拉链》、诗集《追踪夸父》《大地上的纹理》等。

是时间瀑布一样冲刷过
是脚印带着体温抚摸过
是日月轮流接替照耀过
是古树守护在身旁没有动摇过

这条路的褶皱里隐藏着平民的历史
在县志上写出的可能就只是标点符号
小摊子上有米粉好吃
吃饱了咱继续走路

石头怎样变成了宝玉
询问祖上的人也不一定回答清楚

反正对于晕水的人而言
从来没有一条路是保险的

还有些标语和格言
在巷子深处闪闪发光
谁若是迷了路总能凭着这些暗号
找到一个初心

[原载于《诗刊》2020年8月号下半月刊，
2020年"黄姚诗会"系列诗歌活动作品]

宗仁发·平安夜想念黄姚的石板路

在黄姚古镇，
可入世亦可脱俗

——致林虹

娜仁琪琪格

娜仁琪琪格，女，蒙古族。生于内蒙古，长于辽宁朝阳。中国作家协会会员，一级作家。大型女性诗歌丛书《诗歌风赏》主编。参加诗刊社第22届"青春诗会"，著有诗集《在时光的鳞片上》《嵌入时光的褶皱》。诗集《在时光的鳞片上》入选21世纪文学之星丛书。现居北京。

这是你的昭平，昭平中的黄姚古镇
我曾在你的诗中瞥见它的身影，那遥远的一次眺望
是穿越人海的一次回眸？

此时，我们走在黄姚古镇
在光洁的青石板上穿越、探访
请原谅，我把你和悦、婉丽的话音听成歌鸣
当清晨我被动听的鸟鸣喊醒，一天挥之不去的
是把你的语音与鸟儿的声音合并

唯有姚江的水滋润过的嗓子发出的声音，
唯有甜美的果子滋养的声音，唯有山水赐予的委婉

被赋予天籁。
我就在这天籁之声的引领中，走走停停
感受时光之美，之恒久。

光洁的青石板、斑驳的老墙、单檐屋顶上的青瓦
镂刻着时间的记忆，岁月的吻痕。
我总是前一脚在当下，后一脚迈进了远古
这是多么恍惚迷离。
一米阳光，爬满墙壁的绿藤是我喜欢的
阿姚的房子，被三角梅的明亮艳丽拥抱，是我喜欢的
有间小店的原始古朴，是我喜欢的

我们在舒馨憶栈的花影下反复行走拍照
我们在深邃的巷道里捕捉神秘的光，光也捕捉着我们
此时我爱上了豆豉的香
它的馥郁、悠长穿过长长的街巷
紧随着我，缠绕着我
古街、小店；稌子酒、豆豉香。
我突然爱上这活色生香的人间

花影、小桥流水、戏耍的孩童、碧翠的山峦倒映着醉影
悠长的巷道。淡然、恬静
美得自在、清逸。
定神中，我就看到了众神往来的身影

我站在桥上再次凝望
这人神共居之地——
我迷恋，就是迷恋
在此，可入世，亦可脱俗

[原载于《贺州文学》2018年第5期]

娜仁琪琪格·在黄姚古镇，可入世亦可脱俗

我在黄姚古镇等你

祝雪侠

祝雪侠，女，70后，陕西咸阳人。中国诗歌网事业发展部主任。中国作家协会会员。出版诗集《雪舞花飞》、评论集《祝雪侠评论集》，主编文学作品集《楚韵南漳》。

从晨风中走来，与一片绿叶相遇
黄姚古镇是一首诗
我身姿轻盈，走在青色石板上
八百年的古树龙爪榕，与山川共存
经历了岁月沧桑，依然精神抖擞

古镇的夜晚，安静而祥和
小鱼儿调皮地跃出水面
又悄悄潜入水底，古镇的夜晚月色朦胧
这里适合谈一场恋爱
青山绿水，都有爱的光芒

半岛客栈，有你的身影
我在黄姚古镇等你

五位诗人，想合力拥抱一下你
发现我们的怀抱还不够宽广
你在我们的想象之外

我看到有人在这里洗衣
在这里种下绿色蔬菜
河面在阳光下被绿色洗礼
一只喜鹊站在枝头
她是你熟悉的朋友

午后，一缕阳光暖暖地穿过龙爪榕
时光仿佛静止，一种穿越感油然而生
清澈的水，是你的眼泪
看到一朵爱情的花在此绽放
她是黄姚的心声，是心灵留下的美梦

[原载于《诗刊》2020年8月号下半月刊，2020年
"黄姚诗会"系列诗歌活动作品]

黄姚，隐秘的喜悦

陈 雅 北

陈雅北，本名陈亚北，生于广西柳州。广西作家协会会员，柳州市签约作家。诗作散见于《诗刊》《星星》《诗歌月刊》《诗选刊》《草堂》《青年作家》《四川文学》《广西文学》等，入选《2021中国青年诗人作品选》等多种诗歌选本。

一

鱼都是无声的，尤其在冬天
由石凝结，你能听出，这里面
鳃的翕动

我的表情单一到，保持多年的弧度
上古的卷轴，发出哗哗的水流声
我们要伤感，一个被群山环抱的镇子
老人总会重复年轻的故事

二

可以给一个街头命名了
一截树枝下的新娘
她睡在，看起来充满神秘的门上

我拍了拍雨前的古树，它结出红红的柿子
提着灯笼回到树顶的，一屋子的人
击打着排排月亮
柿子由枝梢跌落，我们开始从宁静中回过神
祖传的造影师透露
那整日落在古戏台的雨

三

一个被涡流旋动的夜
黄姚沉静下去，迎着要醒来的深绿

柑橘早已摘光了
几盏地下灯
被青苔摇晃出法外之音

我猛然撞见的古榕，枝繁叶茂
散漫起千年龙爪
和一片即将要滋生的雷云

有人获取到
紧邻几米宽的龙门
那种需要探测的幽寂
促使我顺从树梢的深空里
冥思那条鲤鱼
跃跃欲试的勇气和鼻息

四

作为重镇的一段漫长过程，在黄姚
有人用祖传的名字钓起
一只鱼的体内，一株幻象的

根系硬化的柚子树

花蕾被零度的老锯刻满
水的哨音
有关祈福的混杂数据
全被柚子灯承载并摇晃着
直至河神老怪收到，屋顶沾满了露水

在那里，我们循环往返
但凡有一点动静，就在翠竹的叶上
你的眼底开始慢慢清晰
同样，荆棘与篱笆根间
那些积攒的星星
咽下未来形成雨露的烟雾

五

那是个雨夜，古镇上一片寂静
唯一在动的，是每户人家屋檐下的灯笼
我想到古老码头上
等待夜行泊船的举子，正了正衣冠
他们用一种飘逸，使得几只野鸭
从狭长的河对岸醒来

时光，仿佛静止了脚步
我感到一种隐秘的喜悦

六

雨打在青石板街上
两边的屋子聚着雾气
显出潮湿的陈年旧土

满街都是些老头儿，相互敬茶
并用酸涩的眼取悦自己
我们的女人话很少
学会做出糍粑，在街头叫卖

从她们脸上看不见悲伤
一如这姚河的平缓，低低在尘世的尽头

七

一夜的雨后又恰逢第二日的微晴吧
你惊讶地抬起眼，黄姚的街道
一种本能的湿气，清晰了红木耳环

从未见过的陌生访客，一堵明代的城墙上
他嗅到仕女赤足的青叶味
从模糊的蕨草到画栋的雕梁上
沿街叫卖声伴着轰轰的鸟鸣

八

我标出地图上，我可能住过的地方
昨天，"黄姚凉了"
在古镇的一张幻灯片上
春天几乎是滞留一杯茶的雾气里

比起童年，牵牛花的色彩
冒出泡泡，喷着蒸汽
落叶松的地面
我的父亲，会等在人民公社的门口

九

受肯定的只是有黄姚一家糖果店
那个老人，要如何去粘贴月亮呢
起初只是稻草，灰羽，以及缓慢的风车

我等一只鹤，从芦苇的长条叶上
造出能被气味接引的感知
在古老的仙人井边
绿藓正适应着这些脸孔

十

一夜无话，暗色的榕树下
露水被召唤出来

那些土坚硬，经过无数帧
降落旅行
沉下炫目的焰口

几个小时的梅雾里
我们矮下身子
古老的黄姚镇，有一层乱流的青苔

云雀从去年的地方
飞过铺路石

我们梦里全是冰，冻结着一家人的灯火

[原载于《贺州文学》2023年第2期，获2021"黄姚诗会"
主题征文二等奖]

仙姑寨

田 湘

田湘，中国作家协会会员，中国铁路作家协会副主席。曾就读于河池师专中文系、鲁迅文学院第二十三期高研班。广西首届文化名家暨四个一批人才，广西民族大学客座教授。著有《城边》《虚掩的门》《放不下》《遇见》《田湘诗选》《雪人》（汉英双语版）、《练习册》等诗集七部及配乐朗诵诗专辑。现居南宁。

一

溪水的快乐在于流动
阻止它的是石头。石头有私心
布满溪水流经的路上

溪水不断地与石头争吵
抗争，并最终获得谅解
而石头一旦作出让步，便失去棱角
石头只屈服于美好的事物

溪水遇见石头便会尖叫、开花
我痴迷于溪水与石头的争吵
那么动听，如美妙乐曲

溪水往低处流，它告诉我们
真理不一定在高处

二

仙姑寨位于溪水旁
有山有树有云雾
仙姑是隐者，俗人看不见
我们只听到虫鸟鸣唱
那是虫鸟在与仙姑对话

俗世中的人，只看到眼前的美景
仙姑则出现在幻觉或梦中

三

一只蝴蝶在飞，无数只蝴蝶在飞
它们是先知，是隐者
忽然出现，又忽然消失
它们的翅膀有秘密的路径

蝴蝶打开仙姑寨的门
又悄悄地把门关上

四

一天，仙姑寨来了位姑娘
她在夜色中唱起了山歌
让星光撒落满地
虫鸟屏住呼吸
鱼儿跃出水面

这姑娘就是刘三姐

一天，仙姑寨来了黑瘦的阿牛哥
他搭起了唱戏台
从此，对歌的人络绎不绝

五

溪水在流，日夜歌唱
仙姑寨的夜晚星光闪耀
而我在夜里独坐
感悟溪水的无眠

溪水在流，虫鸣声不绝于耳
而树木宁静，星星也不言语
这是两种境界：一边在唱，一边在听
多么和谐

溪水在流。千年以前也是如此
运送时光、朝代、枯叶
唯有仙姑寨不走，与溪水为伴

六

溪水在流。竹林映照在水面
幻影在移动，修长的影子宛若仙女

溪水太清澈了，没有鱼
也留不下任何隐私
可它照得见人心

七

溪水在流。从瀑布开始的激情
终将归于平静
穿越时间隧道和所有的空茫
溪水又将绽放新的浪花

正如在仙姑寨，我们看到
枯木发出新芽，虫蛹蜕变成蝴蝶
古老的事物都将给出新的说法

八

溪水在流。溪水也在不断练习
我们更有必要，向溪水学习流动
向石头学习忍耐，向虫鸟学习鸣唱
向树木学习生长，向云朵学习放弃

从仙姑寨的小小庭院往外延伸
我们称之为自然，这里山峦起伏
溪流纵横，树木茂盛，花果飘香
关于自然界，我们究竟知道多少
又从中学到了什么

九

溪水在流。又到了黄昏
微风吹过所有的树叶
树叶支起了耳朵，接收
天上传来的声音，并将这声音
存放到小小的仙姑寨

[原载于《贺州文学·平桂文艺专号》2019年夏季号]

第一次经过你的小城（外一首）

林 虹

林虹，女，瑶族，中国作家协会会员，鲁迅文学院第二十二届中青年作家高研班学员。曾在《作家》《诗刊》《民族文学》等发表小说、诗歌、散文。有作品入选各种选本。出版有小说集《清澈》、散文集《时光深处》《两片静默的叶子》、诗集《十万朵桂花》。获2014年度华文最佳散文奖、2017年度中国少数民族作家学会文学奖、广西少数民族文学创作花山奖，创作剧本获第八届广西剧展金奖、剧作奖等。

我第一次经过你的小城
青山绿水，似曾相识
车水马龙，结庐人境
世间的一切承转
不在南山，不在尘外
我有淡淡的遗憾
只是未说
你说起东宁北路
说起桂江边的睡佛
说起松林峡的风
说起黄姚的青石板小巷……
你说的时候
我看见山上有很多新茶
一片一片

我想象你是其中之一
安静，内敛，沉默
有小小的忧伤和幸福

［ 原载于《贺州文学》2019年第5期 ］

我们只爱当下的彼此

留下来，好么
我们就在花山隐居了
在大坪，在瑶寨
不看时间
随日月起居
我们养几箱蜂吧
在屋后的桫椤树下
满山的花一茬一茬地开着
鸭脚木，野坝子，金银花……
它们和我一样
不知时光的流逝
夜里那么凉
你在打一锅油茶
黄姜，蒜米和春茶
炉火边打盹
你不说爱我老去的容颜
我也不看你的华发
我们只爱当下的彼此

［ 原载于《诗歌风赏》2019年第1期 ］

在桂岭（外一首）

余洁玉

余洁玉，女，80后，广西贺州人。中国作家协会会员，贺州市作家协会副主席。作品散见于国内各大纸刊。有诗作在《人民文学》《诗刊》《民族文学》《星星》《草堂》《作品》《四川文学》《广西文学》《飞天》等刊物发表，入选《新华文摘》《中国2018年度诗歌精选》《广西多民族文学经典（1958—2018）》（诗歌卷）等选刊选本。出版诗集《云上的沼泽》。现居贺州桂岭。

一

去学校上班
把一群孩子，当作一群绵羊
每天教他们识字
认识云朵和闪电，昆虫和飞鸟

也教他们，学习匍匐的本领
以及，向一棵草
致敬

二

人群拥堵，而天下

似乎有些辽远

我悄悄绕到山后，那里
还有一枝桃花，等我

三

该下一场雨了
这一年我耗尽力气，向绝壁上爬
一心想成为
理想中的植物，开着寂寞的小花

现在我是一棵白菜
满怀欢喜地，回到生活的现场

[*原载于《贺州文学》2020年第4期*]

大冲行

一

蝴蝶引路，来到大冲
听听鸟鸣和水声
从木屋里探出头来的瑶族女孩
远远地招手。长桌已经摆好
篝火即将点燃
林中翠竹，借我笙箫

长鼓舞与白米酒，哪样
更扰我心？只愿岁月长久
往来于此。山影重叠，人影绰绰
红灯笼映出欢声笑语
我懂其中含义，蝴蝶亦懂

二

白云在白云深处
桃花在桃花心中
众生之门，也是玄妙之门

在这古老的瑶寨
黑茶经过烟熏火燎
制成独特的方言

请随我来
土墙上的时光
已有一些斑驳

三

沿溪而行，草木侧身
鱼儿隐伏，静听呼吸
唯有它懂流水之语
我懂鱼之乐

我以水中石头为誓
常爱此山
并寻得隐者，一起高山流水

虎头小镇（组诗）

罗晓玲

　　罗晓玲，女，瑶族，广西贺州市富川瑶族自治县人。中国作家协会会员，广西作家协会理事，鲁迅文学院第四十届青年作家高研班学员，作品发表于《散文选刊》《诗刊》《民族文学》《飞天》《广西文学》《四川文学》等刊，曾获贺州市文艺创作麒麟尊奖、《广西文学》年度优秀作品奖（散文奖），出版诗集《月光照在黛瓦上》、散文集《像白鹭寻找池塘》。

画

清晨，我选择
从那座有着长颈鹿图案的房子走过
把陶罐里的水
放在它伸长脖子前

在那座有熊猫图案的房子前
一个瘦小的男孩
手里拿着竹子
在不停地晃动
他告诉我
等远方的爸爸妈妈回来

就买一只真的熊猫养在家里

阳光照在斑斓的墙上
那些逼真的彩绘
总会猝不及防地
替我们说出内心的疼痛或美好

幻想曲

向晚的风吹着湖面
多么想，与你并肩走到湖边
吹湖风，仰望星空
远处沉默的岛屿
是我羞于说出的想念
而你深邃的目光正默默地向它靠近
风来得正是时候
我们站立的前方
湖水正漾开一圈圈的涟漪

蛰 居

就模仿梭罗吧
蛰居湖边
在岸上耕种木薯、淮山
在湖里打鱼，收罗水藻

黄昏，收起巨大的网
把长长的水草还给湖泊

在有闪电的夜晚
我们枕着涛声说话、唱小曲
相拥而睡
任凭风在窗外来了又去
在我们的梦里去了又来

虚 设

鸟儿双双迅疾地掠过湖面
芦苇被湖水汹涌的表白迷乱了阵脚
当丰饶的水草还在水里缠绵
碧溪湖
这个处处弥漫着幻想的地方
我栖居在此
虚设爱情的童话
等候一段童话般的爱情
像帆船
由远及近地缓缓向我驶来

[原载于《贺州文学》2019年第5期]

姑婆山一日（外一首）

王 平

王平，《南阳晚报》副总编辑。

唐朝的一天
年轻的妙虹姑娘
为了一个人的等待
开始了千年的站立

循着她的芳踪
呼着养肺的风
挽着潺潺的溪
拄着方正的树
拾着苔青的梯
我们慕名而茞

看到了她的身影朦胧依稀
这时
一挂瀑布幽幽飘抵
这可是你一次优雅的回眸
秀发甩落成
这一帘的迷离
阻断了我们探访的步履

我们悻悻而下
也许为了不拂我们的美意
山下已摆好了丰盛的筵席
品着
杨红的酒
碧绿的茶
脆香的笋
鲜嫩的鸡
就着水声和鸟语汇成的旋律
谁不心生醉意

下山的路上
我蓦然回望
她依然端庄地站立
松涛阵阵
可是她道别的致意
仿佛听到她说
未能谋面
你不必在意
人生其实只是一种来过
来过足矣
我久久沉思默立
反复澄悟着人生的禅意

从潇贺古道走过

我骑着大秦的战马
从这里走过

王的壮志雄心
是把无坚不摧的利剑
披荆斩棘
凿通重重山河
从此
旨意在南国的衙堂前诵响
历史在这里定格

我坐着轿子
从这里走过
我是秀水村走出的状元
佩戴着红花
回乡禀告殿试的成果
然后带着赴任的官服上路
给苦读的半生一个着落

我怀抱古琴
踏着旷远的驼铃
从这里走过
带来西域的宝珠和美酒
驮走瑶乡的茶、彩绸和传说

我背着乡愁和行囊
从这里走过
远行
与命运来一次对决
不久我将带着成功的消息回来
奔向风雨桥上等我的情人
与她深深地拥抱浅浅地诉说

我坐着高铁而来

从这里走过
为了一个魂牵梦萦的邀约
我贪婪地吮吸着荷香和清风
忘情于水墨的山水
和传奇的村落

我扔掉了手中的笔墨
摒弃了诗词的筹措
还有什么诗和画
能描绘好眼前的景色
每一次欢聚都为别离写下了注脚
离开
带着震颤、感动与不舍

[原载于《南阳晚报》2019年4月12日第10版、《贺州文学》2019年第4期]

贺州三村

徐 跃

徐跃，《内蒙古日报》记者。

从北国到南国
从蒙古高原
到西南丘陵
山水是你的皮肤
我驻足贺州
仰仗着春光
流连，忘返
秀水足不出户
倔强地守护着她的
青山，绿水
等待她的状元归来

今人踏古道
仿佛天涯
又仿佛咫尺
少时的梦
遗落在青石小路上
苔藓上
也遗落在今人的肩上

一带一路
一块砖，一片瓦
沿着潇贺古道
走向世界
古与今在这里交汇
寻着梭子粑粑的香气
继往开来

风雨桥上听风雨
这是平常的事
像阿婆在深深的暮霭中
守着古旧的门
一粒一粒地剥豆
灵溪水啊
映着青的山，绿的树
映着瑶寨姑娘的头饰
映着赤子心
每一段奋进的风雨兼程
都是为一个好的明天
遮风挡雨

［原载于《内蒙古日报》2019年5月31日第5版、《贺州文学》2019年第4期］

浪水庄园（外四首）

诗 雨

诗雨，女，原名杨美英，重庆合川人，广西作家协会会员，贺州市作家协会副主席，鲁迅文学院第五届西南青年作家班学员。有作品在《民族文学》《诗刊》《星星》《四川文学》《飞天》《广西文学》等刊物发表，出版个人诗集《流经铺门的无名河》。现居广西贺州。

一

那个庞大的家族已经从这里撤出
他们留下的痕迹
在时间的墙上仍然清晰可见

一座老建筑，用"浪水庄园"
换下"竹里莊"的旧名
它体内的迷宫敞开
时间悄悄地为它重新织出
另一重五行八卦阵
让故去的人在雀脊皲裂的纹饰上
和花窗深陷的阴影里继续
读书、劳作、听曲

二

一条深巷，被风吹向更深
几道木门，把旧事紧掩

木格窗上
蜘蛛在打盹
当擦拭的手永久停下来
不再抚摸，蛛网
也已成为旧物的一部分

风从巷子的另一头返回
它比访古的人更清楚
推动哪一扇门
才能听见更多旧日的回响

这古老的庄园
它的旧不在我的眼里
而在我的肺腑之中

三

阳光衰老又年轻
驮着灰尘
从青瓦的背上滑下来
它有时轻擦着墙壁
有时蹑手蹑脚踩在石板路上
庄园用栀子花开放时的
那种寂静
让它的走动拥有了声音

蚂蚁在墙根下忙碌
它们顺应着时间
无法看清的面孔，对生活有种
直觉的信任

四

每年腊月的最后一天
敬贤堂的香炉里总会插满了香
像庄园外生机勃勃的竹林

灰色的烟站上屋顶，在风中徐徐颤动
向四百年前望去
又在拥挤中慢慢散开

黎氏后人将摆上最好的供品
他们祈求祖先的护佑——
祈求来年风调雨顺
祈求祖先把好运送达每一个人手中

五

无法触摸到的果实
悬挂在高出檐口的枝头
无法还原的历史，停留在比台阶的回声
更隐秘的深处
像石缝里的小草一样，用复杂的根系
向外探出一株细苗

在庄园
当我抬头看天空

大片的云朵正从这古老的建筑上空经过
它们从远处而来
又离我远去，仿佛软绵绵的旧事
在等着被拉近又推远

而一只麻雀在屋檐下
单纯的鸣叫
像赞美，像回溯

六

砌砖的人为一面墙
永远保留住工整的灰缝
和粗糙的辉光
当一座建筑老去
他在砖里留下的敲叩声
才又被听见

雕刻的人让
花草和兽类在石头里住满了四百多年
才放走它们的一部分线条
在涌动的时间里
它们消失的部分
被光线带往别处，长出更多的寓意

如果时间静止
我愿在雕花窗下
为一只找不到灯盏的飞蛾
重新擦亮火柴
如果时间逆流
我愿在康熙年间，目睹

这座庄园落下第一块基石

七

毛茸茸的
青苔，像青砖失而复得的礼物
鲜嫩覆盖着旧物。静寂处
时间透出喧响。影子因为陈旧而弥漫
绿因为繁多而迟缓

八

那位唯一没有搬离庄园的老人
在往灶里加柴
庄园上空就有了孤独的炊烟
这古老的楼宇庭园
正适合用孤独来赞美
适合用孤独的淡去
和离散赞美

天空被炊烟顶高，大地在围墙边远去
孤独的守望者，病榻上有妻子痛苦的
呻吟
声音里有天空中沉睡的隐秘星辰
和竹林里即将闪烁的萤火虫

九

"回型"建筑群里
每一条小巷都像孪生兄弟
长着让人生疑的脸

四百年的苍茫如暮云聚来
把曾经的繁华
和此时的寂静
压缩成荷塘与天井的沉默

石阶之上，门扉紧锁
日月转换中
小阁楼遗忘了颜色
风从北面吹来
门轴因为不再转动而让
人间重新拥有了陌生的秘密

[原载于《贺州文学》2018年第6期]

翁　宏
——落花人独立，微雨燕双飞

乱世仍能留下两行太平诗
伤春中写下的句子
安慰了
内心空虚之人

当无名女子
叫作小苹时，有人
从词句里抚摸出一个梦
做于五代和宋朝
之间的差别

风景老去
残句依然缺损
时间把一个飘零的诗人
送回旧籍
并把昔日的语境归还给他

［ 原载于《贺州文学》2019年第5期 ］

陶少波

先生，菊花不止开在南山
也开在你的庭院
它在石头上开了两百年
还将继续开下去

先生，你种的柳树
还在时间的枝杈上分生出
更多的细节
现在，它们也有漫无边际的想法
如你坐在镜子前
用高脚杯喝酒时萌生出的无数个念头

先生，月亮照高楼
也照着池塘

［ 原载于《贺州文学》2019年第5期 ］

浪水进士：黎世璋

你被自己创建的"进士围屋"
藏了起来
你拥抱过的明月已成为光阴
无人在穿过年迈的走廊时
想起你

你的生平记载甚少
我通过房梁和砖瓦
无法给你补记生前、身后事

台阶和雕花窗在你之后
日益衰老，也各自为你保留着
不被人知的秘密

进士是一个辉煌的词
像知更鸟的叫声已失散多年
像旧朝代的柳絮
把一个人内心的好奇
轻轻摇晃

[原载于《贺州文学》2019年第5期]

孝穆皇太后：李唐妹

战火中，她有六岁的懵懂

和一脸的惊恐
她的来路和去路，像浓雾般迷茫

皇宫里，婴儿的哭声
也会唤醒暗藏的利刃
当大雨扑窗，一个幸运的女人
感觉到了不幸

二十六岁，像一朵刚打开的花
抖落的灰尘
为她写下了最后的，模糊的遗嘱

在白石村
有时，飞鸟落在石碑上
它们歌唱
从稀疏到浓稠
像祭奠，像怀念

[原载于《贺州文学》2019年第5期]

瓦上人家

罗　添

罗添，笔名罗乔一，2000年出生于广西贺州。广西作家协会会员。诗歌散见于《诗刊》《星星》《北京文学》《广西文学》《青年作家》《绿风》《青春》《延河》《贺州文学》等。参加2021年第十四届星星大学生诗歌夏令营。曾获首届李叔同国际诗歌奖·新锐奖、首届中国（唐河）李季诗歌奖青年诗人奖等奖项。

雨后的古镇，藏匿在一种静谧之中
雨滴从屋檐落下，一阵丝雾环绕其中
这是一个携带着诗意的古老村落
燕塘玉西，岁月的痕迹在青砖石阶疯长
行走在古镇，总有一种生命力
让你惊叹。老树盘根，抑或
石瓦上的一株植物，一次萌动
穿过庭院，我们抬头的瞬间
瞥见一株株奇特的瓦松挺立着身姿
长在瓦缝之中，青苔与之作伴
安静的瓦松，就像一柄柄青灯
住持着微弱的阳光，在厚重的世界里
点渡着季节，漫谈无尽的岁月
而后，见证生命的老去和新生
雨滴从瓦松滑落我们影子的瞬间
有那么一刻，我们背靠过一段青葱的光阴

［原载于《三月三》（汉文版）2023年第6期］

刘家寨（组诗）

刘 俊

刘俊，生于1984年，广西贺州人。贺州市作家协会会员。有作品发表于《广西文学》《贺州文学》等刊物。

晒谷场

那块搭过戏台，放过电影
不大不小的旧石灰地
其实是无数个板块组成的
犹如世界地图

而我年迈的奶奶
总能准确指出哪一块属于谁
那里没有划线，也没有标记
但每户人都能准确找到自己的版图
夏天的时候
像切糕似的
一块花生，一块绿豆，一块芝麻

水 寨

森林的汗水从大山沟流出
借着时光的力量
刷出了峡谷——水寨

记得那些年
母亲在谷边洗衣
她敲打的声音像山蛙叫
水中升起的雾气
仿佛奇异的光，贴在母亲的脸上
泡沫从她通红的手上
顺流而下

那些泡沫
现在不知道去到了何处

教学点

这洒落在大山脚下的火种
凿坡而建
莽莽丛林是它的后花园
它的门前是条河
阳光总是很明亮
可以看见空气里的尘土
那里四季如春
人人可以仰脸看太阳
像山谷里无忧无虑的野花

老 井

老井哪年开源，已无人知晓
大黑石板，青苔盖壁
很多人不知道井下有几尾鲤鱼
正午时候，日正当中

它们贪婪地舔着垂直钻进老井的阳光
像梭子来回穿行

日照西斜
水面复如镜

[原载于《贺州文学》2021年第3期]

这座城有点甜

毛立国

毛立国，广西贺州市富川瑶族自治县人，贺州市作家协会会员。有作品发表于《南方文学》《贺州文学》《贺州日报》等报刊。

有人说
爱莲湖很甜
水草里野鸭的叫声很甜
阳光下鱼儿的姿态很甜
视线低一点的时候
松软的草垛也满是甜味

也有人说
这座城也很甜
春风里的长寿老人笑得很甜
夜色里的广场舞大妈舞得很甜
镜头再长一点
霓虹灯下的夜跑少年眼神也很甜

[原载于《贺州文学》2019年第5期]

山 城（外一首）

何 源

何源，女，广西昭平县人。作品散见《广西日报》《广西工人报》《广西工运》《长寿探秘》《贺州文学》《贺州日报》等报刊。

我来的时候
秋风乍起
吹皱了一江碧水
山城宛如一个玲珑剔透的玉杯
在微凉中静谧无声

历史的轻烟缓缓地
拂过山城的大地
夕阳西下
满天的晚霞
映红了脸

彩虹般的大桥
飞跨桂江西东
落日余晖中诉说一段段往事

碧波江上
多少过往化为一缕缕云烟

我仿佛看见了当年江上
南来北往的船只
首尾逶迤
船工铿锵有力的号子
从峡湾的深处中隐隐传出

恍惚之间
我又仿佛看到一艘轮船
在1921年那个冬天
把一代伟人送上了桂江的码头
孙中山先生与山城故事就此展开

抬头远望
五指山延绵起伏
忽然忆起山上的那个亭子
当明月升起
不知是谁在唱那首千千阙歌

我走的时候
山还是山
水还是水
行者如风
风过无痕

茶 园

当年的那片茶园
盘山而布
漫山遍野的茶树，阶梯般
氤氲在云雾中

眸光穿越
流年的影子
那片片茶叶，诉说幽幽情愫
葱茏了岁月

伊人呀，还在茶园的那边
剪影投来，投来
一人，一篓
与轻轻的笑声

当年的采茶歌，还在耳边萦绕
掩嘴而欲笑的人儿早已成对
茶园无语
却是最美的情话

[原载于《贺州文学》2019年第5期]

何源·山城（外一首）

富城八月桂花开

梁文海

梁文海，瑶族，广西贺州市富川瑶族自治县人。贺州市作家协会会员，鲁迅文学院第三十三期少数民族文学创作培训班学员。有作品在《广西文学》《贺州文学》等刊物发表。

开始点点滴滴
需半个月，大概路途遥远
大概漂洋过海，回来
直到满树，叽叽喳喳

大街小巷，都有花香
桂花应该是个女的
就是不见人

行至桂花树下
枝叶有力
应该是个男的
花
就躲在男的怀里

桂花树下
修单车的老人
下象棋
"帅"被将死
急得桂花落

我走走停停
行至十八坡
从这里可以回明城
明城有月，有绣楼
如这桂花一样香

[原载于《贺州文学》2019年第5期]

梁文海·富城八月桂花开

在大冲（组诗）

廖 云

廖云，女，瑶族，1989年生，广西钟山县人。贺州市作家协会会员。有作品发表在《滇池》《红豆》《贺州文学》等刊物。

山 行

山路蜿蜒，连接外面的世界
汽车盘旋而上
像被一条无形的绳索牵引着
驶向远方

群山昏沉，野草苍茫
天光在山脊上重新凝结成锁链
绿色的脉管，在沧桑中定格
不断穿越，不断穿越
前方依旧是青山

光的道路

光的道路，隐藏在叶脉末梢
在人们劳作的指间
在熏烤得喷香的茶叶上
为树木指出山顶的方向

它蘸取日光，均匀地将每颗果实涂抹
昼夜不停地，以细密画匠般的耐性
为其着色

它收集散落四处的村落灯火
用于点亮溪流与鸟群的眼睛
再将温度调和，把秋景浓缩
提炼为一颗榛子
存放在松鼠的谷仓

绿

最清澈的水
流淌于静谧山间
最深沉的绿
镶嵌在永不干涸的溪边

我的眼睛
被浸染成最纯真的绿色
风是绿的，鸟的翅膀是绿的

水中的倒影是绿的
瑶族姑娘飞舞的裙摆是绿的

绵绵细雨
为瑶寨化上了一层淡妆
岁月从叶脉的尖端滑落
积累着水般厚重的时间
得以承载
每一桩往事

篝　火

我挥舞着双手
挥舞着双手
将自己变成火焰
让指尖延伸再延伸

此刻，我们化作同一火焰上
最高最热的外焰
同一次吹息将我们投向
那一阵阵欢歌笑语
人们面对篝火扬起脸庞
承接这夜晚无声的馈赠

［ 原载于《贺州文学》2020年第1期 ］

風潮

到黄姚

刘大伟

刘大伟，中国作家协会会员，青海作家协会委员，西宁作家协会副主席，鲁迅文学院第三十六届高研班学员。作品刊发于《人民文学》《诗刊》《星星》《诗探索》等刊物，著有诗集《雪落林川》《低翔》、文化散文集《凝眸青海道》，获第六届青海青年文学奖，第七届、第八届青海省政府文学艺术奖。

深夜抵达桂林，彬彬的南宁
罗南的凌云，还很远
彼此依偎着的青山
将我们引向黄姚古镇

道路通畅，夜幕宽展
大解老师和我们分享橘子
分享诗歌，分享小说
分享生活绵密的细节
意想不到的文学课
让二百多公里的路程
瞬间生动起来

车子后排的"本少爷"果然年轻
之前我是从突围诗群认识的他

抵达黄姚入住客栈后
我从一杯杯啤酒中走近了他——
来自莆田，心有蓝天

[原载于《诗刊》2020年8月号下半月刊，2020年
"黄姚诗会"系列诗歌活动作品]

到人民中去，
记虎头村文艺惠民演出

娜仁琪琪格

娜仁琪琪格，女，蒙古族。生于内蒙古，长于辽宁朝阳。中国作家协会会员，一级作家。大型女性诗歌丛书《诗歌风赏》主编。参加诗刊社第22届"青春诗会"，著有诗集《在时光的鳞片上》《嵌入时光的褶皱》。诗集《在时光的鳞片上》入选21世纪文学之星丛书。现居北京。

从黄姚古镇、岔山村、秀水
夜至虎头村
远道而来的人，担负着文字所托付的使命。
深入生活、叩问历史、那些民族文化告诉你的
你要告诉更多的人

和我们一起到人民中去的
还有那枚头顶的月亮
晚风和畅、岁月宁馨
一场将欲到来的暴雨
让给今夜的盛宴，它们撤退到远方
在晚会结束后，重新蔓延而来
于午夜，闪电雷鸣行使天职。

而此时，那绕着月亮飞动的薄云
漫上来，又飘过去，忙于营造和美的意境

巨大的安谧、恬静
凉风习习，都在为晚会提供恰当、得体
歌之舞之，皆取材于民间
现在，还给了民间
爆满全场的观众，让我产生恍惚迷离的感觉
这一切又是多么真实。

每个人在音乐的节奏中都有一颗
蠢蠢欲动的心
小女孩在蝴蝶歌中起舞
小男孩扑打飞虫踩着音乐的节奏
台上台下产生的互动，是多么和谐

到人民中去
艺术家服务于人民，在人民中也获得了
取之不尽，用之不竭的素材

[原载于《贺州文学》2018年第5期]

娜仁琪琪格·到人民中去，记虎头村文艺惠民演出

山那边，有光（组诗）

徐一洛

　　徐一洛，曾用名四丫头，北京师范大学文学硕士。中国作家协会会员，南宁市作家协会副主席，鲁迅文学院第二十届高研班学员。于《十月》《小说选刊》《民族文学》《广州文艺》《美文》等数十种期刊发表作品。出版《欢歌》等作品六部。

山无路，路有山

山路修建在悬崖峭壁的半山腰
山石是土质疏松的风化石
一下暴雨，村里便多处泥石流或塌方
上面是陡坡
下面是悬崖
根本无路可逃

几十米长的塌方路
一百多米高的悬崖
只能踩着前人的脚印
踏着稀松的泥泞

小心翼翼，再小心翼翼
前方还很漫长
回头看，无路可退
向下看，万丈悬崖
他感觉自己的人生可能就走到这里了
他倚靠在塌方的约九十度的泥石上
像一尊泥塑
两个村民一前一后，一扯一推
将他从死神手中抢了回来
走完这几十米
他感觉自己
像是走完了一生

蛇　行

山区常有毒蛇出没
绿的，红的，花的
有毒的，无毒的
白花蛇，蟒蛇，赤链蛇，响尾蛇，眼镜蛇，无名蛇
手指般细瘦的，比手臂还粗壮的

一踩到蛇便立即跳开
才不至于伤及身体
"一定随身准备药品！"
一忙起来
驻村工作队员又赤手空拳
在苍苍莽莽的山路上
蛇行

徐一洛·山那边，有光（组诗）

169

上千个孩子的爸爸

村小的校舍老旧皲裂
墙皮斑驳
操场像一个建筑工地
废弃的砖头和木板是孩子们的玩具
厕所简陋的蹲坑，触目惊心
没有澡堂，孩子们只能在空旷的教室里洗澡
七八十个山里的孩子寄宿于此
粗糙的木板床，破旧不堪的棉被
大山里蚊子如麻
孩子们买不起蚊帐

看到这些可爱又可怜的孩子
他仿佛看到了自己分别已久的孩子
孩子们一天吃不好，一天没有蚊帐
第一书记就一天都吃不香、睡不着
他用双脚走南闯北，跑东跑西
一次次向上级反映情况
找教育局，找私人老板
多方筹集来太阳能热水器、电风扇
以及储物柜、床架、棉被、蚊帐等

运动场建起来了
篮球场也建起来了
新建的厕所同城里的一模一样
学生宿舍让人眼前一亮
双层金属床架整齐划一
卫生间、洗漱盆，孩子们不再偷偷摸摸地洗澡

从脱贫攻坚到乡村振兴
成百上千个孩子都叫他
爸爸

缺失的完整的爱

他娶她时
举办了为期两天三夜的婚礼
全村人参加长桌宴
他家的猪肉不够，米、油也不够
向邻居借，才得以顺利成婚

他身材瘦削，走路微瘸
双手形同鸡爪
他在村小担任民办教师
每天步行两个多小时去上课
起初月工资仅200多元
有一年，他同其他民办教师一起离开讲台

"他家并不富裕
可我愿意跟他过一生一世
2005年，我们有了孩子
那时候家里非常困难，连摩托车都买不起
孩子小时候经常生病，一旦生病
就要背着孩子，走15公里到镇卫生院看医生
看完病又背着孩子走回家
有一次孩子得了肺炎，医生建议住院治疗

被我拒绝了，住院要花几千元呢
我跟医生说，住院是住不了的，但孩子的病是一定要治的
早上6点多钟，我背着孩子出门
晚上七八点才回到家
那时候真的觉得很累，很累
但我不怨天怨地
只要一家人健健康康地在一起就好。"

如今夫妻俩都在政府安排的公司上班
收入也比以前翻番
从山村到城市
从不到50平方米的泥坯房到120平方米的楼房
从贫困户到小康之家
他们的日子越过越好
"我这双手可以提得起二三十斤重的东西
也能支撑得起一家人的生活。"

山那边，有光

土瑶地区太小了
小到你在百度上几乎查不到关于她的信息
她又太大了
大到一旦你走进她
会发觉怎么也走不出她的怀抱
一双双因长期劳作而爬满老茧、因编竹篓而布满伤痕的手
一张张长期曝晒在太阳底下黝黑的脸
一弯弯因长年采茶叶、挑生姜、背杉树而佝偻、变形的脊背
土瑶人民太勤劳了

七八十岁仍背着竹篓、编着竹编的老奶奶
唱着山歌、绣着瑶绣的少妇
挑着重担上山下山的土瑶汉子
在城里做工的村民

乐观、好客的土瑶儿女已敞开山门
摆好丰盛热闹的长桌宴
备好醇香浓烈的木薯酒
一首热情似火、高亢的敬酒歌
驱散瑶寨的微寒
那一碗碗醇香的米酒
从村头香到寨尾
那一曲曲动听的瑶歌
从这山唱到那岭
山还是那座山
山已不是那座山
山那边，有光

[原载于《贺州文学·平桂文艺专号》2021年秋冬季号]

药王谷（外二首）

罗晓玲

罗晓玲，女，瑶族，广西贺州市富川瑶族自治县人。中国作家协会会员，广西作家协会理事，鲁迅文学院第四十届青年作家高研班学员，作品发表于《散文选刊》《诗刊》《民族文学》《飞天》《广西文学》《四川文学》等刊，曾获贺州市文艺创作麒麟尊奖、《广西文学》年度优秀作品奖（散文奖），出版诗集《月光照在黛瓦上》、散文集《像白鹭寻找池塘》。

一个人去药王谷
满地找草药
两面针、鸡血藤、三叉苦、岗梅
哪一种可以治愈我
被日子浸泡得苍白浮肿的脸

养蜂人在树下打开蜂箱
密密麻麻的蜂围着他飞
箱里结着金色的蜜块
他多幸福
拥有丰腴的甜浆

我靠近养蜂人说话
却被蜂蜇了手
养蜂人说：你侵入了它们的领地

我心生疑惑
只是靠近了一点点，就成了敌意
那么，我要与这尘世保持多远的距离
才不会被伤害

［原载于《广西文学》2021年第1期］

在佛子背

三面环水的佛子背村
像一座孤岛
风遇树林就拐弯
松针无声地掉落
一切都很安静，没有谁想惊扰谁

碧溪湖里的水藻与世隔绝
白鹭飞走时也没有发出声音
万物各安其所
包括，此刻没有人与我共度时光

真好，就像宁静的湖
平息了所有的波浪
湖边巨大的风轮也停止了转动
我与他们面对面
仿佛是它们的一部分
又仿佛与它们格格不入

［原载于《广西文学》2021年第3期］

采访者

如果此时我敲响一只长鼓
神会不会转过身，注意到我——
一个外来者
在大井村摆弄这些修长的舞具

长鼓是属于信仰者的
白天，他们面朝黄土种下日子
夜晚，就有权力选择将鼓高高竖起
挥霍掉剩下的时光

谁懂一只鼓的灵魂呢
就像没有一个人懂得神的喜怒哀乐
他们兀自地沉浸在自己的信仰里
喊自己的号子，敲自己的鼓

而我正在他们的信仰之外
为所有的灵魂
做一个蹩脚的采访者

［ 原载于《广西文学》2021年第3期 ］

去贺州

吴真谋

吴真谋，仫佬族，广西罗城县人，广西作家协会会员。

野草等黄了，天空等瘦了，河流等枯了
我要去贺州，朋友说，贺州的风是圆形的
贺州的石头会唱歌

姑婆山，我来了，喊一场大雨和闪电吧
我要把你捧在掌心，越陷越深
看一看，掂一掂，称一称你灵魂的长度、宽度和重量

就像季节被日子掏空，花朵被蜜蜂掏空稻穗被麻雀掏空
我也要掏出自己的心脏

[原载于《贺州文学》2019年第1期]

慢城，慢生活

陈雅北

陈雅北，本名陈亚北，女，生于广西柳州。广西作家协会会员，柳州市作家协会理事，柳州市第七届签约作家。作品发表于《诗刊》《星星》《扬子江诗刊》《诗歌月刊》《诗选刊》《草堂》等期刊；诗歌《湘江，湘江》获自治区2022年度"喜迎二十大，书写新时代"主题重点文学作品扶持项目；2022年9月获"第三届黄姚诗会"主题诗歌征文比赛二等奖等。

在这里，风的源头是水
古代的山国，人们一大早起来
洗衣，淘米，打糍粑，沿街叫卖的声音伴着清光

走路施施然的女子，从蓄满青苔的墙上
缓慢敲开了鸡蛋
当人们开始讨论天气，一只意外闯入的鸟
在蔚蓝的上空，它重复着过往

静止是种生活。一树树花海里
整个村庄都会安静下来
在一艘不动的船上，房屋轮转而过
仿佛它们曾在雾里，缓慢着
被一盏盏红灯笼，盘旋树冠

恍若半城的烟火，于今全部停歇
有河流，轻薄了时光
村边的稻谷，眼看就要熟了

潮湿的石板路，每一次的雨点
都认为是新的转机
满面红光的老人，并排坐在村口的古榕树下
　古朴安静的街道，闪烁默想的光

我用了一生的时间来逃离
日益繁复的尘世

在慢城，人们用茅草搭成屋房
一些人会不带行李来
四面围居我们的山野，刚好可以摆下一只躺椅
向晚的时候，嘴喙微红的鸟儿
正在把过去的水软化

[原载于《贺州文学》2021年第3期]

陈雅北·慢城，慢生活

行走岔山村（外二首）

温柔一刀

温柔一刀，又名刘伦，本名刘伦富，广西军区某部政委，上校军衔。军旅诗人。在《诗刊》《中国作家》《解放军文艺》《北京文学》等军地报纸杂志发表作品100余万字。著有新诗集《南陲诗絮》。

这是一条肩挑湘桂两省区的古道
至今铅华落尽
这是一个串讲古今文明史的村落
至今桂冠等身
公元二〇二〇年十月二十一日
在富川县朝东镇岔山村
一天之内，我反复从远古的潇湘大地
步入二十一世纪的桂东风情
祖辈冥顽的风湿，一次次移访我的膝骨

天色如暮，横行村里的
腐竹干、梭子粑、三碗不过岗凉粉……
也没能留住我匆促的脚步

——我终归是个伪美食症患者
您瞧，而今我正背十斤粗盐赶路
明清的晚霞
映照着装满廿两白银的包袱

在秀水状元村写生

借一片空阔地，秀水村将自己打开
那些木楼，让岁月的风箱抽走娇颜
却从不向时光认输
执着地记录历史沧桑，生息繁衍
那龙形树，卧溪百年不薄云雨
一次次荫庇秀水后人
接踵先祖状元，进士及第
那对石鼓，被风雨卸下粗犷
却从未忘记嘱人风节

三五艺术家逐蕊而来，画笔群舞
欲将这风云阁楼，飞出优良家风的窗口
锁不住声名的小村
装进深深画夹，装进更多人心中
诗人们梭行其间，用镜头取回来路
用诗的方式，为古宅写生
也与画师们
来一场决不出胜负的PK

在福溪村与"福"字同框

书法家们生产过无数福字
或稳健方圆，或飘逸为诗……
但在富川千年古寨福溪村
那个站在墙上的"福"字
如两只神鹤普照一洼良田
又如一方沃土哺育对对伉俪
蜿蜒如怡的笔风，才富灵异的创意
将主人出卖：定然饱受了福溪恩惠

我赶忙定格与它的合影
并邀一位美女诗人，把它带在身边
以期在心里种下更多幸运
把更多福分，用后半生负重
陆续兑换给路人

[原载于《贺州文学·平桂文艺专号》2021年秋冬季号]

在松高

钟华斗

钟华斗，瑶族，1980年生于湖南省江华瑶族自治
县。现居贺州。

谁那么心灵手巧
将瑶寨镶进大桂山深处
默默为她
披上云雾织成的轻纱
风声中若隐若现
她羞涩的笑

那棵松树高耸入云
为谁展示着他的魁梧
漫山遍野
他温柔的目光里
是否藏得住
穿梭在丛林深处
每一次邂逅

那个为她取名松高的人
定是怕找不到
树下许过一百年不许变的诺言
袅袅升起的炊烟里
日复一日地相守
瑶寨的安静祥和
从此定格在你也曾浮躁的记忆里

注：松高，村名，八步区仁义镇所辖行政村，全村
90%以上为瑶族，为2016年脱贫的贫困村。

[原载于《贺州文学》2019年第5期]

苏醒的土地（外二首）

蒙新庭

蒙新庭，瑶族，广西钟山县人。鲁迅文学院第二十一期少数民族文学创作培训班学员，中国国学协会会员，广西民间文艺家协会理事，贺州市作家协会会员。有诗文散见于各级媒体和文学刊物，总编有《钟山文艺》《钟山风》等文艺刊物，主编有《圆梦花山》《作家笔下的钟山》《笔咏岭南情》等文学作品集3部。

这是一方正在苏醒的土地
一块缘于扶贫工作而苏醒的土地
欢快的竹竿舞　是土瑶瑶民简单的快乐
随处悬挂的红灯笼　是贫困户放飞的心情
悠扬的瑶歌　是瑶民对美好生活的渴望
而熊熊的篝火　则是新时代瑶民迎接远方客人滚烫的热情
土地苏醒了
山冲明亮了
瑶寨沸腾了
村民自豪地说
大冲现在的新面貌
是党的政策好啊
一切都是那么顺心　那么惬意
蜿蜒于山路之间　有好几百米长

是我们见过的最长的长桌宴
环保的农家菜
纯正的小锅米酒
古朴自然的热情
喝酒　一杯又一杯
以瑶民的方式　以愉悦的方式
有些瑶民喝多了
在半醒半醉之间
说出了好多感谢的话
说出了好多掏心窝子的话
也说出了好多信誓旦旦的话
是的　关于明天关于脱贫关于幸福
村民是相信的
我更相信

黑黑的黑茶

这种茶叶的形成
需要时间的沉淀　慢一点
再慢一点
如同酒糟的发酵过程
历久弥香
稳重　执着　神秘而有张力
黑色的象征意义
在黑茶里找到了美丽的佐证
一位记者兴致冲冲地爬上厨房小阁楼
看到了一片沉睡的茶叶
黑黑的　黑黑的

满眼的黑色
有柴草火烟的熏味
阁楼下的灶台　火焰未息
尚有微微的烟火
袅袅于黑黑的厨房
挥之不去　如此
我钦佩于投资商的胆略了
这么长的周期
显然不是用商业思路
而是以事业和情怀作业
而最终回报他的
一定是草木的清新和大山的芳香
问了一块黑茶的价钱
答曰：三百五十元
它的品牌名叫——
"陈老黑"

九元一个的小竹篓

问了一下：织一个能拿多少钱？
九块　姑娘的回答有点腼腆
眼睛却闪烁着满满的自豪
我仔细端详了姑娘织的小竹篓
竹篾很细　爽眼的青绿色
细腻　匀称而有形
用来盛装黑茶叶的
姑娘是村里数一数二的编织好手
快的时候　一天能织十五六个

就这么一些小小的竹篓
支撑着家庭的柴米油盐
牵挂着家人的喜怒哀乐
鼓舞着瑶民的幸福向往
走的时候
我又特意看了一眼可爱的小竹篓
终于读懂了　九元一个的小竹篓
编进了人们的欢声笑语
装下了贫困户脱贫的心愿
托起了大冲瑶民憧憬幸福的一方蓝天

[原载于《贺州文学》2020年第1期]

秋日瑶山行（组诗）

毛立国

毛立国，广西贺州市富川瑶族自治县人，贺州市作家协会会员。有作品在《南方文学》《贺州日报》《贺州文学》等刊物发表。

木屋

过去
在山里
像是
遗落世界的一叶孤舟
每一阵风
都能穿透它的心脏
留下
碎落的满地苦难

新时代

回到新瑶山
变了新模样
像是
期待新生活的向日葵
爱每一缕风与阳光
俏脸
在光影下
没有一道苦难的皱纹

写对的时光书

海来过这片山
鱼游过这片林
这里的每一块土壤
都曾有一颗比天更广的梦想

人来得迟
只剩下
半打时光留下的苦酒
和几尾犯错没走掉的野鱼

与猛兽博弈
与森林周旋
生命
在巨石的牙齿里诞生
在茅草的怀抱里成长
这个世界

被写到了一本叫作遗落天堂的书

水泥路推开山门
电灯点燃黑夜
红旗
照亮了人心
土壤里每一颗尘封的梦想
忽然
复苏，疯长

桃花岛

泉水围住的空地
种了七棵桃树苗
村长挂个牌
叫桃花岛

路过的村民
望着
只容得下一棵八角的地方
围满了外来的客人
脸上浮起了红云

又来一批游客
村长嗓门更大了
朋友们
岛小了一点

桃花却没有少一分颜色
这望不尽的山林
能打动凡心的风景
一定就是这里
此刻
请你的眼睛
带走一座桃花岛

[原载于《贺州文学》2020年第1期]

抒 情

邱哲志

　　邱哲志，1977年生于广西贺州市昭平县。贺州市作家协会会员。有作品发表于《贺州文学》等刊。

在立教村　敬业村
在两村之间来访
新生活里走出了精彩
看见了喜洋洋的变化
不分甘甜的味道
催着萌芽成长
我已经经过
拿着一缕缕阳光去温暖
最美的是因人施策
从个案到个案的距离
只是用了恒心去丈量尺度
看见一个很小的临界线正在变化
从无到精彩
村民正在发明
一种叫作致富的功法

[原载于《贺州文学》2022年第3期]

贺州等你来

陈荣廷

陈荣廷，瑶族，1982年出生于广西贺州市。贺州市作家协会会员，鲁迅文学院第二十二期少数民族创作培训班学员。有作品发表在《民族文学》《红豆》等刊。

暂别都市的喧嚣
顺着清晨的第一缕阳光
来到粤港澳大湾区的后花园——贺州
一个潇贺古道穿行千年历史文明的长寿之乡
这久违的安和与静谧
才是生活本来的样子
春夏时分，品一杯茶
独自凭栏，细嗅芳香
有种时光流转的梦幻感

暂别繁华，赴一场闲适的温泉之约
独享这里不紧不慢的好时光
寻梦长寿之乡
所有的遇见都像久别重逢
行走在古镇的石板道上

寻找千年古镇上故人的身影
盛夏微凉之际
走进林下仙草园，与蝉鸣为伴

瑶绣技艺流传千年，承载着先人的智慧
体验民族文化，品尝地道瑶家美食，回味悠长
做一回瑶家人
感受大山深处的清纯与质朴

这里有穷极目力的雄浑之美
这里有潇贺古道边白马立长风的人文精髓
这里是时光重叠的边际线
这里也是历史与现代交融的结合点
这里水秀山灵是诗人笔墨盛赞之地
这里三省通衢，是广西的东大门
这里宜商宜旅，是未来的开放之都

天晴的时候
贺州是一汪碧潭，粼粼微波，云照天光
雨后烟景绿，晴天散余霞
阴雨的时候，贺州是把油纸伞
一夕烟雨，满城春色
已过才追问，相看是故人

贺州是一抹绿色
是从萌渚岭掉落到贺江的一颗翡翠珠子
贺州是一墙粉色
是从岭南小院里开出的繁花盛景
贺州还是一整把梦幻的天青色
待大雨初晴，等你踏歌而来

陈荣廷·贺州等你来

贺州文学作品选

杨剑华 主编

团结出版社

图书在版编目（CIP）数据

贺州文学作品选 / 杨剑华主编. -- 北京：团结出版社，2024.8
　　ISBN 978-7-5234-0967-1

　　Ⅰ.①贺… Ⅱ.①杨… Ⅲ.①中国文学-当代文学-作品综合集 Ⅳ.①I217.1

中国国家版本馆 CIP 数据核字（2024）第 099645 号

出　　　版：	团结出版社
	（北京市东城区东皇城根南街 84 号　邮编：100006）
电　　　话：	（010）65228880　65244790
网　　　址：	http：//www.tjpress.com
E - mail：	zb65244790@ vip.163.com
出版策划：	力扬文化
经　　　销：	全国新华书店
印　　　刷：	四川科德彩色数码科技有限公司
开　　　本：	180mm×230mm　1/16
印　　　张：	26.25
字　　　数：	443 千字
版　　　次：	2024 年 8 月第 1 版
印　　　次：	2025 年 1 月第 1 次印刷
书　　　号：	ISBN 978-7-5234-0967-1
定　　　价：	128.00 元（全二册）
	（版权所属，盗版必究）

出品单位：中共贺州市委宣传部
　　　　　贺州市文学艺术界联合会
支持单位：贺州市文化广电和旅游局
　　　　　贺州市民族宗教事务委员会

主　　编：杨剑华
执行主编：冯　昱　孟　菲

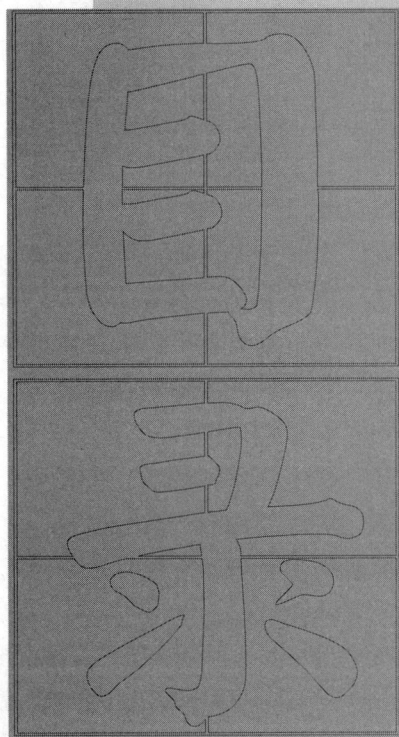

目录

风 土

风 景

风 情

风 采

风土

贺州见闻

（外一篇）

贾平凹

　　贾平凹，本名贾平娃，1952年2月出生于陕西省商洛市丹凤县棣花镇。第九届中国作家协会副主席，中国作家协会散文委员会主任，陕西省作家协会主席。

一

从桂林往贺州去，一路都是山。这山很奇怪，有断无续，散乱着全是些锥形，高倒不高，人却绝对上不去。山还能长成这样？想着是上天把一张耙翻过来的吧，满是耙齿。

据说这里曾经是山与海争斗之地，厮杀得乌烟瘴气，至今人们还习惯多吃姜蒜，而现在作为特产的黄蜡石，可能也是那时凝固的血。后来，海要淹没山的时候，海气竭而死，山也只残存了峰头。

高速路就在这样的山中穿行，偶尔到一处了，山突然就躲闪开来，阔地上便有了楼房屋舍，少的就是村镇，多的则为县城了。而躲开的山远远蹲着，好像是栽了桩要围篱笆，也好像是狗在守护。

我还纠结着那场山与海的战争：多大的海呀就死了，水原来也是一粒一粒的，水死成了沙子？！

二

贺州有许多古镇，我去了黄姚。黄姚是在一个山湾里，河流又在镇子中。水在曲处有桥，桥头桥尾有树。桥都很质朴，巨型的石板相互以石榫接连了平卧在水面，树却枝股向四面八方的空中张扬，且从根到梢挂满了菟丝女萝，在风里似乎还要飞起来。桥前树后都是人家，街巷便高低错落，弯转迂回，从任何一处进去也能游遍全镇，而走错一个岔口了，却是半天不得回来。

街巷里货栈店铺很多，门面都有小造型，或挂了幌旗，或吊上灯笼，布置了真花和假花，甚至一根麻绳拴了硬纸片儿就在门环上："只做你爱吃的味道""女人不可百日无糖""老地方今夜有梦""我有酒，你有故事吗？"老板或许是文艺青年，招揽着小情小调的顾客，觉得有些花哨和轻浮，想想这也是时代风尚，便浅浅地笑了。

但那挑着担子叫卖的油茶、用竹签扎着吃的菜酿，以及小摊上的山稔子、黄荆子、野百合、五指毛桃，使你知道了这里的特产和特色。更有街巷里的黑石路，千人万人走过了，已经漆明油亮，傍晚时闪动着辉，它是一直在明示着镇子数百年的历史。

我在那里故意滑了一跤，用手去抚摸像皮肤一样细腻的路面，我知道，路面也同时复印了我的身影。

三

在乡下人家院里，见墙边放着数个带孔的陶罐，陶罐里养着蛙，问其缘故，回答是：防贼的。先是不解，蓦地明白，拍手叫好。一般防贼都是养狗，狗多是在打盹，要是有贼，它就扑着叫，而蛙平常爱说话，贼一来，却噤声了。世上好多不祥事，总有人抗议，也总有人沉默，沉默或许更预警。

四

走潇贺古道，顺脚进了一个村子。村东头是座戏台，台柱上贴了张青龙神位的纸条，摆着个香炉，村西头有间屋楼，楼檐上贴了张白虎神位的纸条，也摆着个香炉。在村巷中转悠，怪石前有香炉，古树下有香炉，碾子、酒坊、石井、磨棚都有香炉。到一户人家里，上房、厢房、厦屋、后院到处敬的是菩萨，天师、财神、灶王，还有祖宗牌位，还有关公钟馗的画像，甚至那门上钉着个竹筒，里边插了香，在敬门神。我们一行人正感叹：诸神充满！就见一个老者走过来，面如重枣，白胡垂胸，但个头矮小，肚腹硕大，短短的两条胳膊架着前后晃动。我说：咦，这像不像土地爷？同行的人看了，都说像。

五

贺州人长寿，眼见过几十位都是百岁以上，考察他们的养生秘诀，好像并没有什么，只是说早晚喝油茶，顿顿有菜酿。

这油茶不是那种茶树籽榨出的油，也不是用炒面做成的茶羹。而是把老姜和大蒜切成碎末和茶叶搅和一起在鏊子里炒，炒出了香，就用小木槌捣砸，然后起火烧锅，还要捣砸，边添水边捣砸，不停地捣砸，直到汤汁煮沸，捞去渣滓，油茶就做好了。菜酿的酿原本是一种面皮包馅的蒸煎烹煮，但这里不产面粉，就豆腐、辣椒、冬瓜、鸡皮、桃子、香蕉、猪肠、萝卜、兔耳、瓜花、茄子、豆芽、韭菜，没有啥不可包上肉馅、菇馅、花生馅来酿了。

我是喝第一口油茶时，觉得味怪怪的，喝过一碗，满口生香，浑身出汗，竟然上了瘾，在贺州的那些日子，早晚要喝两碗。菜酿也十分对胃口，吃饱了还再吃几个，每顿都鼓腹而歌。我说我回西安了也试着做油茶菜酿呀，陪我们的朋友说那不行的，这里曾经有人去了外地开专卖店，但都因味道变了失败而归。这或许是有这里气候的原因、水的原因、所产的食材的原因，或许也是天意吧，只肯让贺州人独受。

那么，我说，要长寿就只能以后多来贺州了。

蛙 事

世上万物都分阴阳，蛙就属于阴，它来自水里。先是在小河或池塘中，那浮着的一片黏糊糊的东西内有了些黑点；黑点长大了，生出个尾巴，便跟着鱼游。它以为它也是鱼，游着游着，有一天把尾巴游掉了，从水里爬上岸来。

有两种动物对自己的出身疑惑不已，一种是蝴蝶，本是在地上爬的，怎么竟飞到空中？一种是蛙，为什么可以在湖河里又可以在陆地上？蝴蝶不吭声的，一生都在寻访着哪一朵花是它的前世，而蛙只是惊叫：哇？哇！哇？！它的叫声就成了它的名字。

蛙是人从来没有豢养过却与人不即不离的动物，它和燕子一样古老。但燕子是报春的，在人家门楣上和尾梁上处之超然，蛙永远在水畔和田野，关注着吃，吃成了大肚子，再就是繁殖。

蛙的眼睛间距很宽，似乎有的还长在前额，有的就长在了额的两侧，大而圆，不闭合。它刚出生时的惊叹，后来可能是悟到了湖河或陆地的许多秽事与不祥，惊叹遂为质问，进而抒发，便日夜哇声不歇。愈是质问，愈是抒发，生出了怒气和志气，脖子下就有了大的气囊。春秋时越王勾践为吴所败，被释放的路上，见一蛙，下车恭拜，说："彼亦有气者？！"立下雪耻志向，修德治兵，最终成了春秋五霸之一。

谐音是中国民间的一种独特思维，把蝙蝠能联系到福，把有鱼能联系到有余，甚至在那么多的刺绣、剪纸、石刻、绘图上，女娲的造像就是只蛙。我的名字里有个凹字，我也谐音呀，就喜欢蛙，于是家里收藏了各种各样的石蛙、木蛙、陶蛙、玉蛙和瓷蛙。在收藏越来越多的时候，我发觉我的胳膊腿细起来，肚腹日渐硕大。我戏谑自己也成了一只蛙了，一只会写作的蛙。

或许蛙的叫声是多了些，这叫声使有些人听着舒坦，也让有些人听了胆寒。毛泽东写过蛙诗："独坐池塘如虎踞，树荫底下养精神，春来我不先开口，哪个虫儿敢作声。"但蛙也有不叫的时候，它若不叫，这个世界才是空旷和恐惧。我在广西的乡下见过用蛙防贼的事，是把蛙盛在带孔的土罐里，置于院子四角，夜里在蛙鸣中主人安睡，而突然没了叫声，主人赶紧出来查看，果然有贼已潜入院。

虽然有青蛙王子的童话，但更有"癞蛤蟆想吃天鹅肉"的笑话，蛙确实样子丑陋，暴睛阔嘴，且短胳膊短腿的，走路还是跳着，一跳一乍远，一跳一乍远。但我终于读到一本古书，上面写着蟾蜍、癞蛤蟆都是蛙的别名，还写着嫦娥的名字原来叫恒我，说："昔者，恒我窃毋死之药于西王母，服之以奔月。将往，而枚占于有黄。有黄占之曰：'吉，翩翩归妹，独将西行。逢天晦芒，毋惊毋恐，后且大昌。恒我遂托身于月，是为蟾蜍。'"

　　啊哈，蛙是由美人变的，它是长生，它是黑夜中的月亮。

[原载于《人民文学》2020年第5期、《贺州文学》2020年第4期转载]

砂锅水煮豆腐酿

鬼 子

鬼子，原名廖润柏，广西罗城人，小说家。主要作品有《瓦城上空的麦田》《上午打瞌睡的女孩》《被雨淋湿的河》《大年夜》《活埋》《盐水花生》《卖女孩的小火柴》。曾获第二届鲁迅文学奖、《小说选刊》年度优秀小说奖、《人民文学》年度优秀小说奖等。

每次想起黄姚，我最先想到的都是它的豆腐酿。那满满的一桌菜，虽然都是黄姚的特产佳肴，可只要看到了豆腐酿，我就总是掩饰不住心中某种莫名的贪婪，目光就会在桌子的周边迅速地走一圈，与此同时，左手已经悄悄地伸长，只要看到无人在夹菜，就会迅速地转动桌子上的转盘，让那锅豆腐酿以最快的速度朝我靠近。如果那锅豆腐酿与我的距离有点远，再加上人多桌大，我就会担心，还没有转到我的面前就空空的了，那样一来，那一顿饭对我来说可就满腹遗憾了，一不小心，就白白去了一趟黄姚！

　　这天下的豆腐酿，到底有多少种，我不知道。我所吃过的各种各样的豆腐酿，应该说也是数不胜数的了，但在我的嘴里，觉得最好吃的，只有两种，一种是我的母亲逢年过节的时候做的；还有一种，便是这黄姚的豆腐酿。

　　我说的这种黄姚豆腐酿，可不是那种把豆腐炸成了油果，然后把油果掏空，再把肉馅塞到里边去的那种豆腐酿，虽然黄姚在网上宣传美食的时候，把这种油果做成的豆腐酿当成黄姚豆腐酿的当家主人，但我以为他们是选错食品的图片了，因为那种用油果做成的豆腐酿虽然也是黄姚的一种豆腐酿，却远远不能代表我说的那种豆腐酿，而且也远远不能相比。我说的那种黄姚豆腐酿，才是我心中最美味的黄姚豆腐酿。

　　那是一种水煮的豆腐酿。

　　而且是用砂锅煮的。

　　砂锅煮的豆腐酿和铁锅煮的豆腐酿味道有什么不一样？这个我不知道，我只知道我觉得好吃的，就是那种砂锅煮的豆腐酿。我每次吃到的黄姚豆腐酿，都是这种豆腐酿。那砂锅不是很大，大了我也就不用着急了；也不深，深了就看不到锅里的豆腐酿了。它的诱人之一。

　　就在于一上桌就能让你看得清清楚楚的、四四方方的、不大不小的、白白的、一块一块地排在锅底里，就一层，铺两层应该也是可以的，但只铺一层会十分好看。如果没有人告诉你那就是黄姚最好吃的豆腐酿，你会以为那只是锅水的白豆腐。水煮的白豆腐好不好吃？我也不知道，我只知道这种看上去好像是水煮白豆腐的豆腐酿，无比好吃，里边的馅料你肉眼是看不到的，需要咬进嘴里，那藏在里边的馅才会告诉你：它来了，它等你等了好久，至少是等了半天了，这半天的等待对一个人来说没什么，可对一块豆腐酿来说，那可是满满的爱的期待。你只有吃了，才能明白。

黄姚的豆腐酿好吃，首先应该是它的黄豆好。它的黄豆是黄姚土生土长的那一种，你如果换了别地儿的黄豆，味道也许就变了；然后就是水。做豆腐的水当然也是要讲究的，你只要在黄姚的街上随便走走，没多远就能看到一口又一口的泉水在眼前流淌。黄姚的每一口泉水上边，总是有一棵大树，你只要走过去摸一摸那棵大树，就知道黄姚的泉水都是黄姚的先人给留下来的，那和自来水管里的水是完全不一样。再其次，应该就是砂锅水煮豆腐酿的做工了。

　　怎么做？
　　我不知道。
　　我也没问过。
　　我头一次来黄姚，并没有吃上这种水煮的砂锅豆腐酿，因为那次是匆匆来然后匆匆离开，但我当时却问了一句黄姚最好吃的菜是什么，一个老厨师告诉我是砂锅水煮豆腐酿。我问他怎么个好。他只是笑笑，说，吃了你就知道了。从此以后，每次来到黄姚，吃饭的时候我的眼睛总是紧紧地盯着上菜的人，如果落座随意，我会尽量坐在靠近上菜的地方。
　　我曾想过，哪天再去黄姚，我会什么菜都不吃，只吃这种水煮的砂锅豆腐酿，我要看看我到底能吃多少个。五六个？那肯定是不够的。十个八个？我估计都没有问题，当然，这不是一口气把这十个八个像排队上飞机那样推进去，那可不行，也不好，而是要慢慢来，头一个可以例外，头一个的速度和咀嚼的力度那是为了满足，这一个满足之后，你就得慢慢来了，你要放下速度，你要在嘴里和那慢慢进去的豆腐酿好好说话，好好聊天，就像跟情人约会一样，你好像很急，可又一点都不急，要让它感到你不光是想完全地拥有它，还要对它先是千般的好，这个好，就是慢慢地，你可以先是轻轻地吸一吸，吸一吸刚刚从汤里起来，还来不及滴光的那一身汤汁，这汤汁是从外边煮进去又从里边煮出来的汤汁，不会太多，可也不少，你如果能轻轻地吸出它的分量，并享受到那份不多不少的美味，那我告诉你，你就找到与它的真爱了，那份真爱不仅是它给了你，而是你也给了它！我还想悄悄地告诉你，这汤汁可不是一般的汤汁，那是人家在煮豆腐酿的时候往汤里轻轻丢了十来颗豆豉的，就十来颗，不会多，也不会少，多了味就大了，少了味就会薄。那豆豉应该是黄姚最有名的那家豆豉，也许不一定，我想问问，但没有开口，我觉得只要是黄姚的豆豉，哪一家都应该是好的，肯定都是黄姚味的，因为有人说过豆豉的味道便是黄姚的味道。黄姚和豆豉，是不可分割的。所以说，那砂锅水煮豆腐的味道，便也承担了黄姚的味道!我再说一句,你在慢慢吃那豆腐酿的时候,还可以吃出一种像是慢慢行走在黄姚古镇那石板街上的味道,滑滑的、润润的,亲切极了,陌生极了,也惊喜极了,尤其是在晚上。

黄姚的砂锅水煮豆腐酿是真的好吃!

[原载于《中国作家》2021年第3期纪实版]

大风吹过古道

（外一篇）

杨剑华

杨剑华，女，瑶族，祖籍湖南江华，现居广西贺州。系中国曲艺家协会会员、广西作家协会会员，鲁迅文学院第一期少数民族创作培训班学员。有文艺作品在《民族文学》《时代报告·中国报告文学》《剧本》《曲艺》等刊发表，入选《新时期中国少数民族文学作品选集》《杂文选刊》等选本，曾获中国曲艺牡丹奖提名、广西文艺创作铜鼓奖等。

一

山风携着白云掠过山口，牵出一条坚韧曲折的道路，蜿蜒着引出了风雨桥、石牌坊、老戏台、古祠堂和小桥流水人家。村落民居一色的白墙青瓦，飞檐翘角，古色古香，村头大门上挂一个牌匾，"潇贺古道第一村"。不要嗔怪村人傲娇，这"第一村"指的是从潇湘水边长途跋涉踏进八桂大地的第一个驿站，看，一帘帘标旗从街巷里探出来，像热情的手，在风里鲜艳地招展着。

油茶馆、米豆腐店、土菜厨房……随便走进一家，一家有一家的特色，一家有一家的味道。几年前，富川瑶族自治县朝东镇岔山村里的几户瑶族、汉族妇女在村支书引导动员下，创立了岔山村妇女油茶互助社，把油茶、粑粑、长桌宴做成了贺州金牌长寿美食，还引来了央视的镜头聚焦。几年工夫，村里特色美食旅游街店铺已经发展到二三十家，还建起了观景台、知青馆、博物馆，网络覆盖到了溪边的石头和田头的草尖，成为全国有名的网红村，各地游客络绎不绝。一碗油茶香，随风传万里，滋润了古道上的小山村。

土菜馆、长桌宴当然少不了鱼，寓意年年有余。古道人家含蓄而通达。无论是从涝溪里捞起的通体透明的石缝鱼，还是在富江、龟石水库里打上来的头大如盆的大鱼，一律谦虚地统称为"鱼仔仔"，言辞低调，而喜悦的眉梢眼角流露出的，是掩也掩不住的自信和底气。席间，主人举杯邀请，热情地说一声"喝起"，客人一饮而尽，高声回一句"喝开"，一"起"一"开"的简单爽朗，应和着好日子的红火敞亮。

二

风中袅娜着荷花的暗香。山峦层层叠叠，远远近近，在大地上设下一围围翠玉绣屏。清澈澄明的水面倒映着山的黛影，荷塘一碧如洗，荷叶接水连天，花箭亭亭而立。云栖息在山顶，村庄散布在水边，一切像是跌宕起伏的音符在大自然的曲谱间跳跃，天地共鸣、万籁和谐，吟唱出一曲婉转曲折的田园牧歌。

听着蛙声蝉鸣，沿钟山县公安镇荷塘村的村道一路行进，得天独厚的泥盆系石灰岩地貌，赐予这里如画风光。与水墨画廊的明媚相映成趣的，是钟山人乐活的性格。"八桂民俗盛典·民歌大会"曾在这里的水墨画廊间上演，中南六省（区）的民歌在荷塘之中、山水之间畅响，活色生香，而钟山民歌独树一帜。钟山不山，地貌多为平原、盆地、丘陵，古道至此一马平川，飘荡出平地瑶山歌明快的节奏、高亢的曲调。一队歌手牵着手出来，笑着，随着韵律微微摇摆着，歌声扬起来，掠过水面，拂过枝头，飞上云端。哪怕不懂方言听不明白歌词，也能听出花朵的明亮，蜂飞蝶舞的活泼，还有风过原野田畴的爽朗。钟山盛行"惯节"之风。惯节，也叫赶会期，是为了纪念某历史人物或庆祝某个重大事件，一村或者相邻数村约定俗成的聚会，毫不夸张地说，钟山人每天不是在过节，就是在准备过节。每个村寨每年至少有一天是会期日，大多数村寨都有两个会期日，一年三百六十五天，你方唱罢我登场，天天都是节日。惯节这天，无论是亲朋好友、还是走过路过，进门就是客。在推进移风易俗、兴建文明乡风的当下，惯节淡去了饕餮盛宴、大事铺张的陈习旧俗。一道糍粑，一锅油茶，一盘时新鲜果，洋溢着浓浓的人情味道。村头戏台上披红挂彩丝竹锣鼓好不热闹，唱的是桂剧、彩调、采茶戏，彰显的是人文色彩。传统惯节，惯的是血脉相连的亲情和淡不去的乡愁，惯的是"来的都是客""天下皆朋友"的古道热肠，惯的是把平凡日子过成光亮节日的精神头儿、心气劲儿。

三

　　大风至此忽而温婉细腻，化为一支精工画笔，一笔一笔描摹出一座灵秀古朴的古镇。古镇的灵秀如春雨，飘落进潺潺流水，洗亮青青的石板，打湿曲径通幽的街巷和街巷里撑开的油纸伞。古镇的古朴如秋霜，凝结在斑驳的白墙黛瓦和参天古榕枝干虬劲却依然婆娑的绿影上。古镇的名字也雅致，看那匾额："黄姚"，让人一下子联想到名贵花种姚黄魏紫，姹紫嫣红的芬芳。然而最先透露古镇隐秘之美的，是古镇门边的一座古戏台，耳边隐约响起丝竹鼓乐的曼妙之音，咚咚锵咚锵，一出穿越古今的实景大戏粉墨登场，一个清丽典雅的青衣旦角从古道深处款款走来，步步生莲……

　　远有桂江护佑，近有姚江、宝珠江、兴宁河拥吻，古镇浸淫在水文化中，处处烙印下水神崇拜的痕迹。龙门榕、带龙楼、护龙桥、佐龙寺、接龙门……以龙命名的景观不胜枚举——黄姚所在的昭平，古称龙平。漫步鲤鱼街，一条盘道石鱼翘首摆尾，用宁静而致远的姿态昭示着鱼跃龙门的梦想。

　　舞鱼龙，是古镇从乾隆年间流传至今的古老民俗。新春的爆竹声中，古镇人用竹篾、棉线、彩纸扎制出一盏盏精美的鱼形灯笼，大年初二，鱼龙灯节春风沉醉的夜晚，人们舞动鱼灯，千百盏鱼灯一盏接着一盏穿梭在古街中，组成一条五彩缤纷的蜿蜒长龙，祈求风调雨顺、国泰民安。灯火辉耀下，锣鼓喧天，笑脸盈盈，眼睛闪亮，有祝愿孩子聪明伶俐、老人健康长寿、阖家幸福安康的，有想要自家做的豆豉更黑亮、酱的菜更香、炒的茶更醇厚的，有希望经营的民宿饭馆顾客如云、生意兴隆的，具体细微的向往，比奢望更容易抵达。新一年的美好就这样从流光溢彩的鱼龙灯节开始萌芽。在这个播种梦想的夜晚，鱼和龙之间没有距离，平凡和非凡之间也没有距离，盏盏明灯，像是繁星点点，照亮小小的心愿，点燃大大的梦想——敢于梦想，平凡的鱼也能跃过龙门，翱翔海天。

四

风在石林间穿行。石芽、石簪、石花、石笋、石柱、石峰拔地而起，争相向上，密密匝匝汇集成一座石头的森林。石头森林里阴阳相生，浮生万象，如仙羊回头、孔雀开屏、雄鹰展翅，峭壁上垂下一道道幽径，有一线通天、世外桃源、石阵迷宫……迎面一道摩崖石刻：贺州玉石林。

玉石林西北行40公里，即可到达"工业版"的玉石林。白云石、镁橄榄石、方解石历经全产业链的加工、雕琢、打磨、抛光，以千姿百态的形式艺术呈现着，雪花白、月光米、象牙金、黑晶玉、雨林棕、艾叶青、紫霞红、木纹灰……精美的石头会唱歌，当年古道拓疆开路时的拦路石，变成了美轮美奂的转运石，它们沿着曾经的古道，走南闯北，漂洋过海，为人世间装点出粉妆玉砌的万千楼宇，与大自然鬼斧神工的玉石林遥相呼应。

从始于西汉的民间采矿，到新中国著名的有色金属之乡，矿山资源枯竭城市，再到中国重钙之都，沧海桑田，平桂走过了一条筚路蓝缕、砥砺前行的道路，古道见证了这里的兴衰繁荣，惊喜于蛹化成蝶的华丽转身，也铭记下壮士断腕、凤凰涅槃的悲壮。依托华南地区储量最大的大理石矿藏，驾乘产业发展之东风，这里成就了世界最大的重钙粉体和生态岗石生产基地，跻身于广西14个千亿元产业之一，碳酸钙产业风生水起。点石成金的魔棒，让枯竭的矿眼喷涌出希望之泉。工业区展厅里陈列着一个匠心独具的大型石雕工艺品：一只用白色大理石雕刻的巨大鞋子，"与石俱进"，是它的名字。看着这只志在远方的鞋，眼前恍然立起一个顶天立地的巨人，抓铁有痕、踏石留印，大步流星追风逐日，奔跑在产业发展之路上。

五

惠风和畅，水波荡漾。一江漫流逶迤而来，江岸繁花似锦，楼宇林立，一桥飞架南北，流畅的斜拉索仿佛竖琴的琴弦，柱天踏地，日夜弹奏着高山流水。从一衣带水到静水流深，在与大宁河汇流成为贺江之前，它的名字叫临江。

连接临江两岸的第一座跨江大桥叫八步大桥。关于八步大桥，坊间流传着一个妇孺皆知的故事，说是大桥建成那天，八步人敲锣打鼓欢聚桥边喜迎通车，主持通车仪式的人激动万分，念完"八步大桥"几个字，后面的话竟接不下去了，于是就当机立断说，从头来！群众鼓掌大笑，场面更加热烈。从此，"八步大桥——从头来"就成为一个典故，折射出八步人宽以待人、从容对事的人生态度，凡遇到曲折坎坷，八步人会说，没什么大不了的，八步大桥从头来。如今，临江之上，彩虹桥、灵峰大桥、城东创业路桥、城西光明大桥先后建成，彩绸缎带般一一飘过江面，串联起江南江北的美丽繁华，"八步大桥从头来"这句俗语，又被赋予了新的内涵，充满了而今迈步从头越的豪迈气概。

从清朝咸丰年间沿江而设的八家店铺和八个埠头，发展为今天的贺州市机关所在地，八步是灵活机变，开放包容的。这在八步人的餐桌上可见一斑。八步的代表菜式百菜酿，据说源于客家人的原乡情结。沿古道从北至南的客家人，怀念故乡中原的饺子，由于麦面匮乏，也由于和面擀皮不那么方便，就因地制宜发明了新做法，用随手可得的应季食材代替面皮包裹肉馅。在八步，无酿不成席，青蒜、萝卜、笋干、豆腐、辣椒、苦瓜、茄子，甚至瓜花，无所不包，虾仁、鱼糜、猪肉、豆腐、菜梗、冬菇、木耳、香葱、油条，无所不酿，包得圆润饱满，酿得醇厚敦实，各味调和，百味兼具，让天南海北的食客总能找到属于自己的味道。南来北往、东融西合的交通，带来了各地的方言和口音，熟练三四种方言对于八步人来说是再寻常不过的事。每遇与外地人交谈，八步人总能灵活自如地切换语言频道，对广东来客说粤语，对西南来客说桂柳官话，对客家人说客家话，不是要逞强展才显示语言天赋，只为拉近心的距离，那份体贴温暖，直让人如沐春风。

六

到贺州游玩、访问的外地朋友和客人常常问我，这是一个怎样的城市？我想说，了解贺州，先从认识一条古道开始。古道一头连着历史，一头通往未来，承载着贺州的记忆和文化，读懂了古道，就读懂了贺州。

古道存在于纸页泛黄的典籍中。《富川县志》记载，秦始皇三十四年，扩建岭口古道成为一条水陆兼程、以水路为主的新道。又据《南越策记》记载，汉高祖十一年，中大夫陆贾出使南越，从潇水取道桂岭顺贺江下西江登锦石山到达番禺。秦时的风汉时的雨打马而来，踏出了一条古道，她一头发端于潇水、湘江，一头连接着贺江、西江，当代学界因此命名为"潇贺古道"。

古道流传在那些生动的细枝末节里。比如，翁宏在唐末某个晚春吟诵"落花人独立　微雨燕双飞"时清癯的背影，周敦颐童年记忆里被北宋月光浸染的荷花瓣，瑶妃李唐妹在大明深宫中被雨打湿的瑶族山歌，清康熙年间昭平陆氏一百三十岁寿辰当朝赠匾"熙朝人瑞"上灿烂耀眼的红漆金粉，钟山英家武装起义撕裂了白岩塘黑夜的第一声枪响……

古道鲜活在当下和现实中。它是一丛丛山峦的起伏，一曲曲流水的脉动，是一个个城镇的繁华，一座座村庄的温暖和一串串脚印的悠长。

自然之风、历史之风、人文之风、时代之风在这里生生不息，贯通了古道的前世今生，塑造了古道的个性品格。千年古道，百里春风，万种气象，远古时代的车辚辚马萧萧，换作了现代立体交通的崭新格局，高速路，高架桥，铁道，江河，纵横交织，用纲举目张的磅礴力量，呼啸着在大地上写下速度与激情的诗行。地处桂粤湘交界处的贺州真正成为"三省通衢"，敞开门户，八面来风。这座城市何其有幸，千百年前，历史选择了经这里驶入江海，今天，时代的臂弯要在这里挽起湾区的热浪。自治区党委、政府加快构建"南向、北联、东融、西合"全方位开放发展新格局，正式赋予贺州建设"广西东融先行示范区"的新定位新使命，贺州，这座"粤港澳后花园"，一举成为广西"东融"主战场、主阵地和桥头堡。千年时光如白驹过隙，古道不老，焕发出青春的活力，它牵着城市村庄奔跑，它载着茶叶、脐橙、蜜柑、蔬菜和高新产业奔跑，它带着幸福和梦想奔跑，风驰电掣，源远流长。

大风起兮云飞扬。留羊顶东望，天地高远，都庞岭余脉不绝推波助澜，萌渚岭山峰朝阳如万马奔腾，贺江东去浪涌千层，山脉雄奇，水势浩荡，风起云涌间融入苍茫的远方，远方的远方是无垠的海湾、澎湃的大洋……还有什么事物能和亘古的山水一样恒远长久呢？如果有的话，那一定是在大风起处蓬勃生长的，从过去流传不断，又在今日生生不息的人文故事里的精神之光吧。

[原载于《当代广西》2019年10月，原题《画里画外话贺州》]

水流向远方

一

依照中国的传统审美，自然景观中，水必不可缺，小桥流水人家的韵致，清泉石上流的恬淡，疏影横斜水清浅的优雅，秋水共长天一色的宏阔，少了水就少了风情，丢了灵魂。大凡钟灵毓秀之地，都有一脉好水滋养着润泽着，晕染出一方土地的山青野沃，枝茂花繁。

身为贺州人，从来不乏亲近好水的机会，无论是黄姚古镇安详的姚江，姑婆山、大桂山国家森林公园欢脱的山泉，十八水景区酣畅淋漓的瀑布，还是一江两岸长堤公园穿城而过的临江，灵秀的水和贺州人的生活，只隔着一转念的距离，你不来，水在那里，你来，水和你在一起——不，应该说，灵秀的水和贺州人的生活完全零距离——拧开水龙头，来自碧溪湖的清风就悠悠地荡漾进了贺州人茶浓酒香汤甘醇的市井生活。

往往是这样的：未进公园或景区，就先听到淙淙的流水声，清脆时大珠小珠落玉盘，缠绵处嘈嘈切切错杂弹，不用看，只听那声音就知道是一汪纯净清冽的好水。终于看到了，泉水在阳光下跳跃着，温柔地抚摸着卵石，亲切地舔吻着青草，潺潺地转过山路的弯道，淌过绿树的投影，带着清凉一直流到人的心上。那水晶莹剔透，不沾世间的半点尘埃，质地新鲜、单纯，是我所深爱的，掬一捧泼在脸上，清凉沁心，真是酌水能消万斛愁，经过水的洗礼，那些生活中的杂念烦忧，一切都归于美好与纯净了。

溯水而上，这水一路变化多端，时而静默，时而温婉，时而壮美，小溪、浅流、深潭、瀑布，或活泼伶俐，优雅从容，或豁达大度，坚毅刚强，一种姿态一种性格，一种形式一道风景。我怀疑最富于变化的水，就是贺州的水了，似乎要在这里展尽绰约的风姿，才甘心流向别处。仁者乐山，智者乐水，这话是不错的，观澜阁、望海楼、洗心亭……从古到今，亲水近水的思想者从水里打捞出多少智慧的灵光啊。听泉，我深爱这个充满了东方禅意的词，卧而静听水的流响，心是宁静的，泉水是跳跃的，而思想是放纵自由汩汩奔流的，静默的人在与率意之水的交流间，精神疆域随着流水而无限辽远。《道德经》云："大音希声，大象无形。"老子说，宏大的音律听上去往往声响稀薄，而宏大的气势景象似乎也没有一定的形状，这番感悟，我猜应是他岸边听泉观水所得吧？这希声无形之水，竟以它的万千气象达到了最伟大恢宏、崇高壮丽的气派和境界呢。水的两岸，落叶飘摇而下在水中投下悲秋和哀怨，那簇山花昨天还开得明媚妖冶，今天却化作缤纷落英，淙淙的流水席卷了这一切，浩荡而去。免不了会有岩石挑衅地拦住去路，水轻快地打着漩涡，一笑而过。流年似水，再看那石头，方方正正的棱角，竟已抵不过水的打磨，变得浑圆溜滑了——如水的柔软也是另一种坚硬的表达。水无色无形，用她的生动鲜活，融汇着大智大慧。

即便是凡俗如我，坐卧于芬芳的草木之间，光洁如洗的大石之上，任由泉鸣把柴米油盐的盘算和喜怒哀乐的意念一一冲刷，也不失为一场浪漫的心灵放牧。古人逐水而居，今人亲水而乐——周末或假日，贺州各地的水边，随处散落着这样休闲的场景和这样安逸的人。因为有这么多好水，贺州人的生活充满了诗意。

二

"泉水叮咚泉水叮咚响，跳下了山冈，流过了草地，来到我身旁，泉水泉水你到哪里你到哪里去？唱着歌儿弹着琴弦流向远方。"听着泉鸣，我的记忆深处总会跳出这些叮咚作响的音符。幼年时的我，吐字尚未清晰就常常哼唱这首歌。那时候，本地市面上流行一种饮料，是山楂汁，有着艳丽的玫瑰红的颜色，冰冰凉凉地喝下去，甜中带酸，酸中微涩，几种味道糅合在一起，加上汽水的刺激，在味蕾上作用出一种说不出的特殊的滋味，回味悠长。饮料就出自贺州依山傍水的一家饮料厂。我家隔壁的一个大姐姐招工去了那家饮料厂上班，因为当时饮料是季节性生产，她夏天住在厂里上班，其余时间赋闲在家，大姐姐眼睛清澈，声音清脆，常拿饮料招待我，教我唱歌，《泉水叮咚》的歌就是一边喝着山楂汁一边学会的，而且我固执地认为，这首歌里唱的，叮咚作响的泉水，跳下山冈流过草地之后，唱着歌儿弹着琴弦淌进了大姐姐工作的饮料厂，然后才流向未知远方。直到今天，我依然觉得这首歌的质地，有着山楂汁般的姹紫嫣红清新甘甜。那些年，我对邻家大姐姐羡慕得无以复加，想象着，在她工作的日子里，所有的工作内容就是徘徊在汩汩流淌的山楂泉边，捞起泉中沉浮的草荇，用花瓣舀起那些玫瑰色的液体，浅尝慢饮。

多年以后，饮料厂已经不生产山楂汁了。厂子机制转换，生产革新，现在出产的是矿泉水，也算是靠水吃水，不辜负这得天独厚的生态资源，生产也不再是季节性的，一年四季，清洌的山泉带着自然的气息，春有春的醇和，冬有冬的甘洌，源源不断地流出大山，流向城市，流进千家万户。邻家的那个大姐姐经历过工厂的停产，打过临工，做过单干，尝过苦楚，走过沧桑，生活远不是我童年时想象的那般诗意。偶尔也会遇见她，眼睛还是泉水般的清亮，笑声清朗如叮咚的泉鸣，这些年似水流逝的光阴几乎不曾在她身上留下痕迹，反为她平添了如水的沉静和从容。她告诉我，如今她自己开了一家水店，专营桶装矿泉水，她说，是富硒的长寿水呢，你开卡，我给你最优惠的折扣，说话间，露出泉水濯白的牙，笑。望着她，我感觉心中也有股清清的泉，一漾一漾的。

柔弱似水，但水滴石穿。

三

"生活在别处"，曾几何时，诗人兰波的这句话成为在水泥森林中突围的口号。生活在城市里的人总想要逃逸到别处，别处，是一个乌托邦式的美好所在，那里有清新怡人的空气，那里有闲暇恬淡的时光，那里有能载得走这许多愁的缓慢的河流。生活在贺州的我不曾有这样的幻想，因为我确信无疑，贺州就是这样一个"别处"，这里的每一场新雨下的都是负氧离子，每一杯清茶都浸泡着岁月静好，每一处河谷都能让人乐而忘忧……人能想象的一切水的形态，在这里变幻着，呈现着，当然，除了不下雪，这里是南方之南。

水源源不绝，从石缝间地冒出来，青灰的石条殷殷地挽留着清澈的井水，清澈的井水却热切地向往着井外的青葱世界，挣脱井沿淌出去，然而四四方方的井池里却始终是盈盈满满的。第一眼井池只供厨炊烧茶煮汤，洗竹筷瓷碗，第二眼井池只洗菜，白菜黄瓜青笋紫苏金银花，田园山野出产的各种水灵灵的菜蔬，第三眼井池洗出简朴衣物的温暖洁净、顽皮孩子小手的白胖和老人家的鹤发童颜。而邻里乡间的家长里短是三眼井水都能洗的。井水浣洗出一个个崭新的早晨，月亮的倒影在井里圆了又缺了，缺了又圆了。黄姚古镇的仙人古井是一方永不枯竭的碧玉砚台，古镇人家蘸着井水书写着波澜不惊的静好岁月，一写，就写了千百年，至今墨迹未干。仙人古井水，是黄姚豆豉秘而不宣的原材料。古镇人擅制豆豉，每月逢初一、十五，取仙人古井之水浸洗大豆，颗颗豆粒在水中饱满鼓胀，汲取多种微量元素，和着日月精华天地灵气发酵，成品色泽乌亮，透心柔软，滋味鲜香。制得好豆豉当然是自家先吃，古镇人长于用豆豉烹制菜肴，中央电视台的美食栏目曾为这里的豆豉菜系做过专题，豆豉辣酱，豆豉米粉，豆豉蒸排骨……每一味都是我所喜欢的——仙人古井淌出的流水有多悠长，豆豉的浓香回味就有多悠长。

和清凉冷静的井水相映成趣的，是热情难以抑制的温泉。刚从炙热的大地深处奔突而出时最高温85度，到舒适宜人的最佳泡浴温度40度，这个过渡，温泉很是用了些耐心。一脉，偎依着缓缓起伏的山势，绕过精巧的别墅和幽静的步道，这才优雅地注入层层叠叠的泉池，泉池里时尚泳衣五彩斑斓，天南地北的口音随波荡漾。另一脉，在蔓茂草木和鸡犬鸣吠之间流过田畴，温热着小小的村庄，供村人依照民族习俗坦然裸浴，日常杀鸡宰鸭，温泉水煮麻鸭蛋。在贺州南乡这个壮族山乡，温泉一边欣欣然奔赴与养生健康旅游的热恋，一边保留着抚慰村居生活的一份温情，同源分流的两脉温泉遥遥相望，呈现出现代与传统两种不同的样貌和性格，却葆有同样的温度。我觉得这样的语境下，"水性杨花"该是褒义词，流水易变，如果变化中既有日新月异的文明演进，也有难以割舍的依依眷念，这易变的水性不也是可喜的吗？

四

大约是1936年至1940年间，徐悲鸿到广西采风，由桂林抵达贺州，当时的贺州叫贺县，县城设在贺江与临江两江交汇处的贺街。没有史料表明徐悲鸿是用何种方式来到这座小城的，但我怀疑他是楫舟而来，因为一幅珍藏于徐悲鸿艺术馆的名为《贺江景色》的画作，记录了徐悲鸿在水边的行迹。这幅泼墨山水墨色凝重，用笔苍劲，时值抗战爆发初期，山河破碎，可以想见，习惯审美的眼睛看到满目疮痍，画家的内心怀着怎样的悲愤。在长于托物言志的徐悲鸿笔下，贺江是一条时刻准备着去战斗、去拼搏，蕴藏着无比坚强与巨大力量的江。江畔，一树擎天，庇护着树下的江堤和亭台，近山立面锋利崚如斧劈，远山起伏如奔腾的群马，山下是剑拔弩张蓄势待发的丛林，江面开阔，浩荡的江水载着点点帆影御风而行。这幅画画的是贺州哪一段江景呢？贺江从贺街一路向南，经步头、信都、仁义、铺门，哪一处都有可以入画的江景，哪一处又都似是而非。历史的江流停顿在1944年的9月。侵华日军从广州进逼信都、铺门，企图染指贺江支流铺门江，伴水而生的信都、铺门军民奋起抵御外辱，临江拒敌，打响了保卫母亲河的英勇战斗，五里长的沿江阵线激浪千重，众志成城，战时僵持两天后，日军望江兴叹，改道撤离，而贺江永远拥抱了她的儿子陈明正、温卫木、梁亚带……抗日英雄不屈不挠的英魂，至今依然呐喊在信都端午龙舟赛的震天锣鼓声和逆流击水的涛声中。在这里，我似乎找到了画家笔下贺江的神韵与气质。

此刻，距离徐悲鸿在贺江边徘徊不去，已过了80年。

汉元鼎六年（公元前111年），汉武帝统一岭南，在广信，即今天贺江中下游，设交趾部，派遣黄门驿使从广信的贺江乘船入西江，转北流江、南流江，至雷州半岛、北部湾，再沿中南北岛海岸线西入印度洋，这条海上通商之路，被称为"海上丝绸之路"。通过潇贺古道，贺江北联潇水、湘江，南连西江、珠江，这条志在千里的水系，沟通了内陆文明与海洋文明，曾运载了多少财富、希望和梦想啊。

此刻，距离载满甘香茶叶、细腻丝绸和闪亮瓷器的第一艘商船从贺江启航，已过了2000多年。

春秋战国时期，南方泽国繁茂的水草间，生息着骆越部落，他们依水而居，水中捕鱼，水边耕种，自比是龙的子孙。这个以龙为崇拜图腾的部族断发文身，让龙纹蔓生手臂腿股之间。龙纹也蔓生在他们生活的日常，一尊部落王国贵族使用的青铜酒器，熔铸着骆越人的虔诚：青铜器以麒麟为型，一条龙赫然盘踞在麒麟背上，不仅如此，与龙遥相呼应的，是飞附在尾部的一羽凤，整个造型浑厚、敦实、优美、祥和。20世纪90年代初，这尊出土于贺州的青铜器酒器惊喜了整个文物考古学界，经业界鉴定为国家一级文物，被称为"麒麟尊"。"麒麟尊"集三大神兽麒麟、龙和凤于一身，同时绽放着中原文化、骆越文化的美丽——不仅"各美其美"，更"美人之美"，骆越人对于世间种种美好，是包容并蓄的，他们的精神世界，正如水之博大宽广，是"美美与共，天下大同"的。

此刻，距离骆越人从麒麟尊中舀取酒浆，高举头顶祭拜水中神龙，已过了2700多年。

逝者如斯。在那些流水带走的日月里，城市在江边拔节生长，高铁动车追风而过，江畔沉睡了亿万年的石灰岩、白云岩、大理岩、方解石点石成金。沧海桑田，而贺江秀美如初，风采更甚——这条历久弥新的河流，以不易察觉的形式在贺州人的血液里隐匿着，或直抒胸臆或曲曲折折地流溢出来，以一往无前的姿态，流淌出一路风景，流向远方。

[入选《2018中国年度散文》（漓江出版社，2018年12月第1版）]

贺州长寿宴（外一篇）

冰 清

冰清，女，食品营养学硕士，曾在生物公司做研究多年。多家时尚健康刊物科普特约撰稿人。作品被收录进《白纸黑字》(被哈佛图书馆收藏)等书。出版个人专辑：《美味人生》等。微博百万名博，多次在广播电台、网络媒体和电视台担任嘉宾。央视纪录片《人参》的顾问，在央视CCTV-4做过《海外华人》节目——《冰清的美味人生》。

全中国有76个"长寿之乡"，其中广西最多，有25个，光是从世界长寿市贺州，到世界长寿之乡巴马的贺巴高速公路就跨了6个中国长寿之乡。而贺州市下属的3个县，昭平县、钟山县、富川瑶族自治县，全部都是长寿之乡，贺州就成了中国国唯一的全覆盖长寿市。广西的百岁老人总数在全国位居榜首。

中国科学院曾用3个月的时间，全面考察了贺州市的生态环境，检测了空气、饮用水、耕作土壤，农产品等，证明健康长寿，与良好的环境紧密相关。贺州气候条件优越，森林覆盖率高达72.85%；空气负离子含量高，空气清洁度指数达到"最清洁"或"清洁"等级。饮用水水质优良，富含生命必需微量元素和矿物质营养素。生态环境优越，食材绿色天然，让贺州具备了长寿之乡的天然优势。

贺州市旅游发展委员会联合广东顺德餐饮名厨研发推出了"贺州长寿宴"。我们刚好赶在长寿宴推出之前，先品为快了。长寿宴共16道，分别是贺州长寿养生茶、太极鸳鸯养生羹、香菇浸泡信都鸡、陈皮水切南乡鸭、油泡贺江腾飞鱼、白切土猪胫骨肉、贺州幸福鸡枞菌、贺州百合炒鸭片、黄姚豆豉蒸肉排、槟榔芋扣花肉、长寿味菜蒸鱼头、煎酿贺州珍三宝、贺街豆腐四宝烩、香油长寿农家绿、养生蒸野生粗粮、贺州香芋咸骨粥。

长寿宴遵循的是5字真谛："纯、醒、酿、野、醉"。

"纯"——食材纯天然、味道纯正。菜品代表：香菇浸泡信都鸡、水切南乡陈皮鸭、黄姚豆豉蒸肉排、白切土猪颈骨肉。

信都鸡是贺州特有的三黄鸡，鸡的羽黄、嘴黄、脚黄。这种鸡是山上散养的，不是吃饲料长大的，肉厚而嫩滑，皮脆骨软。我们在贺州时，几乎每顿都吃。甚至还吃过一次类似火锅的信都鸡煲，只要用滚热的水就能把切成块的鸡肉煮熟，而且鲜香滑嫩，是来贺州一定要尝的。

南乡鸭是本地特产麻鸭，镇上有温泉和清澈无污染的富含矿物质的山泉水，鱼虾丰富。南乡鸭放养于稻田、池塘、小河边，主要以小鱼、螺蛳、虫子、杂粮为食，鸭子生长快，脂肪少，肌肉结实，肉质鲜嫩，味道极佳，没有普通鸭子的腥味，都不用生姜去腥。据说明朝的时候，南乡鸭曾是皇上贡品呢！这种鸭子都不需要过度烹调，只要除去内脏，在鸭肚子里放少许盐，在煮沸的水中煮半个小时即可。白切鸭上面放几丝陈皮提味，去油腻，再蘸姜蓉、酱油，吃的是食材的本味。

风景美丽的黄姚古镇，离贺州只有一个多小时车程。这里曾是好莱坞大片《面纱》的外景地。黄姚有盛产豆豉的悠久历史，在清朝还是朝廷贡品呢！豆豉选用黄姚镇特有的黑豆，用仙井泉水和世世代代流传下来的古法手工精制而成。豆豉乌黑发亮，豉香浓郁。可以做成多种菜肴，无论蒸，炒，煮粥都别有滋味。黄姚豆豉蒸排骨，带着特有的豉香让肉排更加入味鲜咸。

白切土猪颈骨肉则精选用本地农作物喂养，不添加饲料的散养贺州土猪，肥瘦相宜，仅用白切的方式，不额外加任何调料，保持猪肉本身的香味，猪肉切得薄如纸张，晶莹透明，入口即化，比起美国的饲养猪肉真是美味太多了。

"醒"——由长寿养生的油茶开道，以贺州香芋咸骨粥收官，醒胃健康。

油茶是居住在山区的瑶族人传下来的，在山上风寒大，为了抵御寒气而打油茶。油茶的主要用料是茶叶、生姜和蒜，用油炒过之后在石臼里捣碎，煮成茶，再过滤到碗里，上面撒上葱花、炒米、花生、油馃等。喝了油茶既可以驱寒保暖，又可消除疲劳，健胃消食，有很好的保健的功效，所以就成为贺州当地的习俗了。我们住的宾馆里，早餐天天有油茶喝，我们几乎是走到哪里，哪里就有油茶，简直就是广西特色菜的标配了。

芋头咸猪骨粥是广东人常吃的粥，猪骨用盐腌了。先把米煮个十几分钟，再放入腌过的猪骨，煲一个小时后，再加芋头一起煮，等芋头粉了，就加少许的盐，撒葱花出锅。中医认为芋头有补气益肾的功效，煮粥里面放芋头是非常养生的做法。

"酿"——贺州是客家人聚居地。客家人的饮食特色之一就是无菜不酿。他们认为酿菜是荤素搭配均衡饮食的重要体现，也表达出了贺州人包容的人文文化，这是贺州传统饮食文化的基石。菜品代表：煎酿贺州珍三宝。

煎酿贺州珍三宝是用茄子、苦瓜、辣椒，去籽，中间掏空，塞上芋头或者马蹄跟猪肉拌的馅料，用油两面煎熟，再浇上豆豉汁，有菜有肉，蛋白质和膳食纤维，碳水化合物，各种维生素和矿物质都齐全了。

"野"——田野之美，野味之美。菜品代表：太极鸳鸯养生羹、贺州百合炒鸭片、桂东油泡贺江鱼、贺街豆腐四宝烩、长寿味菜蒸鱼头、养生蒸野生粗粮、贺州幸福鸡枞菌、槟榔香芋扣花肉、茶油长寿农家绿。

太极鸳鸯养生羹是苦瓜和马蹄做成绿和白两种羹，先苦后甘，让人想起人生莫不如此。贺州百合炒鸭片，百合有许多保健功效，甘凉清润，有镇静止咳作用。经常用于保健食品。跟肥嫩的鸭子炒在一起，别有一种风味。桂东油泡贺江鱼用本地草鱼，切开洗净，上一层脆浆油炸了，再用低温做熟，外表香脆，里面的鱼肉雪白细嫩，特别可口。

贺街四宝烩像加了几种蔬菜来烩豆腐。长寿味菜蒸鱼头用富川水库里的大鱼头，跟赫赫有名的英家大头菜一起蒸，大头菜的特殊风味加上肥嫩的鱼头，别有一番滋味。养生蒸野生粗粮由玉米，板栗，芋头，山药，马蹄清蒸而成，原生态呈现，原汁原味。

贺州幸福鸡枞菌，菌菇本身鲜美清香，营养丰富，含有多种氨基酸和粘多糖等，美味又养生，无需复杂烹调，凉拌清炒两相宜。槟榔香芋扣花肉是两层芋头片，中间一层是五花肉，蒸好之后，肉的鲜香都给了芋头，扣肉变得肥而不腻，香糯得很。茶油长寿农家绿是茶油炒油菜薹，茶油含有丰富的不饱和脂肪酸，再来炒绿色蔬菜，养生功效叠加。

"醉"——醉氧醉眼，醉胃醉心。说到醉，就不能不提贺州的手工酿酒。瑶族人特别会酿酒，加上贺州水质清冽、纯美甘甜，是酿酒的绝佳原材料，贺州人自制烧酒的特别多。我们在姑婆山的客家摔碗酒坊品尝过手工酿制的米酒，从低度数往高度数喝，只有酒的香醇，却不会上头，喝下去特别舒服，那梅子酒，金樱酒等都是当地佳酿。既然来了长寿之乡，不如就醉这一次了。

贺州长寿宴体现了贺州悠久的历史文化，美丽的田园风光，优质的生态环境。如果你是个孝顺的孩子，下次记得要带家里老人家一起赴宴哦。

[原载于《贺州文学》2019年第4期]

赶圩归来啊哩哩

我认为，每到一个新的地方，了解当地文化最有效的方法，就是去逛当地最有地方特色的集市，我们管这叫赶集。还有什么比这更接地气的呢？即使是在国外，我也保持着这样的习惯。每逢周末，我都要去逛农夫市场。

赶集在广西这边叫赶圩。在中国南方，特别是江西、福建和广西等客家地区，人们把集市交易日称为"圩日"。随着交通越来越便利，网络交易越来越发达，赶圩也日渐式微。不过作为一种传统民俗，在贺州还是保留得很原汁原味。

这天我们赶的是八步区步头镇梅花圩。刚刚走到入口处，就看到一群毛茸茸的小鸡，毛是黄色的，纤细柔软，捧在手里可爱极了，都舍不得放下。那是卖鸡苗的摊位。旁边还有一群大一点，刚长出羽翼的雏鸡。另外一个围栏里是点缀着花点的小鸭子，挤挤闹闹的，萌萌的样子真让人动心。城里人很少见到这样场景，我忍不住给小鸡小鸭们拍了段视频。

正在拍着，忽然同伴在喊："山楂，山楂。"我抬眼望去，哪儿有什么山楂，这明明是小小的青苹果呀！我凑过去，只见她手里举着一个乒乓球大小的绿皮苹果对我说，这就是广西人叫的山楂。我接过来咬一口，酸酸涩涩的，这跟我记忆中北京秋天满树红红的山楂果真是天壤之别。同伴说广西人吃要浸泡的。在一个摊位上，我终于见识了这种广西特有的腌渍方式。这种山楂被放到一个大大的玻璃罐里，用盐，甘草和少许糖浸泡之后拿出来卖。处理过的山楂，涩味少了很多，酸中带咸，回味甘甜，很有层次感，怪不得广西人都喜欢吃。我吃了一片这样腌制的山楂干，竟然上瘾了，忍不住又要了几片吃。

继续往前走，这回轮到我尖叫了，我看到了广西特产，长得像玻璃珠一般的油甘子。这种地域性极强的水果很像欧洲林子里的鹅莓，碧绿透明，玲珑剔透的，看上去颜值很高，但是吃起来却是酸涩的。以前只是在文字中看到过，从来没有尝过。因为我生活的地方都找不到这东西。冯老师立刻为大家买了一斤，我说不要买多了，因为不知道大家是否吃得惯。油甘子这东西，初食，是苦涩的，但过一会是回甘的，这种奇妙的味觉转变，并不是每个人都适应，爱的极爱，不爱的一口也不要吃。

在笋干摊前，大家都走不动了。这种东西国外不多，都想着怎么买一些带回去。我看到中间切成丝状，拎起来像一个个小灯笼的笋段，问是干吗用的，当地人说是做酿菜用的，原来如此，那灯笼肚的地方是塞酿肉的，果然贺州人什么都可以酿。

菜摊是我最爱逛的，我看到了带着泥土的凉薯，这次忍住没有买，每天的晚宴都那么丰盛，广西的美食吃不完，就没有肚子再吃这些了。还记得在状元村外的地里，江岚看到一位阿婆在挖凉薯，就去买了一扎，我们也不洗，带着泥就撕下皮吃了，那刚离开土地的新鲜味道让人难以忘怀。还有奇形怪状的巨型葛根，买一个怕是吃不完的。旁边一堆绿色的花蕾，那是夜香花。我们在贺州长寿宴上有吃到。这种夜香花是藤本的，与木本的夜来香不同，那个花有毒，只能观赏，不可食用。藤本的嫩芽花蕾是一种养生蔬食，可以做汤，也可以清炒，还可与鸡蛋炒在一起，甚至在蒸鱼中放上几棵都会增加清香之气。

这种热闹的地方，当然少不了小吃摊，福建的燕皮馄饨，热腾腾的上海小笼包，本地的油炸萝卜糍。各地小吃都能看到。尤其是油炸的饼子，色泽金黄，一个个摆在旁边，令人垂涎欲滴。

这种圩一般在午饭左右就结束了。我们赶紧买了一些蔬菜，找到当地一家小馆子，让他们做给我们吃。当天有清炒茭白，一吃就是新鲜摘的，清香甘甜又水嫩。芹菜炒土猪肉片，嫩滑鲜香，好过美国的猪肉太多，我感慨的时候，本地朋友说，你还没有尝到地道的瑶家土猪肉，那个味道更好。

是嘛？那我应该期待下一次的广西旅行了，也许跟这次一样，特地安排时间去赶圩，跟着那些盛装的姑娘们一起唱："赶圩归来啊哩哩"。

[原载于《贺州文学》2019年第4期]

贺州之春

钱红莉

钱红莉，女，《安徽商报》编辑。

一

　　贺州山水村郭间，有着远古的静气，以及贴近自然的朴素民风。与巴马一样，贺州一样是长寿之乡，森林覆盖率极高，空气温润洁净。贺州与桂林相若，同属喀斯特地貌，山，瘦而秀，盆景一样，一路看不尽。平原上的油菜花灿灿然，醺醺然，一路奢靡地铺过去，看得人近乎失神，目光游离中，忽地，路边站了一株瘦桃，满树花朵，就是那一星星粉红，让你激灵一下。这一树桃花近似广袤平原上的一个诗眼，有月色的温柔细致，你若诗心尚在，内心定会亮一下。

　　三月的风把高大的桉树吹得东摇西晃，青灰色树干直捅至天上，天上飘着灰云，阳光漏下，打在脸上，微温。湿热的气候，滴水观音的叶子巨大无匹，叫你一霎时想起林白的小说气质，通篇充满巫气，非常有生命力的，纵然一个弱女子，也可以飞上天。在福溪古村，一群妇女在舞龙，她们瘦黑而精神，举着一条黄龙舞了那么久，丝毫不显疲态。

　　古村福溪，处处流水潺潺，水中青荇柔柔然，如春风，似耳语，简直从《诗经》里长出的："参差荇菜，左右流之。"古老而原始的，门前流水屋后花开的村落，静得无言……村口，老人摆几把野菜，闲闲地等着行人。枸杞头，白花菜，野蒜，两块钱一把，随要随取。刚出土的黄泥笋，水嫩鲜洁，忍不住摸摸，犹如孩子拿一双小手轻轻触抚妈妈的黑发，一样藏着爱惜在里面。到底是有古风的地方，价格公道，不欺，不贪……这些天走过一座座村落，一个个古镇，所感受到的真与美，让一颗蒙尘焦灼的心逐渐柔软。

　　岔山村坐落于潇贺古道，毗邻湖南永州。跨一道古隘口，便是湖南地界了。已是午后，我们执意在古道上走了一段，方回客栈用餐。

　　站在永州地界，四面青山隐隐，野草繁茂，隔着虚空，也算是致敬了柳子厚先生。他的生命在一次次的坎坷跌宕里浮沉升华，纵然早逝，也无损于诗文的不朽。永州之后，他又贬走柳州，写下《与浩初上人同看山寄京华亲故》：海畔尖山似剑铓，秋来处处割愁肠。若为化得身千亿，散上峰头望故乡。这短短四句，一次次地读，光阴流转，岁月不回，中年忽至，方觉出何等沉痛……有人言，他若学会转弯，也不至于活得如此苦闷忧心。这话说得，多么轻薄无趣啊。随着年岁的痴长，愈发加深了我与他的同气共声之叹。一个自洁真挚之人，去哪里转圜退守？年近不惑，披沥的风雨多了，方领略生命的痛处。无论庾子山的赋，抑或柳子厚的诗，无一不是哀不能言。

二

去黄姚古镇。当日春分，又逢农历二月十五。与同伴外出散步……一轮明月，自酒壶山尖升起，让人心里一荡，伫望久之。这样的月色，自是初见，一生难忘。并非橘红色，也非橘黄，是古时候的茅屋，点了一盏灯，赶夜路的人隔着窗纸望见的那种幽润，温暖，慰藉，内心不再忧惧……这样的山影月色，直叫人想起《诗经》里人情物意的美好，并非陌路相逢的桃笑李妍，而是堂堂一日将尽，终于迎来灵魂上广大无边的安宁静谧。这样的月色，笼罩着我，笼罩着同伴，笼罩着小镇，流水潺潺，鸢尾花在溪边，安静地开，安静地落，石上青苔幽深。

于小镇逗留半日，性子渐慢下来，一直缠绕不去的焦灼感，自行消了些，身心渐趋柔软，这大约得益于当地人的沉静眼神给予我的荡涤。一行五六十人浩浩乎过一座石桥，对过女子谦逊地将车停于桥头，礼让我们先过，她端正地坐在车上，手握车把，姿态沉静自适，不失闺秀的娴雅，对的，就是她眼神里透出的那种天然的沉静将我深深打动，比一眼新泉还要幽深，这大抵得益于山风月色的淘洗吧。

黄姚的豆豉非常著名。去街上打听到一家老字号店铺。坐在凳上，与老人聊家常，窗外车来车往，灯火明灭，仿佛回到童年。老人现装一瓶腌木瓜丝，一瓶豆豉瓜子酱，用铁勺使劲压实，快满溢出来了，继续添，继续压，不称重的，可真舍得。老人与我絮话，做豆豉做了七代，孙辈成了非遗传人，谦卑里有骄傲。她一遍遍诚挚邀请：明早你来吃豆豉米粉。那一刻，我们仿佛活在远古的魏晋。这些年走过许多地方，人性里的那种真与善，始终没有泯灭，这样的人世叫人珍惜。

白日里，经过一家小店，门楣上展一横幅，上书：不知道为什么，就是想拉一条横幅。停驻店前，哑然失笑，人性里的那种天真无邪，如清泉而出。

小镇完整保存着明清时期的老建筑，石墙、青砖、黛瓦，连同斑驳的爬墙虎，仿佛都是旧时代过来的，徜徉其中，处处有寂古的气息。踏入青石板小巷，一股润凉的气韵不请自来，顿时把身心笼罩；趴在门缝间的柴犬，眼神安详，直想就势坐下，陪它一起望天望地望远……咫尺处，溪流潺潺湲湲，这样的流水一直流着，不晓得流了多少年，人世变迁，山河异色，都与它们无关。这里唯有山风月色，看着我们来，看着我们走。

日日与溪为伴，什么也不用想，早晨去菜地拔几棵芥菜回家烀烀，粗茶淡饭布衣，才是生命的真谛。他们拥有的一定比我们多，他们的内心一定比我们的丰盈充实。坐在榕树下歇息，忽然明白过来汪曾祺的一句白描：斑鸠在叫，蚕豆花开得紫多多的。以前总不明白，这句好在哪里，眼前忽有顿悟：汪曾祺的好，好在自然。贴着自然写。而古镇的好，何尝不是好在自然？

三

贺州三月的田畈里，似乎只肯生长芋头和荸荠。当地芋头，与荔浦芋头相若，个大，口感粉糯，似板栗。当地人擅做芋头扣肉，原本朴拙的一道菜，甫一入嘴，何等惊艳，被荤油浸透的芋头，真是天下绝一味。将芋头切成长方形大块，大约一厘米厚度，一块芋头夹一块五花肉，上笼屉蒸透，倒扣于碗。趁热吃，凉了香味大减。当地人称之为香芋扣肉。

盐焗鸡也是无与伦比的。这里的鸡，生活幸福，整天游荡于溪涧、田畈，奔跑、打闹，饿吃草虫，渴饮山泉，回家还有玉米、稻谷犒劳，活得天然。囫囵一只整鸡，滚水里焯烫八九分熟，斩成一块块，上桌，连蘸料都多余，寡口吃，入嘴后历经四个复调：韧而紧实，嚼之不柴，后有余甘，齿颊留香。鸡皮紧绷而灿黄，脆而无油，毫不腻口。

一日，于茶园食堂午餐，忽然，窗外哗啦一声阳光倾泻，小鸟在枝头嘀咕……叫人呆呆望着近旁一棵几百岁的拐枣树，在心上叹口气——这平凡又珍贵的人世。

当地有一网红小食——梭子粑粑。春三月，田野里到处都是野艾草，掐嫩头，洗净，揉出绿汁，备用；糯米浸泡一宿，蒸熟，倒入石臼，以木槌捣至糊状，将野艾汁掺进去，揉匀；以豆干丁、肉糜、笋丁作馅料，包起来，形似梭子。可凉吃，可油炸。一日，路过福溪古村，正碰上一位大婶从家里端出一锅糯米饭，她大方地邀请我们品尝。我们也不客气，伸手便抓，一百度的烫，一股奇异的米香直冲肺腑，直往嘴里塞——天呐，世间为何有这么可口的糯米饭？置身青山绿水之地，人慢慢地，也都被还原出赤子天性，做什么事，都自然，不忸怩，丝毫没有难为情。

贺州地区饮食清淡，酿菜成为主打菜系，达百余种之多。作为长寿之乡，除了水好，空气好，可能与当地的清淡饮食有关；酿菜，一律清蒸出来的，少油盐，不烹炸，完好地保存了食物的营养。似乎什么东西都可做成酿菜：藕酿、笋酿、豆腐酿、苦瓜酿、萝卜酿、螺蛳酿、瓜花酿。荤素搭配，营养均衡——比如将苦瓜的瓤掏空，切成寸节，塞上肉糜，隔水蒸。

倘若初夏，是可以吃到南瓜花酿的。花萼里塞满肉糜，蒸熟，复入锅，高汤烩之，盛盘前勾薄芡……唇齿间定有原野的清气，花朵的芬芳。

四

车子整日盘旋于群山间。一次，过小小村落，看见一位老者挑着一担粪，闲闲走在田埂上，春风吹着他的青褂子，翩翩起来。一下把我惊动……这种自适自闲，让人默默感动。山腰一株株野杏树，细淡地开着花——春风斜斜，吹着杏花，吹着我，吹着人世……这世间的缓慢，犹如神话里的"瑶池桃树，两千年开花，三千年结桃"。

明朗的一天过去了。

这村前流水山间开花的静气，始终在我心上。

贺州这几日，把一生的青苔碧藓悉数看尽，溪边，树上，檐下，墙缝处，青瓦间……无一处不有她们的身影，是女性的空翠灵动，让人痛惜。眼界里，处处古木参天，榕樟居多，还有几棵上百岁的甜楮、栲树，它们太老了，树干上青苔历历，满腹高古寂气。

姑婆山上，瀑布如白练，垂挂而下，溪流溅石，烟岚纵横，时雨时晴。游山归来，于山下酒坊，品尝糯米酒、青梅酒、稔子酒；复去茶坊品茗，高山乌龙、明前绿……夜深方归，一路颠簸，近酒店，胃囊翻涌，倾覆而出，肉体的痛苦过后，心上反而一派清明，如若新生，算不算去山里寻鲜，回来，笋也有了，红杜鹃也折了一筐？吐了，也不碍事的。

黄昏，溪边遇灰鹅两只，气质如南雁，颇有仙骨。见众人来，齐齐把修长的脖颈伸伸缩缩，"哦嘎哦嘎"地问好。好生欢喜，不免心旌摇曳……这两只灰鹅，是两个菩萨，一路并肩作伴，令檐下的春风有了谦逊之意，欣欣然，复妍妍然。

五

回合肥的夜里，车过赤壁，我的心又是一荡——苏轼到过的小城啊。

窗外，微火茫茫……那一刻，好想铺开纸笔给子瞻兄写封信。巨大雨点拍打车窗，列车疾驰于江汉平原，无边夜色，以诗赠我……

[本文部分章节原载于"中国副刊"公众号2019年3月26日]

贺州的山川与岁月

王小微

王小微，女，《吉林日报》高级编辑。

从没有听说过贺州。然而，三月里的一天，我却如鹏鸟一样，翩然而至。

一天之内，跨越东北到西南的对角线，恍如一场长梦。而广西大地的三月，更像是一个十足的梦境。在梦一般的画卷里，这片土地徐徐展开；在现实的光影交错中，它又时时让我坠入迷离的梦境……

时光是一支雕刻之笔吗？千百年，细细地勾勒着这西南一隅的静谧与安然。仿佛，那是它不小心散落在南天外的一颗明珠，少有人光顾与惦念，却正好颐养天年。

一

穿过无数的远山，以及层层叠叠的绿意，站在贺州的大地上，也站在了迷蒙的烟雨里。

霏霏细雨，似轻烟，如薄雾，淡淡地笼罩着整个世界。

并不需要打伞，只觉得全身的毛孔都在舒张，都在贪婪地呼吸。远望，是一座座喀斯特地貌的峰峦。每一座，都突兀而起，遗世而独立，然而绵延开来，却也手挽手，肩并肩，营造起了山之围，山之墙。

贺州，就坐落在这样的群山里。它静倚广西之怀，毗邻广东，背靠湖南。这里，既没有桂林的声名远播，也没有广州的喧嚣繁华。春天里，她静默的绿，温柔的绿，只一瞬间，就让人想到庄子笔下的"藐姑射山"之仙人。那不食五谷、吸风饮露的仙人，是否生活于此呢？

而贺州也真有一座山，名曰"姑婆山"。在喀斯特地貌遍布的广西，姑婆山何以跳脱而出？想来，一定是因为那里的水。

在姑婆山，空气中的每一个分子似乎都携带着水汽。远山朦胧，雾气缥缈，让人分不清是云是雨。踏着湿漉漉的青石板，只觉山花明艳，苔痕照眼。一路，数条清溪簌簌流过布满鹅卵石的山谷，激起层层白浪。轻呼慢吸间，总是不经意地，与一道又一道的瀑布不期而遇。

水声清越，泠然激荡。这山谷里的绝响，带着水的活泼与轻灵，带着水的明快与润泽，给苍茫的大山以无尽的欢颜。

在贺州，高山溪流，总是这样朝夕相伴的吧？山为水之魂，水为山之魄。是不是也因此，才生出了那遍布山间的茶园呢？

终日饮茶，而今终于步入茶园。

漫山青碧，在薄薄的云雾里忽隐忽现。细望一株株茶树，俨然整齐列队的士兵。苍绿之上，是新绿，是鹅黄，是阳光下细细的金丝线……摘下一片，细细品尝，一缕苦涩过后，渐渐泛出了茶之甘醇，茶之芳香。

放眼四望，大片金灿灿的油菜花，开得蜂飞蝶舞。一棵棵山茶，一株株碧桃……这一丛，那一簇，恣意生长。山里的花卉，总是一身的野气。劲吹着山风，豪饮着溪水，不知道它们看这四面青山，是否也有几多妖媚？而青山看它们，是否也应如是呢？

二

贺州，自古就是中原进入岭南的必经之地。秦时，为了便于对岭南三郡辖制和管理，秦王嬴政下令在岭南古道的基地上，扩修了一条自秦国都城咸阳到广州的水陆相连的秦代"新道"——潇贺古道，并与其海上丝绸之路相接。

一路，这古道忽而在陆上蜿蜒，忽而在水里绵延。它连接着潇水、湘水，也接通了广西境内的富江与贺江，打通了长江水系与珠江水系。千百年来，这绵绵古道桨橹咿呀，马蹄声声，在贺州留下了发祥于宋、兴盛于明清的商贾重镇——黄姚及多个古村落；无数躲避战乱的中原百姓，也从这里涌向岭南，在贺州建造了坚如堡垒的"客家围屋"。而唐以来，贺州更是众多官员流放至琼州（今海南）的中转站。文人墨客行经于此，驻足感怀，不知散落下多少锦绣诗篇。

走进黄姚古镇，如同走进了一个千年梦境。

珠水横襟，武峰隔岸。静卧在深山碧水边的黄姚，占地仅4平方公里。与国内众多知名小镇相比，这里一派古朴与天然。

层层叠叠的山石与青砖，垒起小巧又坚固的城墙。拾级而上，但见青砖黛瓦，处处布满岁月的斑痕。那一条条青石板老街，仿若千年铜镜，幽光微渺，不发一言，然而却洞察世事。走着走着，不觉越走越迷惑，人也仿佛掉进了迷宫里。举目四望，哪里才是出口与来路呢？细一盘问，原来，古镇是按照九宫八卦的阵势布局。一条主街，竟然延伸出了八条弯弯曲曲的街巷。据说，古镇的所有路口都是"丁"字形，沿着这每个丁字路口走下去，都能通过一个环道，再回到主干道。曲曲折折，迂回环绕，这是何等细密的心思啊！再远望那些依山而建的民居，飞檐翘角，清逸灵动之下，座座巍然屹立，坚不可摧。

星移斗转，世事沧桑。然而，不管战时还是平时，不管是曾经的军事驿站，还是商贾重镇，这小小的黄姚仿佛都下定了决心，决心在这大西南的一隅，静默自处，安度时光。

于是，她成了岁月静好的生动注脚。

这个有着300多座明清宅院的小镇，在战时，曾是很多文化名人的避难所，如黄兴、欧阳予倩等，至今，也依然是本地居民的家园。这里，每一道矗立的高墙，每一扇紧闭的木门，都庇护着一个寻常的烟火人家。

亭台楼阁，小桥流水，于别人总是风景；于一代又一代的黄姚人，却是脚下路，是祖先的遗迹与踪影吧？

漫步黄姚，处处都是山水画意，处处更是文墨诗情。宗祠寺庙，廊前亭下……随处可见明清时期的楹联与匾额。春风里，雅致的古人墨宝与大红的今日春联交相辉映。

据贺州《昭平县志》载，清朝时期，黄姚共出了11位举人、7位进士、3位知府。如此弹丸之地，可谓钟灵毓秀，人才辈出了。难怪代代黄姚人，都要盛赞自己的家乡。

"此地有碧流黄石，其间皆翠绕珠围。"碧水清流，珠环翠绕，家乡总是人间胜境。

"坐久不知红日到，闲来偏笑白云忙。"又不知是哪位官员解甲归田，随口吟出的诗句？

"四面云山皆入画，一天风月最宜人。"躬耕田亩，饱览诗书，黄姚的千古风月，不知要羡煞多少人。

千年的时光，就这样大把大把地流去。岁月无言，它悄悄地，销蚀着一切有形，也塑造着一切新生。

站在黄姚古城，遥望苍茫大地，不知道那迢遥古道今安在？也许，早已为荒草所遮蔽？为洪水所淹没？侧耳，仿佛依然能听到那悠远的马蹄声……

三

亲近一块土地的最好方式，也许就是亲近它的食物与人群。

在"潇贺古道"入桂的第一村——岔山村，与一场瑶家美食意外相逢。

一脚踏进沿街的古民居，就踏进了人家的厨房。穿过头顶高悬的油汪汪的腊肉，踩着吱呀作响的木楼梯，就进入了二楼厅堂。

石桌参差，木凳罗列，森森然如至洞中。顺着墙上的小窗望去，满眼油菜花田。

瑶族油茶，竟是碧绿色。喝上一碗，茶香，伴着葱姜的辛辣，使人眉头一皱。然而一碗下去，却真是肝肠俱暖。软软的梭子粑粑，是用糯米作皮，里面或裹以花生，或夹以肉馅，咬上一口，满口生津，回味无穷。

在瑶家，他们何其看重这碗油茶啊！朴素的一碗，既能解渴，又能充饥。喝下去，仿佛喝下了生活的佳酿，杂陈着五味。那胖胖的梭子粑粑，满满地鼓胀着芳香与甜蜜。曾经，那是瑶族人家逢年过节的美食，而今，它又成了无数山外来客的口中"珍馐"。靠着它，这里的很多人家都实现了"致富梦"。据说今年春节，岔山村小小的梭子粑粑就卖出了20多万元。

带着满心的暖意，行走在小村的青石古道上。春光里，家家门户大开。

一扇扇敞开的木门前，都摆着沿街的小生意。一大瓶黄豆，一小瓶绿豆，甚至一把碧绿的青菜，都是待售的物品。

驻足在一间小木屋前，长久地，不愿离去。

跟别家一样，这家的门前，也是可乐瓶里装着黄豆绿豆。然而，与别家不同，装可乐瓶的铁桶里，竟然还插着一把白菜花，金灿灿地夺人眼目。

见我们注视，屋里的大爷停下活计。

"这花好看吧？"他佝偻着腰身，笑意盈盈，带着一脸的骄傲，还有孩童般的天真。

仿佛看见了他颤巍巍地一枝一枝采花的情景。

原来，大爷是在劈竹片。旁边，昏暗的光线里，一位老大娘也抬起头来，朝我们微笑。她自顾自地在箩筐里做着食物。仿佛，从少女一直做到了老妇。

低眉颔首间，往事越千年。

并不见有人来买豆子，而大爷大娘也并不叫卖。正午的阳光，倾洒在这一捧甜蜜的白菜花上，也映照着铁桶上的大红双喜字。让人疑心，这一对高龄老人，刚刚步入新婚呢！

在贺州，与远山近水一样时时邂逅的，就是这样白发苍颜的老人了。当往来的行人，争相涌入贺州，来看这广大的世界，贺州的老人们却足不出户，就静静地守在家门口。他们含饴弄孙，怡然自乐。透过无数行人的脸，老人们也把这世界看了个透。

"中国长寿之乡"，绝非浪得虚名了。

春天的贺州，晴川历历，芳草悠悠。

岁月，长得仿佛永远没有尽头……

［原载于《吉林日报》2019年5月11日"东北风"周刊］

梦贺州

徐 芳

　　徐芳，女，《解放日报》高级编辑，《徐芳访谈》栏目主编。中国作家协会会员，中国文艺评论家协会会员，中国散文学会会员，中国微型小说学会会员，上海作家协会理事，上海诗歌专业委员会副主任。1982年开始发表作品。著有诗集《徐芳诗选》《上海：带蓝色光的土地》《日历诗》，散文集《都市邂逅》《她说：您好！》《月光无痕》，诗文、理论合集《岁月如歌》，文学评论集《小说与诗歌的艺术智慧》等。诗歌、小说、散文、理论作品等多次获上海市首届文学作品奖、南方文学作品奖，首届《诗探索》中国年度诗人奖、第五届冰心散文奖以及《小说界》《萌芽》《读者》等杂志年度奖等。获得中国新闻奖二等奖两次、中国报纸副刊一等奖多次。

暮春时节去贺州，虽说那是个千年古邑，之前却也只是耳闻。

遥想20世纪80年代初，中国大地上刚有了"旅游"这个新概念，作为天之骄子的大学生，年轻好动，自然是特别典型的赶时髦分子。我们几个同学在大二的暑假，就来了个长途跋涉，一路奔到了天涯海角：去程是从广州直下海南，回程就进入了广西，从广西师大"串联"到校园的诗友后，就开始了诗与远方的约会——漓江、阳朔、南宁、柳州等。我们就是躲开了在桂林边上的贺州，躲开了直线距离很近，因为交通很不方便而被遗弃的名山大川，虽然那是秦汉以来的潇贺古道的水陆通道，一段风雨沉浮的历史地理的起点和终点，现在要说实在不应该啊。

就在三十多年后，收到一张来自中国报纸副刊研究会的会议通知。有意思的是，初入眼中，贺州之"贺"，却被拆分成了加贝——加的是何宝贝，在当时的一念中，可能并不清楚，但虽不清楚却有了脉脉远眺的神情，像叠影出现在自己的眼前，其实那或是从眼里到心里的投影……

也许正是因为经过岁月的打磨，贺州在我心中的形象（例如出土的战国青铜之大器麒麟尊），不知不觉越发鲜明起来。龙凤麒麟三位一体的图腾，也许根本无须雕琢和修饰，当然也不是卖弄什么。它突出的是异常的单纯简洁，却又是历史整体的形象——以其粗犷而飞扬流动的轮廓线条，表现出力量、发展，以及由之而形成的气势之美、多民族的融合之美。

再看潇贺古道上的古城与村庄，有2000多年筑城历史的贺州以及所下辖的多县：富川、昭平、钟山，都在潇贺古道沿线附近。朝东的岔山村是由湘入桂的第一村，古道在分岔又相对峙的两山间漫漫迢迢，贯穿鸡鸣古寺、小店油茶、形如瑶族妇女手里织布梭子的粑粑，"梧州人"童谣传唱里"亲家门前一口塘"——在贺州一个瑶族自治县里的"梧州人"，却不是现今在隔壁州的"梧州人"，也不是传说中舜帝南巡苍梧之"梧州人"。此"梧"应为"无"，在几千年前的驳杂传说中乃为无州县（归属）之人，据考，仍可依稀找出其历史渊源。

某一日，一气儿走了秀水状元村，潇贺古道入桂第一村的岔山村，有宋代理学鼻祖周敦颐的讲学堂及其后裔居住的福溪村，村村寨寨山水秀丽，因为处在秦新道的驿站或关口上，自古农业经济发达，商业以及手工艺"诸多百业"繁荣昌盛。

文教历史悠久，"状元府""进士第""司马第"等随处可撞见，各宗族祠堂门前立着牌匾、石碑与旗杆等。小街上排列着与商业、农村生活相对应的门店加住宅的建筑，形制多样，高高低低，依山依坡，路筑在门下，在窗下，在所有的房顶下面。几乎每个村子中心都有一个"广场"，还有小亭翼然……

山水就把那么一大片朴素的原始形态——老拙也罢、娇嫩也罢——展示在面前，让我们在惊悸中叹为观止。也许，我们参与了天地间能量的交换，那幻化出的弯弯线条，不是数学意味的"简直"，而是具有更多人文象征意义的"仿佛"，不如此这般，若如此这般，那究竟是一种什么情形？比如有古今学者曾反复论及横亘在中原与岭南之间的南岭之五岭，那并非只是五座大山，而恰是山岭间的五条通道，峰岭丛丛，就在每一个伸展的脖腔子上数不胜数——贺州人因此打趣说，平均下来每家每户有山，又有水……

几天来，也仿佛是几十年来，只不过是把纸面上的阅读贺州，竟落地成了簇簇目光的惊艳。对山，对水，对人……对无名。也许千里与千年的"无题"，只许问李义山的"锦瑟无端"：一个朦胧的画影，一朵结果的烛泪，一个想不起的名字，一枝摇曳的芳若……但他在《昭州》一诗中却如是写道：

桂水春犹早，昭州日正西。
虎当官道斗，猿上驿楼啼。
绳烂金沙井，松干乳洞梯。
乡音殊可骇，仍有醉如泥。

只四十字的五言诗，就纪实般描绘出唐昭州县城当时的情景：太阳刚偏西边，老虎就出大道上打斗，猴子也爬上驿楼嘶叫了。我们通过此诗可以看出昭州（现为贺州下辖的昭平县等地）在晚唐时候竟还是个人烟稀少、四顾荒凉的地方。而诗中所咏"桂水""昭州""金沙井""乳洞"等历史地名，好像一个个神谕似"醉如泥"的符号——虽说天地人于道路难，但诗词却可打通古今！据说，考古工作者真还发现了1500年前李商隐笔下的"金沙井"。

而古道无论是官道还是野径，加起来寥寥。两千多年前的青石板路上，五里一亭十里一铺，成排的舟楫，成队的驴马，试想一下这种浩浩荡荡营造的拥挤景观，那对中原与岭南之间的沟通与交流的意义。因此这里倒可能没有孤独，但只有"我看青山，青山看我"的喧闹与诗意。

临贺故城位于贺州市八步区的贺街镇，始建于西汉元鼎六年，即公元前111年。故城包括旧县肚城址、洲尾城址、河西古城、河东古城等四个城址，六大古墓群，寺庙二座及宋代营盘一处，内存有大量富于地方特色的古建筑，可说历史脉络相当清楚，也是八桂大地上已发现的西汉四大城址中唯一保存完好的古城。这些湮没或还没湮灭的，对于今天失根的我们，应该都是一种呼唤。这么一片从前没有看到过的景色，像一张张老脸皱巴巴、咧嘴的纯真，不禁使人感慨万千：他们其实就是我们。

我比"大部队"多逗留盘桓了半日，在街道上漫步，其中最大的收获，就是人们的笑脸……笑一笑有什么不好吗？笑一笑有什么好吗？无缘无故，所以大家常常笑一笑，盆对碗笑一笑，拖把对笤帚笑一笑，早对晚笑一笑；门外对门里笑一笑，门里对门外再笑一笑。你说这一天一地的笑，笑不笑呢？

"剪水为衣，抟山为钵，山水的衣钵可授之何人？叩山为钟鸣，抚水成琴弦，山水的清音谁是知者？山是千绕百折的璇玑图，水是逆流而读或顺流而读都美丽的回文诗，山水的诗情谁来领管？"我闭眼所见的就是贺州，所谓云外人传云外事，梦中话说与梦中听——如果这说的就是梦话，那一定就是以完美的时间出现在完美的空间——那不就是梦中梦吗？而有一天，当再走过，便在那里向这里轻声呼喊——以风声，以水响——这古道今路的时空动态。

在黄姚古镇的千年仙井（境）那里，我重又深刻体会到，主动跟陌生人微笑，主动跟陌生人打招呼的乐趣。这个古井上方仿佛袅绕着雾霭霭的仙气，从井栏边走过的所有人都面带微笑，本地人、外地人；本国人、外国人；男人、女人；老人、小孩，诸如此类的生灵，连一摇一摆路过台阶的两只灰鸭，都仰脖嘎嘎打招呼，紧张、局促，虽不停步，然而友好。

一个看不见脸的姑娘，正在水边洗头，她往前弯着身子，头发那么长，像春柳，几乎都垂到水里；她举着一把红梳子，在浓郁的黑发间拢过去，拢过来，同时轻轻甩着发丝，甩出一片晶莹。接下来她双脚分开，洁白的双臂轻捋着秀发，然后慢慢挺起腰，把头发猛一下甩到肩背上，眼睛在身下，看着我们经过。而那看不见的脸，不因为看不见就不美了，相反我以为，可能就因为看不见才更美。一个胖小伙在对面刷牙，满口雪一样白腾腾的沫，他本可以直接说：镜头不要对着……但那个被泡泡"夸大"的嘴，却依然（毫无选择的）化成了笑脸。

"人生的价值是什么"或者"人生的目的是什么"，若以中国文化思想的观点来作答，答案只有一个——"参赞天地之化育"。就在贺州站，刚下火车，我没看清某个搬我旅行箱的小伙子，他戴着帽子，像很多各地见过的年轻人一样，时时刻刻捂着大口罩。但他身边的人，我看清了：他的爸爸妈妈或者是爷爷奶奶，一大家子的贺州人……他伸出手来指点着，口里嘀咕好像是背书，也像是通过这个方式让我放心，或者就是跟等着他一起出发的亲友团开玩笑。他的手提着我的箱子，脚已踩到了被别人称之为"不人性"的台阶上。我来不及致谢，那人却已飞跑着回归亲友团中，向我挥手；也来不及问他，在这么好的空气里，为何要戴口罩？在此之后长途的赶路中，我也只会想起他的"背书"。

而对距离的怀疑，本身或就是一种距离？这里每个人都差不多会四五种语言，白话（普通话）、客家话、壮瑶、粤语、桂柳方言；每个人的脑子里，如同一个巨大的翻译场，有一个合并的语言系统，以及一个管理与计算这些语义的软件。然而贺州的意义，应该在语言上也作为道路的意义继续存在。作为混居者的一员，鸟儿也是一支合唱队，但它们踌躇而分散、互不连接，一会儿在前，一会儿在后，之上之下，弹跳飞舞，却始终围绕着奇峰、树木、田园与人。这是极其普通而简单的生存情景，所有的交流皆是自主的，是追求，是感觉，是仁寿从容潇洒：随日月而动静的图画，瞬间就有催人泪下的满足感与充足感生发。

贺州似更愿意微笑着走进我们的生活，它拒绝苍老，尽管它老堪重负，完全有资格充当很多新兴城市的"祖城"。但它的精神是鲜活的，富于世俗的生活情调；它那热情的天性驱使着那城那人，总是像欢快地"流动"。我愿意更多地把它看作是当下生活的一部分——山水之源、灵黛生态、天然氧吧、世界寿城（贺州别名）、幸福康养之地、人间仙境等，而不是一块剥落的历史石碑。

但我也总想起在贺州学院博物馆展厅里的小女生，那位义务讲解员，讲那些赞颂爱情的歌谣，其中最著名的当数那首《蝴蝶歌》。其实那不是一首歌，而是许多即兴创作的情歌集成："蝶的蝶""蝴的蝶"、野蜂、蛙鸣之类的衬字或曰背景鸣音，虽然已被这里的人们重复了千百年，却一如既往地煽情与动人。也犹豫不决，也摇摆不定，也呻吟，正如《蝴蝶歌》的歌名，虽与昆虫蝴蝶无关，却能给人以前世今生的情感冲击与联想，比如庄生梦蝶，再比如梁祝化蝶等，似乎就是一种关乎人类和人生的古老意识。

那歌声附耳千古，已然饱经沧桑，却从不掩饰自己的苍老与破败，哪怕那是从一个豆蔻年华的少女嗓音里发出。它仍是历史的图腾，是唯美的，又是不倚老卖老的不老腔、不老调。我默然揣想这从未远离现实世界的人间烟火。

［原载于《解放日报》2019年5月19日第7版"朝花"副刊］

在贺州触摸古村的自然性格

周代红

周代红，《大连日报》文化专刊部编辑。

在城市越来越同质化时，以旅游为目的开发的乡村面孔也日趋单一。然而，在广西壮族自治区贺州市富川瑶族自治县，一日走三村，个性皆不同。这种个性并非今人生造附会，而是在漫长的岁月中，地理环境、世事变迁、文化传统、自我选择和随机偶然共同作用下形成的，从而成了另一种历史与人文意义上的"自然"。

有个性的古村

9年前去过西塘后，我就对国内水乡古镇失去了兴趣。美则美矣，大同小异。相似的老街旧巷、雷同的小桥流水，还有不知真假的特产、翻建一新的民宿与光影闪烁的酒吧……所有这一切营造了一种陌生而熟悉的现实感，身体虽然离开了城市，精神却仍在其间。

又过了几年，再听友人提及，似乎更变成了主题乐园一般的存在。我不仅没有对水乡古镇的恋旧情怀，偏偏还有抒情散文过敏症，于是彻底不再把任何水乡古镇作为目的地。

来贺州之前，便没有期待。

位于湘粤桂三省交会处的贺州，于我而言是西北方的桂林和东南方的广州之间的盲点。从贺州市内出发一路向西北行进，到了富川县朝东镇后，继续西北行两公里多，便是从唐至清诞生了一个宋代状元和二十六个历代进士的秀水村，人们习惯叫它状元村或秀水状元村。接着北行两公里多，就到了"潇贺古道入桂第一村"——岔山村。两村东北方向十余公里处的福溪村，居住着宋代思想家、哲学家周敦颐的后人，存有百柱庙、钟灵风雨桥两处全国重点文物保护单位。

没想到贺州触动我的不是满目新绿的茶海春色，不是瀑布轰鸣、泉水叮咚的姑婆山，不是雾气笼罩下辨不清真实与虚幻的钟山水墨画廊，而是有个性的古村。

这种自然形成的个性如此具有辨识度与感染力，短时间内空间转换，意料之中的审美疲劳不仅没有出现，意料之外的发现还不时唤醒五感。

可触及的寂寞

村口背倚青山的状元楼与街巷间不时可见的进士、文魁牌匾，令一无所知的闯入者也会意识到"状元"之谓不是史书中的记载，而是秀水村里切实可触的现在。1300多年前的唐开元年间，任贺州刺史的进士毛衷为这里的景色所动，卸任归田时没有回故乡浙江，而是来此建村，于是便有了秀水村。

穿过孚嘉吉门楼，置身成片的古民居中。青阶上下、卵石路间，青苔野草肆意生长，却几乎不见人迹。在曲折的小巷间走走停停，本以为就这样一路到村尾，没想到再一抬头眼前一片宽敞空地，便是旧时秀水村赶集、贸易的场所——花街大坪。

三座古门楼、两堵照壁和旧时商铺合围的四方形花街大坪上，仍然见不到当地人，曾经的热闹而今只可怀想。不知是不是因为恰逢正午，这种无人居住的错觉，直到撞见一扇半开的门内随意停放的小摩托车才开始慢慢消散。

卵石路上，头戴斗笠、肩扛锄头的老人从小巷深处走来，蓝衣雨靴，一身劳动装束。众人快速举起手机相机，抓拍不到的干脆请老人暂时停下脚步。老人很配合，但神情有点茫然和局促，自己有什么可拍的？兀自念着没穿好点的衣服。

和很多乡村一样，三个古村留守的村民多为老人。离开贺州后，在网上翻找资料比对记忆，惊讶地发现和我不同时间拍下的同一位置、同样面孔的照片。那些自以为抓拍下的瞬间，不过是他们日复一日的生活。

寂寞如这个潮湿季节角落里的蘑菇一样充满生命力，又像青苔一般无所不在。

过日子的村民

600多年历史的岔山村始建于明初，是3个古村里最年轻的，然而其所处的位置早在2000多年前就有特殊的意义——秦汉时期潇贺古道从中原进入岭南的第一个入口。

潇贺古道是湖南潇水连接广西贺江的水、陆路通道的总称，是古代中原与岭南文化交流、商贸往来的交通要道，也是古代海陆丝绸之路最早的对接通道。古道分东、西两条干道，东道可追溯至春秋战国时期的桂岭通楚古道，西道则是秦朝"新道"。

过了兴隆风雨桥一直前行，进入明显更商业化的岔山村老街，古镇中常见的红灯笼、幌子、招牌错落在街头巷尾间。商业化并不是天然的贬义词，重要的是商业化是否抹杀个性、损害内容。

见过太多人去屋空的古镇古村，向往着远方与桃源的文艺青年批量入驻，大刀阔斧改建老屋，由民宿、酒吧、咖啡店、特产店和廉价小商品组成的商业街成了很多古镇古村的标配，分不清这一个和那一个有什么不同。

在200余座明清古民居组成的岔山村，店主几乎都是当地人。店铺常常开着门里面却没有人，看着菜单左思右想了好久，也不见有人来。但只自言自语了句"没有人啊？"店家马上从不知什么角落里现身，有问必答，有点疏离感的热情。

已过了午饭时间，生意好的店铺内，头发花白的老人仍忙忙不停地上菜。2016年摘得"贺州十大金牌长寿小吃"名号的梭子粑粑甜咸皆宜，加入生姜与茶一起"打"的油茶微苦中含着复杂滋味，它们既是随处可见的土菜馆和油茶店的当家菜，也是当地人的日常饮食。

岔山村人打开门来做生意，过的仍是自己的日子。

遵历史的自然

黄豆装在空饮料瓶里，橙子随意地堆着，游人来来往往，摆摊人不招呼也不叫买，但会向你笑笑。除了村口显眼处，福溪村很多家门口也会摆放几瓶黄豆、几把青菜售卖。

福溪村人卖东西大大咧咧，对建筑却并不随意。青石板路、古戏台、古民居……建于唐末宋初、有1100多年历史的福溪村除了三村都有的古迹，还在很多建筑上挂了个统一的木质小标牌。既有标志旧时称谓的地福门、何氏祠堂，也有"前往停车场由此门楼进"的贴心提示。

福溪业余剧团排演坊如今已是福溪古道文化传习馆，从瑶族迁徙历史展板到瑶族长鼓等乐器、首饰、绣品……"保持古村落的可读性"，是福溪村人的想法。

始建于明永乐十一年（1413年）的百柱庙，是南方瑶族地区保存最完整、年代最早的木结构古建筑。百柱庙内，一根木柱穿石而立。走在福溪村一公里长的青石板路上，不时会看见类似的天然大石块堵在路间、嵌在墙根。这些石块就是福溪村人口中的"生根石"，村民对大自然朴素的理解一代代流传下来，形成了而今人与石和居一村的状态。

古村落不可替代的魅力在于，附着其上的是真实的历史信息与文化氛围，而不是硬生生营造出的假想桃花源。行走在自然的山水民居间，好似穿游于真实的历史中，文字便从黑白书页中跳脱出来，有了色彩、有了样貌、有了声响。

[原载于《大连日报》2019年5月24日第10版"文化·地理"周刊]

深藏地宫的贺州风华

如衣

如衣，本名李宗洁，女，广西作家协会会员。有作品发表在《星星》《美文》《广西文学》等刊物，曾获多项自治区级征文奖。出版散文集《贺州时光》。

古人类时代

是宇宙洪荒的风云际会，是天地玄黄的深情孕育，是青山绿水的日夜守候。嘹亮的婴啼呱呱坠地，把沉睡的万物唤醒；坚定的脚步稳定铿锵，将厚实的大地踏响。湘桂平原缓缓打开古老的眼眸，在朝阳起落里注视着生命传承之初的乐章。

它，是生命的起点，文明的源头。

它是贺州市钟山县清塘镇龙潭角古人类洞穴遗址。

我特意选择了这样宁静温暖的清晨，缓缓靠近它，我怕惊扰了它。它掩映在如螺尖的重重峰峦之中，祥和又普通。

我站在它的正前方，等它醒来。

从这个角度远远望去，村镇的房屋错错落落、新旧交替。新的，是水泥小楼，外墙贴着瓷砖，形成颜色缤纷的图案；旧的，是灰瓦顶的青砖房，外墙被风雨侵蚀，斑斑驳驳。

天还没亮透，整个镇将醒未醒，有着如孩子赖床的娇慵。四周寂静，仿佛只有我的心跳。

天开一线，旭日东升，云层开始慢慢燃烧。那火苗，是先民们慈爱的眼眸，还是我心底燃烧的烈焰？

湘江与漓江千万年流淌不息，两江交接的上游，延伸出一片狭长平坦的平原。史称"湘桂走廊"。

湘江北去，漓江东流。

漓江流入贺州市昭平县境内，称为桂江。贺州就处在湘桂平原腹地，很早就有古人类活动的痕迹，是孕育古文明的摇篮。

天风浩浩荡荡，回响如歌悠远。

日升月落，亘古不变。太阳轻轻一跃，抖落烟霞，将光辉洒满湘桂走廊。然而仅仅是一道光芒转换，时间已逝十万年。

在龙潭角岩洞遗址内，2009年6月经广西壮族自治区自然博物馆试掘，发现了古人类牙齿化石十七枚，并伴有大熊猫、熊、猫、牛、猪、猴、羊等动物牙化石一批，分布面积为一百平方米，据推测为距今约五万到十万年的古人类洞穴遗址。该遗址证明了当时的贺州古人类已经在驯化或饲养牛、猪、羊等牲畜，这在湘桂走廊是非常先进、罕见的，就算在古人类记载史上也是起步较早的。从狩猎到驯养，在这边陲一隅，贺州古人类迈进的步伐已遥遥领先。

龙潭角岩位于清塘镇河东村委赤马村，洞深数十米，东北向，距赤马村约五十米，洞口在民国时被村民用石砖砌上，留有一门可供出入。

阳光落在老岩洞，植物青翠，风声细细。一条小径自山脚直通到洞口。

不曾想过先民究竟来自哪个遥远的地方，不曾想过他们长着何种模样，不曾想过触碰他们的遗物时会是何等心悸。十万年的青山绿水在蓝天下铺展，那个矗立的岩洞，阅过风霜、翻过岁月，最终积成缄默。一天天，一年年，岁月流淌成河，月光朗照成歌。静静的生活，默默地劳作，岩洞里进进出出的脚印展现着一个民族的顽强与坚定。正是这样一种苦而不怨、苦中愈强的精神，最终凝聚成潇贺文明，璀璨了华夏文明河流的波光，铸就了古老的东方世界的磅礴！

眼前的山峰鳞次栉比，好似海浪一般温柔中暗含万钧力量。线条起起伏伏，形状层层叠叠。而此时的龙潭角岩就是矗立于古人类历史瀚海中的一座丰碑，宣告生命终于来临。

日出月落，在天空划过的轨迹永恒不变，无声的光阴在流转。这里曾发生过多少精彩的故事，这里有又哪些艰辛的过往呢？风静默，树静默，山静默。我无从得知。

我走近岩洞口，抚摸岩壁，触手微凉。在今天，我能把手掌张开，与先民掌印重合，是怎样的一种荣幸啊！

发掘与见证，寻迹与追思。

那几个背脊袒露的汉子，手拿简陋棍棒与石块，潜伏在密草丛中伺机捕杀猎物；那个神情温柔的女人，侧脸的笑意映得岩洞光辉又温暖，她在轻轻拍哄着怀中哦哦细语的婴孩；那老者，在圈边苦苦思索，想必是在为圈中野性难驯的兽类伤脑筋了……

时光老去，岁月老去，人影也老去。只遗留下十七颗牙齿化石，成为永不消逝的坚固记忆。

我只能望着图片中的牙齿，试图在脑中拼接你微凸的额头，黑亮的眼睛，颀长的臂膀，还有和善的笑意。这一颗颗牙，啃食过野果、野菜、猎物的肉，也啃食过生活的苦难。饥肠辘辘，你无食物果腹，可曾绝望吗？冬天来临，你无衣裹身，可曾苦吗？风雨来侵，你无只能借洞遮蔽，可曾冷吗？除了坚强，你别无选择。

尽管岩洞空空，你依然将生命之舟填满。用爱，用心，用毅力。于是，才有了我。

是怎样的一种汹涌泪水浸湿了心的坚硬，是怎样的一场撕心裂肺疼痛唤醒沉睡的记忆？旷野猎猎的回风，吹逝了先民渐远的足音；万年沉默的岩石，隐藏了谁的血泪？是谁，在这小小洞穴播种最初的文明？是谁，用身躯托起生命的图腾？是谁，让荒凉的土地接驳未来的流霞？

洞穴不为人所知，附近村庄的人仅仅懂得这里出过文物而已。十万年尘埃厚重，把它湮灭在其中。可透过贺州的外表，直达坚强、稳重的内核时，就会发现这座城市的历史记忆早已渗透到每一道古桥、每一片村庄，甚至每一个眼神。这一切的源头，不正来自洞穴吗？沿着时光大河溯源而上，洞穴光辉依然。

洞穴里一定还留存着先民们的一脉灵魂，在默默地注视着这片大地和她的子民们。村庄恬静，稻苗青翠，鸡鸣犬叫……这一切，也一定是她护佑的结果。十万年的追忆是一种距离，很远，远到杳然无迹。也很近，近到掌印重合。

洞穴与贺州，这是一座山和一个城的对话，这是一个母与一个儿的对话。龙潭角古人类洞穴遗址，翠色青青，是一位沉静又伟大的母亲，衍生哺育了这片大地的子民。贺州，喧闹繁华，十万年光阴里依然是一个长不大的孩子，充满活力。一静一动，一个古老，一个现代。

在洞穴前流连，当心灵沉浸在缅怀与感恩的时候，先民们的形象已经在我的灵魂中永生。

天空一片蔚蓝色。先民的魂魄，已经张开翅膀从洞穴起飞，羽翼在纯净的云脚边滑过，最后高踞在白云之上、太阳之旁。天空那一抹澄澈的蓝，是先民们慈祥的笑意；那一缕云彩，是他们的眼眸。

眼眸里，会流下动情思念的眼泪；眼眸里，曾燃烧最初的文明光芒。在十万光阴里，这眼眸已是山川草木之情，是天地万物之心，是日月星辰之辉……

旧石器时代

鲤鱼山安静地依偎在贺州市富川瑶族自治县的怀抱里，两座石山相连，远看轮廓如同游动的鲤鱼，因而称为"鲤鱼山"。山脊淡抹白色的云朵，宛若初醒的远古母亲的温柔软语，飘啊飘啊，飘得心儿又醉又甜。

鲤鱼山遗址位于富川县富阳镇鲤鱼村东南面的鲤鱼山麓，距城约两公里，面积约十六万平方米。

该遗址地处富江东岸的二龙潭地下河与富江相汇的三角地带上，遗址由坡地和山腰洞穴组成，在离地面五十米处鲤鱼山山腰，有三个岩洞，呈"品"字形，洞口高一点六米，宽为三米，深为三十米，三洞内部相通，俗称"岔口岩"。岩口面向东南，洞口下的二龙潭地下水丰富，清澈甘洌，根据1979年国家水文地质普查成果资料表明：该水属于低矿化淡水，是比较好的人畜饮用水源。良好的地理环境，为贺州古代人类生产生活和繁衍生息提供了便利的条件。

山不变，水不变。自然的风烟冲洗着万年的记忆。鲤鱼山面前是一片开宽的田野，稻苗、玉米、番薯、花生，都在欢快地生长，叶色青翠养眼。更远处是富江，绕着弯流过。穿着蓝色土布衣裳的瑶族姑娘临水唱起了曼妙婉转的蝴蝶歌。歌的尾音拖得长长的，在江面飘起，在田野回荡，在鲤鱼山盘旋，然后穿越时间与天空的苍茫，与先民坚强的灵魂邂逅。

1963年，广西壮族自治区博物馆对岔口岩洞进行了试掘，发现文化层三层，分别为表土层、黄褐土层、黄色堆积层。表土层厚约三十厘米，在表土层下为厚约二十五厘米的黄褐土层，出土了磨光石凿一件、陶纺轮一件、人下颌骨一枚；在黄褐土层下为厚约三十五到五十厘米黄色堆积层，发现有碎骨化石、螺壳化石、零散陶片。经考证：该遗址的年代跨度为旧石器时代至新石器时代。这说明在约一万年前或更早，贺州就是古人类活动频繁地带，为当地进入新石器时代提供了坚实的基础。

在年年繁花盛放的季节里，一条巨鲤以它独立于世的姿态，游行在碧草之上、天地之间。它从远古的风雨中来，在鸿蒙开天中穿透岁月。这条吉祥的鲤鱼，游进了中国古人类长河的璀璨波光中，共同汇聚中华民族永远的骄傲与自豪。

当太阳又一次从鲤鱼山脊升起的时候，阳光下的富川恬静迷人，瑶族同胞用油茶、炸果、脐橙、瑶绣来欢迎四方游客，希望所有沐浴在阳光下的人们都能来分享这座古城的美丽。与此同时，他们正在用自己的热诚与辛勤，丰富着富川的内涵，铸成富川坚强的底色。

站在县城眺望，两公里外的鲤鱼山隐约可见，峰顶葱葱郁郁，令人心生清凉。凝望鲤鱼山，就是在凝望自己的精神家园、生命来处，内心是那么纯洁而宁静。鲤鱼山默默地注视着富川、注视着我们，用万年永恒的大爱守望着这片土地。

在对视中，心底的感恩与崇拜，已跨越万年时光之河。

"孩子，我永远爱你们。"和风吹拂，风中送来鲤鱼山的深情话语，带着母亲对孩儿的宠爱，一再抚慰我内心的伤悲。那些纠缠的愁肠百结、那些追寻的虚名浮利，已随风而去。

这里散发着母亲的味道，这是一种特别令人向往与眷恋的味道。这味道藏在山脊、岩洞、草木、花、微风，触手可及的安逸与依恋。宁静与怀念，足以让任何游子心醉心酸，几欲落泪。

这里是母亲的怀抱。当我踩着柔软的光阴走进鲤鱼山，伸手抚摸翠枝嫩叶、嶙峋岩石，是那么温柔又稳厚，仿佛母亲就在这里长久等待我们归家。一万年光阴似乎不曾存在，母亲在微笑迎接我们，她从不曾离去。

走在山间，任何一个转身或者回眸，都会让我跌入一万年前某段遥远又感动的回忆里。石凿开垦土地，种植粮食；陶纺轮唧唧转动，纺出温暖；陶器朴实，盛着生活的希望……

这些古朴亲切的物象，与今天的我隔了一道一万年的时间厚墙，世俗的尘埃被过滤干净，纯粹的思念被瞬间牵起。石凿、陶纺轮、陶片浓缩了贺州的古人类历史原貌，它们像是一个个阅历沧桑、收藏善良的精灵，无声地诉说着先民们的故事与传奇。

1974年富川县文物管理人员对该遗址进行了第二次考查，在岩下坡地上采集有穿孔石铲、石斧、石矛头、穿孔石钺、石凿、陶鼎足、剑齿象牙化石等六十多件文物。石器式样多，磨制精致细腻、光滑圆润、线条流畅，见证着当时制作石器的技术已达到了领先水平。

石斧、石矛头、穿孔磨制石斧、穿孔石钺，在1995年均经广西文物鉴定委员会鉴定为国家二级文物。

鲤鱼山遗址，是目前贺州发现的文化遗存和文化遗物最丰富的旧石器时代至新石器时代遗址之一。

石器出，天地惊。

是谁打磨了石铲，在这片大地上锹开第一铲泥？是谁雕琢出石斧，劈开一条生活的路？是谁制造了石矛，用它一掷击碎生活的艰难？一万年来云和雨，厚重的历史，化为一道道石器上的智慧线条，成为让人感动的记忆。

今夜，银河倾洒，富江静静流淌，清亮的光辉自苍空洒下，铺展在大地上。富川古城灯火辉煌。天地间一派人和政兴景象。

鲤鱼山静静地在月光下站立，慈爱的眼眸注视着身边的子民。一万年前如此，今天仍是如此。变的是岁月，不变的是她的母亲情怀。是她，用深情的步履丈量着一万年的坎坷；是她，用坚定的意志庇佑着子民的日日夜夜。

鲤鱼山啊，你能否告诉我，母亲的灵魂去了哪里？母亲经历了多少风霜岁月？饮下了多少人世沧桑？滑落过多少伤痛泪水？你能否告诉母亲，我很想很想她。她的孩儿很想很想她。

富江啊，你能否昭示我，那澄净如秋水长天的莽林，埋葬过多少先民的身影？夕阳下那辽阔的原野，又隐藏了先民多少开疆拓土的血汗？

茫茫苍穹，鲤鱼山有影却无声，富江有声却无语。没有人给予我答案，独遗我于这片大地，泣不成声。一头牛抬头向天，"哞"的一声，声音透过原野掠过天际。望向天空，我仿佛看见在风雨中用石铲、石斧、石矛头默默耕耘的先民们，他们以最朴素的方式，诠释着贺州历史的光辉。

新石器时代

山峦映衬着霞光，云彩牵引着梦想。岁月的轻烟在历史长河的波光中，氤氲了多少千回百转的动人故事？这一切，或许只有明月见证，或许只有流水知晓。

新石器时代，在考古学上是石器时代的最后一个阶段，以使用磨制石器为标志的人类物质文化发展阶段。新石器时代大约从一万年前开始。

李家村新石器遗址位于贺州市八步区，北边为贺江。遗址大体呈长方形，地势比较平坦，在遗址地面散布很多碎石片、大块石头断块，采集有通体磨光石锛、毛坯和石片，另还有方格纹夹砂软陶片。在局部断面地层中夹杂有较多石块、陶片等文化遗存，厚约九十七厘米。根据广西壮族自治区考古所调查，推断该遗址为新石器时代晚期的聚落遗址。

在李家村新石器遗址、信都镇石福遗址、昭平县北陀乡立教村枫树坪遗址、富川鲤鱼山遗址、富川龙母寨二号东汉墓，出土了一大批新石器时代的石器，型制包括双肩石铲、双肩穿孔石斧、穿孔磨制石斧、斜刃石斧、磨光石斧、石矛、石镞、石钺。特别是其中的两件双肩石铲、一件石铲、一件穿孔磨制石斧、一件斜刃石斧、一件穿孔石钺，具有了当时极其高超的穿孔、开刃、打齿技术。这标志着贺州新石器时代的磨制技术领先于湘桂走廊。

这是一条闪烁着智慧的岁月之河，浪花托起一件件型制精美的石器，冉冉而来。它们起源于新石器时代，邂逅了先民们一双双温情的眼睛；它们在涛声明朗的贺江，与一岸幽香的禾稻对话。肥沃的土地，开始生长粮食、生长希望。

我在这些遗址一再流连，却无法读懂先民们留下的生命密码。在这些风护水藏的遗址秘境，我获得了一种从未体验的快乐，一种踏实的坚强在我心中潜滋暗长。遗址很简陋，石器也很简陋，折射出的精神内涵却是如此丰硕，它包含着一个民族对待苦难和挫折的豁达乐观。这份乐观，如同一束明亮而温暖的光，照亮了贺州远古先民们生存、发展、传承的艰难道路。

我来到李家村时，正遇上田野里一片一片的油菜花盛开。它们一块块地错落连结，连成一望无际的花海。芬芳随风飘送，金黄色霸气张扬，仿佛是大地给先民们的献祭。风过处，将先民的温馨叮咛——送至。明丽耀眼的黄色如绸缎一般，从山脚开始铺展，直达贺江江畔。江水荡漾着繁花的色彩，云影、天光、花儿共舞。临江而居，这是先民选择的居住地，万年光阴流逝，依然那么美好迷人，那么盈盈如画。

贺江悠悠，流过先民的脚边，流过我的脚边。它波澜不惊地映照每一个人面容，仿佛早已参透了出世与入世。伫立贺江边听江水涛声，明白了江河山川从不曾老去，更换的，只是人的容颜，从先民，到你我。

不时有白色的鸟儿翩然飞翔，小小的翅膀掠过江面，似是一个轻轻柔柔的亲吻，又似是一次天真调皮的戏弄。看江水泛起涟漪，水纹荡起要抓住鸟儿的小爪，鸟儿便飞走了。贺江不仅属于鸟，也属于鱼。鱼与鸟是一对冤家，一个仗着江水的保护敢于挑逗，一个凭着站姿的轻松敢于守候。

远处那只江中泡澡的牛，是裁判吗？

御风而行，飞临其上。这江、这田、这万物，是先民的灵魂还是语言？我多么渴望拥有那些鸟儿的翅膀与飞翔的姿态，那样就可以让思绪在天空与江水间畅行，让心灵追随先民的身影。

鸟儿翩翩，牵动我的感恩与追忆，于苍茫宇空接引前行的先民与后来的我。

先民们磨亮石器，就磨亮了坚强的信仰；打穿石器上的孔洞，就开启了通往未来的大门。有什么，可以熄灭生命的火把？有什么，可以阻挡不懈的追求？从一件件坚硬而线条圆润的石器上，印证出来的，是先民们永远向前的信念姿态，是供后人恒久膜拜的光辉人生。

件件石器，会勾起缕缕乡愁。它们古拙又智慧的型制，铺陈着遥远的岁月，带我们叩问生命的来处，慰藉和温暖游子的心灵。

细细观察石器，它们像来自一场遥远的梦幻，又像是一段段浓缩了的经年流转的传说。过去岁月里，它们在月光倾泻的山峦，深藏于神秘的洞穴与墓葬，任时移世易，始终不曾改变模样。它们收敛起沉静睿智的思想，沉默着风云变幻的过往，敞开着豁达宽容的胸襟，静静地度过百年、千年、万年。经历苍凉洪荒，倾听天风浩荡。今朝，它们来到我的面前，任我细细解读它们的传奇。

石器上的一刃、一孔、一齿、一肩，无声中透出的温暖直达心底。每一件石器带着力量锄向大地，拓土开疆的声音遥远又清晰。石器起落之间，是众所周知的寻常，又是众所不知的艰辛。石器扬起，挥动的是亘古不变的坚强；石器落下，锄开的是万千先民摇曳缤纷的人生。面对它们，不得不对生命有了全新的敬畏，不得不对生活有全新的了悟。

历史的巨轮滚滚向前迈进，迈过新石器时代、原始社会，进入了奴隶社会。贺州，也进入了奴隶社会制度中的百越时期。

历史古籍将南方土著民族统称为"越"，因部族、姓氏众多，又称"百越"，所居之地包括浙江、江西、福建、湖南、广东、广西、越南。不同地区的土著又被冠以不同的称谓，苏浙称"吴越"，福建称"闽越"，江西湖南称"扬越"，广东称"南越"，广西及越南称"西瓯"或"骆越"。百越繁荣于商、周，汉初时被汉朝廷重兵镇压后消失，在史册的记载中只存在了一千六百年。

贺州曾史属百越，地处湘桂走廊上。

李家村新石器遗址、信都镇石福遗址、昭平县北陀乡立教村枫树坪遗址、富川鲤鱼山遗址、富川龙母寨二号东汉墓出土的石器，带着明显的几何印纹陶、有肩石斧、有锻石锛的特征，这些特征被历史学界、考古学界公认的是百越民族早期使用的典型器物。贺州出土的新石器时代的石铲、石斧、石矛头、石镞、石钺无不打上了这一特征的深刻烙印。

这样辉煌凝重的开头，将演奏出怎样雄浑壮阔的乐章呢？又会将贺州带入何方呢？

青铜时代

面对一件件文物，似蹚过一条时间的大河，感觉岁月可以触摸，可以遥望，甚至可以缩短。但细细读着文物上的斑迹，方惊觉岁月是实实在在的存在。

我要如何才能读懂岁月刻烙上文物上的密码，走进它的心灵呢？

1996年在贺州市马东村发现了两座周代墓葬，出土器物全部为青铜器，有罍、鼎、甬钟、凤字形钺共八件。

2001年11月到12月，广西文物工作队会同贺州市博物馆组成联合考古队，对贺州市高屋背岭M122、M123进行发掘，共出土五十器物件。其中铜器四十八件，器形较多，有棺栓、矛、斧、剑、匕首、刀锯两用器、转角器、镦、锛、斧、钺、镞等。其中棺栓四件、铜矛一件、铜剑一件、匕首一件、锛两件、斧两件、钺两件、刀锯两用器一件、码角器一件、铜镦两件、铜镞三十一件。这两座墓出土的遗物种类主要是实用青铜兵器、生活工具及陶生活用具，其年代应在战国中晚期。

从该批文物中我们可以清晰地看到贺州的新石器时代制作工艺与青铜器技术的一脉相承。铜矛与当地的新石器时代石矛头惟妙惟肖；铜锛与新石器时代双肩石铲造型相同；铜斧与新石器时代双肩石斧的造型十分神似；铜镞与新石器时代石镞如出一辙。特别值得一提的是锯齿镞，边缘带有十分突出的锯齿状，这明显是由昭平北陀乡出土的新石器时代带齿石铲演化而来，两者无论是从造型、手柄、齿状都极其相似。

从周代墓、战国墓出土的青铜器中，都继承了本地的石铲、石斧、石矛头、石镞、石钺的造型，说明这些青铜器就是贺州的本土先民铸造的。

新石器以坚决的姿态，把贺州带入了磅礴开阔的青铜时代，腾飞在青铜的妍美苍穹。

高屋背战国墓铜钺和马东村的凤字形钺均极具有创新特色。这两件钺与富川鲤鱼山新石器时代的石钺相比，只保留了石钺上半部的造型，下半部的刀刃部分却作了相当大胆的创新，变为宽口、敞开、弧刃，这样更轻便、更锋利、更实用。

这证明了贺州先民的创新意识，始终领先湘桂走廊。

一件件青铜器，曾经缄封于墓葬地宫中，它们静静地躺在那儿，等着我们走近发现，掀开这绝美的青铜大帷幕。道道纹饰是那般精美与繁华，它们的美超出了我们的想象，使贺州的过往有了起转承合的传奇。面对它们，我一再词穷，因为不能仅仅用"美"来形容，它们，有着比外在更美妙、更深沉的内质。

一件青铜器是一首无声的艺术诗篇，打模、浇注、冷却，一道道工艺精心锤炼，凝成了青铜的躯体。我的目光缠绕着它们的弧刃、弦纹、立耳、捉手……是谁描绘了纹饰的精美？是谁浇注了躯体的圆润？是谁在使用它们时留下了指痕？青铜器虽无声，语言却无限。体悟青铜器，生命在净化，灵魂在升华。

青铜器，在墓葬地宫中沉睡二千年，今天重现盛世，它们汇集了贺州万物无穷的美丽，把缤纷辉煌的过往真实地呈现。有了它们，贺州就有了文化的根，有了记忆的落点。

它们将飞禽、走兽、碧水、酒香、音乐、力量、祈祷都藏纳其间，也将智慧的光华、生命的荣枯、人世的沉浮收归其中。青铜器，以永恒不变的坚硬，承载起思想深处的柔软。

我的身躯跟随着目光细成了一缕烟，轻盈腾飞。我绕到甬钟上的舞广、舞修、枚与壁，聆听到来自数千年前的音乐，它悠悠回响，缕缕不绝；我悄无声息地潜入罍，它敞口、方唇、短束颈，两侧有兽首耳衔环，我闻到了缭绕不散的酒香，听到宴会觥光交错的喧哗；我贴近凤字钺，它方銎、弧刃，它劈向老树或侵略者，刃口闪过势不可挡的力量……

有了青铜器的加持，我发现我的内心变得如此丰富，心境如同大地一样开阔——原野苍茫，森林生长其上，贺江蜿蜒流过，耕田、种稻、饮酒、保卫家园……那些林间的小路又斜纵横，是先民们匆匆忙忙的脚步，或砍柴，或打猎，或赶集。那急漩的流水、陡峭的岩崖、纠集的树藤，都不能阻挡先民的脚步，他们一掠而过。行行重行行。先民的面容不断变换，脚印不断叠加，踏出了贺州最壮美的青铜发展史诗。我飞翔在青铜的天空，更飞翔在自己的心境。

要怎样开阔的眼界、怎样高超的技艺、怎样深邃的智慧，才能将贺州的山水万物都装进这青铜的方寸之间？

青铜器在历史的天幕上闪烁熠熠辉光，光芒舞动间，五彩枫叶飘落大地，先民在篝火边载歌载舞，点燃了季节的灯火。风中静默的大桂山、瑞云山、姑婆山，像是阅尽风霜的智者。飘逸不定的流云，也在山头久久伫足。铜镜映照，照出先民在苦难中珍惜的诗意；铜矛与铜镞，组合出先民坚韧的力量。

我的目光停留在青铜器经年累积的铜绿上，停留在斧刃斑驳的痕迹中，停留在衔环叮当的回歌里，忆起了先民们风尘起落的简朴，念起了他们勤劳艰辛的身影。我抑得住内心的感伤，却抑不住眼眶中的热泪。

面对贺州这片大地与莽林，辛勤劳作，注定是先民们必定的、唯一的选择。钺、斧、锛、刀锯……是战天斗地的工具和见证。青铜钺，安装木柄，持以砍斫；青铜斧，是继新石器时代大量使用的石斧之后出现的砍伐工具；青铜锛是战国时期的农具，长条形，刃尖利，主要用于砍削木料；青铜刀锯两用器，这是贺州青铜器的创新之作，体现着先民们因地制宜创作农具的智慧，可砍可锯。辛勤劳作，日复一日，年复一年，写成了贺州大地最坚强的歌谣。

这支渗透着先民汗水的歌谣，歌音如水，处处遗留：滋润厚厚的泥土，变成禾稻的模样祭献出来；渗入石缝，化作清澈的甘泉流淌出来；从植物的根部流过，变成叶芽的形状绿出来；从岩壁上倾泻而下，化作清凉的身姿飘逸出来……

行走在这片大地，先民的歌音如天风荡涤，无处不在。

将心灵交付给这青铜、这歌音。在这样厚重的历史面前，我发觉自己渺小如一颗尘埃、一只蝼蚁、一片落叶。但凭借着青铜的光辉，让我渺小的生命也终得彻悟人生。

青铜巅峰

我来到贺州沙田镇龙中村时已近傍晚。夕阳很美，道道余晖洒在大地上，有一种橘色的温柔，天地沉浸于一片浪漫的色彩中。龙中村是贺州千百个小村子中的一个，很普通，但又不普通。面前一条平坦伸展的水泥路把我带入龙中村的深处。

山峦小巧秀气，层层叠叠，似是一幅水墨画的远景。绕过一山，出现一村，再绕过一山，又出现一村。捉迷藏似的层出不穷。

溪水清澈，悠然流淌，不知来路，也不知去向。水中偶尔一片落叶"啪"的一声，荡起道道水纹。水中，白云与天光共舞，闪烁出疏朗的光影。那些叫不出名字的小花在溪边盛开，柔弱轻巧，如同精灵。

稻田平坦，一望无际，风儿撒着脚丫，一忽儿就从这边跑到那边去了，掀起了一波波绿色的浪。稻花又细又白，藏在稻叶间。

村居传出鸡鸣声，带着与生俱来的清新气质。我把脚步放轻再放轻，因为即将踏入的，是一个神圣的境地。可眼前溪声哗哗，水光潋滟，四面田园景色如画，又让我忍不住要开心笑出来。

贺州矿产资源非常丰富，有煤、铁、锰、钨、锡、铜、铅、锌、锑、钼、金、银等六十多种，主要矿产为钨锡矿、铅锌矿。

汉元鼎六年（公元前111年），设置临贺县。《实用大字典》"贺"字条称："贺，锡也。方术家谓锡为贺，盖锡以临贺出者为美也。"临贺县、贺江之所以取"贺"为名，是因为这一带盛产优质锡。贺州所产的精锡，敲之即发出清脆响声，誉为"八步响锡"。

青铜器是用铜、锡、铅，按适当配比，通过制范、浇铸、冷却、拆模、打磨而铸成。贺州盛产铸造青铜器所需的铜、锡、铅，具备了制造本地铜器的便利条件。

经过旧石器时代、新石器时代领先于湘桂走廊的文明积累，并经潇贺古道受中原、楚地青铜文化的影响，再结合自身丰富的铜锡铅矿产资源，终于凝成了贺州大气厚重的青铜史诗，注定要登上青铜巅峰。

1991年7月，在贺州沙田镇龙中村东的一个山洞中发现一处岩洞葬，并出土一批精美的青铜器。共出土器物三十三件，其中有十八件青铜器。青铜器有鼎三件、牺尊一件、铜鼓一件、铜罍一件、盒一件、龙头形饰件一对、兽头形饰件一对、箕形器一件、凤字形钺一件、环形器一件、钩形器四件、叉形器三件。墓葬的年代在战国时期。这批青铜器在器形和纹饰等方面，既有中原的作风，又有浓厚的地方特色。

龙中墓出土的这件铜牺尊很特别，尊形如一只体态圆润、神态温和的麒麟，被称为"麒麟尊"。麒麟尊背部有口，可由此处把酒注入腹腔内，口上有活动的盖，盖面浮雕盘蛇，蛇身饰三道鳞纹，居中蛇首高昂为盖钮，尊的头部形状独特，张头露齿，双目圆睁，有双角，圆柱形，尊的尾部有一直立攀附的小蛇。整体纹饰内容充满了浓郁的古越族文化特点。

它的出现，震惊了世人，精美得令人窒息。与中国过去出土的青铜鼎不同的是，它周身饰满了纹饰：双角饰蝉纹；鼻梁和鼻孔饰卷云纹，涡纹勾出；颈部饰云雷地窃曲纹；身部三组云雷地窃曲纹；背部是三道鳞纹；足部饰线浮雕的单层窃曲纹；尾部的蛇饰葵叶形凹鳞纹。纹饰交错，不厌其烦；线条流畅，不胜其美。

这岂止是一个鼎？这是匠心独运的一幅画！这幅画通过贺州先民的能工巧匠，制范、浇铸、冷却、拆模、打磨，最后凝固成青铜的传奇。

1995年，麒麟尊被全国文物鉴定委员会专家组一致确认为国家一级珍贵文物。

国之重宝，举世皆赞。

麒麟尊身披青铜的精美衣袂，带领贺州青铜器登上了中国青铜史的巅峰极顶，留下了回响于历史天幕的绝唱。

蛇类喜居荫蔽、潮湿、人迹罕至的地方，杂草丛生、树木繁茂、枯木树洞、乱石成堆、柴垛草堆、古埂土墙，且饵料丰富的环境，都是它们栖居、出没、繁衍的场所。贺州地处湘桂走廊，山多、林丰、雾气重，正是蛇最理想的家园。

蛇与人，共享贺州这片美丽的家园，蛇成了贺州越人的图腾，他们将这种崇拜很自然地雕刻在青铜器上，成为百越的独特标记。

蛇，是麒麟尊的装饰主角。麒麟尊的背部有盖，盖面浮雕着一条盘着的蛇，蛇身平盘，饰三道鳞纹，道道精美；蛇首居中，头高高昂起，平伸出来的蛇头又堪堪作为盖钮，易揭易提，防止滑落，工巧别致，心思细腻。尊的尾部饰有一条直立攀附的小蛇，远看似是麒麟的尾巴，但此蛇与盖面之蛇相比又有变化，它直立，有角、鳞、爪，已演化成龙，正是龙图腾的最初雏形。

青铜器的身影在我眼前一幅幅展开，最后定格在麒麟尊温和妍美的面容上。贺州青铜器，不仅是一本精美绝伦的画册，更是一部记录人类开垦莽林大地的壮丽史诗。

　　麒麟尊出土于龙中村红珠（音）岩半山坡的岩洞墓内。此时此刻，夕阳的光辉温柔地笼罩着岩洞。是的，就是这样的黄昏，在贺州大地上照耀、陪伴了麒麟尊二千五百年。在村中流连，走在二千五百年前先民们生活过的地方，什么也不想，什么也不烦。听从遥远的指引，回归初心。视线所及之处，处处是先民们的气息和痕迹。

　　我心已随先民远涉，从古人类时代、旧石器时代、新石器时代、青铜时代、青铜巅峰一路走来，走进今天的盛世欢歌。回望生命来处，贺州的伟大风华，已在灵魂之上，在杂念之外，在星辰之边……

［原载于《广西文学》2018年第4期］

长寿的奥秘

温水莲

温水莲，女，广西昭平县人，贺州市作家协会理事。作品散见于《邺城》《三月三》《贺州文学》《贺州日报》等。

"诗画一样的美丽长寿之乡，春享瓜花酿，秋闻豆豉香……"如诗如画的歌词、优美动听的旋律，一曲《我在长寿之乡等你》，让人对贺州市昭平县这一个美丽的长寿之乡产生神奇的向往。

　　昭平全县人口45.2万，80—90岁老人有9574人，90—99岁老人有1926人，百岁老人有72人，是国际长寿标准的2倍多。贺州市最长寿的老人，今年119岁的老寿星胡月英就生活在昭平。

　　山路十八弯。当车轮旋转碾过一个个山坳，平滑的水泥路面继续往前延伸，我们驱车来到昭平县走马镇佛丁村，去看望传奇寿星胡月英。我们把车子停在村委，驻村教师何老师听说我们要寻找胡月英老人，主动带路前往。

　　沿着小路，我们信步前行。路边粉红的蔷薇，碧绿的田野，干净的水泥路，随处可见的茶园，远处的森林，清新的空气，让人心旷神怡。热情的何老师一边走，一边滔滔不绝地向我们介绍胡月英老人的故事。

　　1903年10月14日，昭平县五将镇河井村一个农户家里传出了婴儿的啼哭声，一个女婴出生了，她就是胡月英。坐落在桂江边的河井村山清水秀，胡月英度过了贫寒的童年和青春岁月。长大后与卢从修成家，因为生活所迫，与丈夫从河井村搬到走马镇佛丁村。

　　初到佛丁村，没有房子住，他们割茅草剥树皮盖茅草房；没有土地，他们上山开荒，租地种木薯、玉米维持生计。所有的开始都是艰难的。来到佛丁村第二年，活泼可爱的儿子出生，茅草屋里常常传出欢乐的笑声。

　　自从胡月英搬到佛丁村，就没有离开过走马镇，也不曾到昭平县城逛过街市，更没有到其他省市旅游，她一直生活在自己的世界里。家里有爱她的丈夫，依赖她的儿子，一家三口其乐融融，过苦日子慢慢成了习惯。

　　靠山吃山。夫妻俩在山上刨食，开垦荒山，高处种松树、杉树、八角树、竹子，低矮的丘陵种茶树、红薯、木薯、玉米等，春天的竹笋、夏天的野菜、秋天的野果都是他们餐桌上的美味。

　　靠水吃水。清晨和傍晚，夫妻俩撑着竹排到穿过佛丁村的思勤江捕鱼捞虾，给生活增添趣味，给儿子增加营养。夫妻俩每天天日出而耕，日落而归，儿子就是他们快乐的源泉。

　　风风雨雨一百多年，胡月英老人经历了饥饿、战乱、天灾人祸。1988年，91岁的老伴因病去世，1991年，唯一的儿子也撇下她意外离世。胡月英强忍着悲痛，安慰儿媳妇不要让这个家散了，并和儿媳妇一起抚养两个未成年的孙子。

在老人的支持和鼓励下，1993年，一位姓徐名阳光的男子来到这个家做"上门儿子"，与胡月英儿媳妇和孩子们重新组成了一个新家庭。徐阳光忠厚老实，像孝顺亲生母亲一样对胡月英照顾有加，对孩子们也倍加呵护，让这个家庭重新充满了欢乐。

如今，胡月英已是四代同堂，儿孙满堂。长孙卢丛坚早已成家立业，孙女卢敏也已出嫁，另一个孙子卢丛强一直陪伴老人，照顾老人日常起居，一日三餐。

说话间我们来到一座普通的房子面前。大门虚掩，何老师说估计老人家在屋后茶叶地采茶呢。我们绕过房子，屋后一片茶园绿油油。一位头戴草帽的老人站在齐腰高的茶树丛里，慢悠悠地采摘茶芽。旁边的茶树上，一个红色的塑料篮子非常醒目，里面躺着小半篮子茶芽。

老人家看见我们，乐呵呵地走出茶园和我们打招呼。何老师上前扶住她，对她说有空多在平地上走动，采摘茶叶的活让家里年轻人做。老人说她孙子到县城买化肥去了，要到下午才回家。

老人家拄着拐杖慢悠悠地走，我拿着茶叶篮子跟在后面。回到房子大门口，何老师推开虚掩的大门，地面铺着一块薄膜纸，上面平摊着约一平方米的茶芽，我知道这是让茶芽散散水分，避免堆积在一起温度过高，影响茶叶成色。

老人家把草帽摘下来，灰白的齐耳短发引人注目。我的邻居，一个八十岁的老人，头发已经全白了，胡月英老人一百多岁了，还是灰白的头发，这简直是一个奇迹。我顺便问老人平时洗发用什么牌子的洗发水。"哪里有什么牌子，我连洗发水都不用，就用自家生产的茶麸泡水洗头发，头发干枯了就抹一点茶油。"老人说。

以前没有洗发水护发素，当地老百姓都是用茶麸泡水洗发，茶油护发，想不到茶麸效果这么好。看着老人家依然有神采的眼睛，我不禁奇怪，那么大岁数，还能自己走路去茶园，还能看清茶芽一根根采摘，我们说什么她听得清清楚楚，到底有什么奥秘？

面对我的疑问，老人家两眼笑成一条缝，伸手捋一下头上碎发。她说每天想干啥就干啥，想吃啥就吃啥，人老了能帮的忙不多，东西也吃不了多少，硬的东西也嚼不动了，爱吃熟透蒸烂柔软的食物。

从年轻时候一直保持到现在的习惯就是喝老茶婆（老茶叶）熬的大碗茶。年轻时，每天早上起床洗漱好，就到溪边挑一担山上流下来的山泉水，用铁锅烧一锅开水，撒上一抓老茶婆，就成了大锅茶。先喝上一大碗，然后倒入保温瓶，足够喝一整天。

现在村里统一把山泉水接到家里，不用到溪边挑水了，有电热水壶烧开水，不用烧铁锅那么久，喝大碗茶的习惯就一直保持着。现在老了，不喝浓茶了，茶叶放少点就行。老人家还说，自己炒的茶叶泡的茶香，比机器炒的茶好喝。

休息了一会儿，老人家坐不住了，带着我们去旁边的老房子。老房子里有一口大铁锅，蹲在土灶台上，一把铁柄锅铲靠边放着。原来这是老人家炒茶叶的土灶。

胡月英老人告诉我们，她炒的茶叶曾经荣获村李的茶叶评比一等奖。接着，她要现场展示她的炒茶手艺。我拿篮子到客厅装生茶芽，何老师帮忙烧火，我们把铁锅擦洗干净，老人家倒入小半篮茶芽，慢火翻炒。等茶芽变软变潮，就熄火用锅铲装到簸箕里，双手缓慢地揉搓茶芽。老人家告诉我们，炒茶最重要的技巧是搓茶。

茶叶香不香，泡出来的茶水好不好喝，除了水质，炒茶是关键。茶叶要反复揉搓，不断回锅翻炒，直到把茶胶搓出来，把茶香炒出来，最后薄薄地铺在铁锅里，慢火烘干水分。老人家不紧不慢地炒茶搓茶，对待生活从容不迫，这是要多少岁月才能练成的啊！

茶香溢满房屋，我们的衣服头发都沾满了茶香，我们也像茶叶一样，散发着清香。"可以泡茶了。"老人家闻着茶叶说。我用电热水壶到水龙头接一壶山泉水，等待水烧开的时间，我们争着和老人家合影留念，希望自己长寿如她。

水烧开了，我捻一小撮刚炒好的茶叶放进杯中。茶叶碰上开水，立刻舒尖展叶，在水中尽情伸懒腰，然后慢慢沉到杯底。茶水呈淡绿色，一缕淡淡的茶烟升起，青涩的茶香迎面扑来，我轻轻抿一口，有点苦涩。

老人家笑着说多喝两口，就会感觉到甘甜。我试着喝两大口，茶水下肚，一阵舒爽。砸吧嘴巴，果然甘甜，不是糖的甜腻，是一种悠长的绵甘。这大概就是苦尽甘来吧，生活何尝不是这样，经过努力和奋斗，最后能苦尽甘来。

老人家还告诉我们，现在社会好啊，政府每个月发给她高龄补贴，够她养老了。以前旧社会不要说国家给你养老，就连青壮年都难以维持生计，养家糊口更是难上加难。要感谢共产党，感谢国家好政策啊！

听着老人家的肺腑之言，我亦为自己生在新中国，长在国旗下，走在春风里而感到自豪。我们称赞老人家健康长寿是家里的一宝，也是我们昭平乃至贺州市的一宝。老人家兴奋地拿出一把红檀木鸠杖，顶端刻着一只斑鸠鸟，这是贺州市领导送给十大百岁长寿老人的礼物。

老人家抚摸着光滑的鸠杖感慨地说："以前年轻时，总是我惦记家人亲戚朋友，现在大伙都惦记我。逢年过节，亲戚朋友，县里市里的领导都来看望我，给我带来礼物，我非常满足。"

　　一个119岁的老人，早上自己起床整理被窝，刷牙洗脸吃早餐，喂鸡喂鸭，摘茶芽炒茶叶，逗重孙玩耍，有客人来还可以帮忙做酿菜……每天都有事情要做，每天心中都有念想，每天都过充实满足，这大概便是老人家长寿的奥秘吧。

　　抬头望，头顶蓝天白云，远处青山绿水，眼前到处打扫得干干净净，成片的茶园像一朵朵绿色的大花，开在昭平县广袤的大地上。"80岁很正常，90岁不稀罕，100岁精神爽。"这句昭平民间流传的俗语，是昭平人民追求的长寿目标。昭平生态美，昭平人心态好、常锻炼、人孝顺，这些都是昭平人长寿的奥秘。正所谓：山清水秀生态美，镇古茶香人长寿。

[原载于《三月三》2022年第2期]

風景

时光里的黄姚

（外一篇）

王剑冰

王剑冰，著名散文家。河南省作家协会副主席，河南省散文学会会长，中外散文诗协会副主席。享受国务院特殊津贴专家。出版著作《绝版的周庄》《卡格博雪峰》等32部。散文《绝版的周庄》入选上海高中语文课本，并刻碑于周庄；《吉安读水》被刻碑于江西吉安白鹭洲；《天河》被刻碑于湖北郧西天河广场；《洞头望海楼》刻碑于浙江洞头景区；《瓦》《古藤》《荒漠中的苇》等30余篇散文被选入各种试卷及课外阅读教材。《喧嚣中的足迹》被中国现代文学馆和宁波天一阁藏书楼收藏，《绝版的周庄》被德国国家图书馆收藏。曾获全国首届及第三届冰心散文奖，全国首届郭沫若散文随笔奖，中国文联理论奖，河南省人民政府第三、四、五届文学奖，中国散文诗九十年重大贡献奖，首届杜甫文学奖，中国散文学会三十年散文理论奖等。

黄姚这个名字，会让人一下子记住。它远远地在那里，在你的念想里。那或是一种乡间情怀，一种乡愁感念。

古旧的黄姚，一进来便有一个气派开场，怪石崖壁，拱桥亭廊，八百岁的榕树，以迎客的姿态撩幔牵裳。树下姚江环绕，水气蒸腾。直惊艳得眼目迷离，不知往哪里聚焦。水上的老屋，替镇子保存着岁月。必是格外地喜欢这里，才有了如此宏大的聚集，且聚集得紧凑而有条理。

每日里听不到多少喧嚷，声音都被那些水那些石收纳了。数百年时光的经营，把黄姚经营得古典而端庄。

偶尔会来一场雨，雨带着雾，像一页页屏风，次第翻过。那些摞在高处的瓦，总是最先得到冷热的讯息。瓦片承受不了的雨滴，会滴滴传递，最终给了姚江。

一条条囊括着深宅大院的老街，老街上旗幌飘摇的店铺，一座座器宇轩昂的宗祠，宗祠内外的庆典喜宴，一个个通江码头，连着码头的灯笼节提灯会，会上的大戏连唱，让人知道，黄姚不是多少年前就为今天的热闹埋下了伏笔，而是多少年前就像今天这样热闹。

除了悦泰兴、金龙门、金德庄那些老字号，还有春天里、那些年、一米阳光的新招牌。欧阳予倩以及其他名人的寓所隐在其中，传递着黄姚的温暖与情义。什么时候，这里都像是安适而幽静的后院。

往往想不到，小门里藏着几百岁的老宅院。有的依山就势，攀到最上边的，是一片翅膀翻扑的瓦。总能见到残垣断壁处砖石的接续，见到朽旧的房门又有了新的木楔。那些或都是生活的叠加。

黄姚，它不突出个体，显示的是整体的大气。

如果在姚江上看，就会感觉古镇是从水里长上去，一直长到地老天荒。奇峰与凤竹簇拥的江水，像丝绸，不必去触摸，也能想象到触摸上去的感觉。姚江融入桂江、西江，最后进入大海。

江边有人划船，有人洗衣，有人戏水，一派天然写意。

黎明在风中把黄姚叫醒。一群鸟，聚在一起飞，像开在空中的花。群山在不远处挽着罗髻，似要赶一个露水墟。

早上看黄姚，觉得黄姚氤氲中会飘起来，各种日常都在缭绕，包括炊烟，亮嗓，豆豉的浓香，草药的异香。

进入黄姚，我也会飘起来，气韵爽身，心劲飞扬。

背着书包的孩子，从门里出来，阳光将小小的身影打在石板路上。一只白蝴蝶飞走了，土墙上划出一道翩然痕迹。一个女孩轻轻走过支着板子的老屋，生怕惊了房顶的瓦。墙根的胡枝子，开着粉色小花。这一切，让你想到，在黄姚，哪怕一片叶子，都有它的意义。

夜晚的黄姚，有点像寓言。月提着一盏青灯，随我上着层层石阶，而后不动声色地跃上屋顶，将古镇覆一层锡箔样的辉光。巷子忙碌了一天，在红灯笼的轻摇下，睡得很沉。天的穹庐笼盖了四野，一切都在孕育。有什么掉进了水里。偶有一两声虫鸣。

我相信，只要经历过黄姚以及黄姚的夜晚，他会变得深涵而宁静。

我曾经来过，却总是不能真正领略黄姚的全部。我想以对黄姚的热情邀请更多的热情。我想穿越千年，邀李白来望月，这里的月有家的味道；我想邀杜甫来住厦，这里从不会风卷三重屋茅；我想邀郦道元来看水，这里才应该是《水经注》的结尾。

但是黄姚似并不在意，她就那么纯秀地站在芳香馥郁的田野间，站在桂林山水的旁边，站在广西贺州的土地上，等谁，又不似在等谁。

［ 原载于《人民日报》2020年01月04日、《贺州文学》2021年第1期转载 ］

朝暮黄姚

一

来到黄姚已经是黄昏，吃完饭天就黑了。几个人忍不住，要夜游古镇，于是一群影子，摇摇晃晃地印在了月光里。

我是来过黄姚的，记忆却像这影子，深深浅浅不清晰。好多店铺换了招牌，左弯右拐的街巷不知如何走，因而仍有一种新鲜和兴奋。

那些铺子，悦泰兴、金龙门、金德庄、古崖居，还是老旧称呼，其他的就有些新颖："衣态""花颜""那些年""幸福庄""春天里"……一个个诗一般的美妙，看了都想进去，瞅瞅到底什么营生。"水墨""金麦缘""花木生"之类大致还能猜出是何内容，但是"一米阳光""一步之姚"就不知道了，还有"有关"，也糊涂，有什么关？有关什么？有的店，还在门上或墙壁加了附加语："在黄姚留下，或者我跟你走。""我有酒，你有故事吗？"如此缤纷的夜晚，加上那些红晕的灯笼和飘乎的幌子，还真的让人有一种迷醉。

终于忍不住，进到一家茶舍坐下，要品品这夜黄姚。

屋舍不大，却优雅。陈设是古朴老旧器具，楹联字画镶嵌其中。婉转的音乐，一女子面带微笑，柔指纤纤地斟着暖茶。几盏过后，已觉微醺。真的，有时茶也醉人。

女子着一件浅绿色连衣裙，很配肤色和气质。她总是微带笑意，把一只只空了的杯斟满，而后打开新茶，加水再泡。茶是上等茗品，水是瓶装矿泉。聊起来，她说她姓梁，家在贺州，有几十里地远，好在孩子已经十岁，住校，不用常回家。她这一说，让人惊讶，本看不出年龄的，空气与水的缘故吗？

是老板？她莞尔一笑，哪呀，打工的，老板在里边。她说在黄姚，有很多外地打工者，她还算本地人呢。她说游客来得多，收入还可以，就一直做下来。茶一直喝到半夜，虽意犹未尽，还是离开了。回去早找不到来路，只凭感觉走。就又走了不少冤枉路。

二

第二天天刚亮，开门出来，再一头扎进古镇里去。黄姚依山靠水，随形就势，没有正路，也没有大门，完全一派自由取舍。顺一道小门进来，就有一个气派开场，姚江在这里分出层次，让一部分水从镇子绕一圈再出来。黄姚的名字大致与此有关。高大而开阔的榕树从水中长起，让你想到迎客松，但比迎客松显现的更有故乡情味。沿着这水这树绕了半圈，还不舍地回头。而后就是山石踏步，山石围墙，而后一处高高石阶，再一个石拱小门，就是黄姚的第二道关口。小门着实不大，多少岁月走过，没有变化。石头拱卫的门里，有挡门装置，只要将门关严，就将一个镇子关严。

一个环卫女工，肩扛着装满一应物什的大包，朝巷口走去。一个骑摩托车的，带着刚进的货，轰响着油门，猛然冲上高高的石阶。

和一位积极的同道进到镇里来，还是不知怎么走，天黑和天亮的感觉完全不同。

转了两道巷子，人都不多，有的刚刚打开店门，不是营业，是为了出来。顺着一条窄巷走去，里面支着棍子的地方，竟然标示着"危险"，抬头看到残缺的屋瓦和歪斜的墙壁。还有些老屋，门口落锁，台阶已经有了青苔。偌大一个古镇，必然存在着各种形态，而这种天然的形态，才显真实。陌生感只是暂时的，随之而来的，是那种怀旧的亲切感。

突然看到"欧阳予倩寓"的小牌子，一座普通的两层小楼，牌匾是"越泰精品"，但上着锁，大概已经歇业。门和窗都还是老旧木板，没有上漆。门下方有些破损，用铁皮进行了包装，铁皮现在也锈迹斑斑，破损开裂。欧阳予倩是著名的戏剧和电影艺术家，他1944年来到黄姚，正是抗战时期，在这里办起了学校和报纸。有老人说，那个时期，作为大后方的黄姚接纳过不少爱国人士。这些背街老巷，不知还隐藏着多少未知的故事。

转出来的时候，更多的门响起来。一个小女孩端着杯子从一个门里出来，蹲在水道边刷牙，一边刷一边歪着头看我们，而后快速地跑进去。一条狗从哪里慢悠悠出来，巷口一卧，不叫也不动，我们走过的时候，连眼睛都没睁，它似乎习惯了这样的早晨。

一会儿转到一家院子，进来就觉得头一天晚上到过，因为记住了名字，郭家大院。倒是没有感觉院子有多么大，一条巷弄，包含了两边的房屋，最里面有两个圆形门，前面的叫太阳门，后面的是月亮门。出了月亮门不远，就到了另一个天地。

靠着月亮门，有一个小店，不注意不容易看到，门脸不大，也没有什么刻意的装饰。只是门头的墙上，开出一些淡紫的小花。我对着这些小花拍照时，看到了这个偏开的小门。里面一位大嫂，正蹲着吃早点。看着眼熟，原来刚才正要走进郭家大院，正有一位大嫂提了家什从院子出去，还以为是郭家什么人去买早点。

　　她看到我们站在门口，就笑着站起来，说进来看看？这么早，我们肯定是首拨顾客。这才看到小店的名字——花漾年华。这是一个卖小玩意的店，多是年轻人喜欢，比如精致的杯子碟子，手工制作的本子、明信片，工艺笔、美发卡之类，但是古镇里这种东西太多，也就不显眼，不如前面看到的那些店铺。店名也无大别处。是她自己开的？她竟然说是儿子开的。女儿还说得过去，儿子开这么一个小店？做妈妈的有什么办法，儿子还没有女朋友，自己跑到黄姚来，喜欢上了，就在这里盘下了一个店，再不回去。妈妈只得来陪儿子，后来爸爸也来了，当然也都喜欢上了这里，就与儿子一同打理。爸爸这些天有事回去了。家在湖北，而这里是广西，还不近。我想说，这不大是个出路，应该让儿子闯荡得再大些，还应该让儿子赶紧找个对象。实际上当妈妈的，心里什么都清楚。

　　同伴心细，挑了一个手工的本子，我也去挑了一个。大嫂很高兴，这么早就开张了。就要再送两张明信片，那明信片也是写意作品，于是就接受了她的好意，各自挑了。她又拿过一个纸袋装好，牛皮纸袋也是特制，看得出其间的精心。我说门口最好再搞点花样，要么不大引人注意。她说也是，来的人不多。我说商品的花样还可以再多些，想法做些推广。她说也时常帮着儿子在网上推，并不停地感谢我们的好意，看得出，这是一个有着良好修养的大嫂。这个时候，一个瘦瘦高高的男孩子出现了，但是并没有进到小店里来，只在门口晃了一下就去洗刷。妈妈已经打好了早餐，打开了店门，等着儿子。

　　刚走下郭家大院的台阶，门台外上来一位老人，他上身着咖色衬衫，下身穿深绿长布短裤，下巴缀一撮洁白山羊短胡，早晨的光柔和地披在他的身上。

　　我立刻用手机抓拍。

　　这个悄悄的动作，却被老人发现了，他一脸严肃，歪着头说你们觉得好吗？好好，好着呢。我赶忙说。觉得好就好，不好就再来一下。哦，还有这么知道配合的老爷子。我们都笑了。

　　这片宅子都是我家的。他手指一划。你是说郭家大院吗？是呀，我就姓郭，郭家大院的老郭。哦，有些意思了，就又忙着给他拍照，他还耸耸肩，故作放松。我不知道他向游客故意地表明自己是什么意思，但是看出他表明后很满足。后来在一个指示牌上，看到了郭家大院的介绍，还真是值得一说，它始建于清朝道光年间，有180多年的历史。

等第二天早上再次穿过郭家大院，就特别留意起来。这郭家大院连通着前后两道街巷，从前面的巷子穿过大院，就到了后面更加宽敞的区域，那些区域有好几个祠堂，还有水塘和姚江。不从这里走也可以，但是要绕路。这回似乎看明白点，这大院子两边的房屋，以前或可是连通着其他院子，大概是分家分的，孩子多了，大了，就分开了。

我们来到最大的一个大屋门口，看着开着门，往里望去，老郭还真的在里面，我们就等他出来。他在那里不知道忙着什么，摸摸这里收收那里的，出来时我们就叫了一声老郭，奇怪的是，此老郭与彼老郭的脸型、胖瘦、高低都一样，只是没有了那撮白胡子。他说你们找谁？我说你是姓郭吗？他说是啊。我说可是那个老郭……哦，他说那是他哥哥，他叫天合，他哥哥叫天作。我们笑了，说你要是也有胡子，就真的是一个人了。他说他哥哥去弹琴了。弹琴？是呀，他每天早上不是去弹琴就是唱歌的，你们去找他吧，就在塘边。

我们笑着走了出去。还真的听到了琴声。顺着塘边一条小路走，竟然走到了水塘的另一边，这时才发现，那声音来自对面，琴声是一些老曲子，多是老歌，有人在跟着唱。朝那里望去，弹唱的被其他人挡住。不少人聚在塘边，晨练的，闲逛的，吊嗓子的，钓鱼的，洗衣的。

哪家临水的阳台上，挤着一群学生娃，鸟儿样叽喳，忽然那群鸟下来，个个背着画板，提着小匣。问一个女孩，说是来自广东惠州，要在这里住好多天。旁边的一个说，他们学校，每年都组织学生来画画。一会儿工夫，这些孩子就各自找到了自己的位置，支起了画板。青春韶光，同古老的黄姚化在了一起。

我们绕到一个泉池旁边，下面的大石块兆着一池子活水，几个女人正在噼噼啪啪地洗衣，嘴也没有闲着，边洗边说笑。水流得很快，因而总是清清亮亮。我对着这个画面照了一张相。一个女子就笑了说，我们可不是风景呦。

这个时候看到了老郭，他就在左边的亭廊里，正与一个人分别。那个人手里提着一架包在袋子里的电子琴。老郭看我们看他，也撇着山羊胡子看我们，而后手一指，笑了说，哦，我们见过。我说，刚才在郭家大院，我们去找你，却遇上了你弟弟。他说，怎么不来这里找，我每天都在这里的。好像他在跟熟人说话，并不以为我们是新来的游客。他还在说着，你们要早来一会儿，就听到我唱歌了。我说刚才是你唱的？老郭说是呀，我是边弹边唱的，那个人让我帮他试试琴。想不到老郭还有这本事，就站着同老郭聊起来。

老郭其实并不老，68岁。那撮山羊胡子帮了他，让他成了德高望重的老郭。老郭说我身体好着呢，整天没什么事，吃得好，睡得香。看着这老郭，感觉不像长期在镇子里待着的。他就说了，你知道吗，我是见过世面的，我18岁修铁路，枝柳铁路，知道吗？就是枝城到柳州的铁路。我说那很远呢。是呀，回来还做过话梅厂的厂长。话梅厂？是呀，镇上的，我是一个闲不住的人，我会组织大家唱歌呀，跳舞呀，快乐地生活。老郭在我的感觉里变样了，这确乎不是那种坐在太师椅上捧着水烟袋的郭家老大。

临别的时候老郭还在说着，你们明天还来吗？来了早一点，听我弹弹琴。不过现在我肚子闹革命了，先回了。说完他离去了，却又回头，将小胡子扬了扬，扬起一早晨的快乐。

往回拐了几拐，到了升平门那里，就知道路了。我忽然想起，升平门旁边的一个小店，里面有一个女孩的。

那是去年，在黄姚转的时候，突然下起了雨，紧走慢走，走到这里雨还是大起来。我们没有带伞，就近躲在小店的门口，雨瞬间将石阶打湿。这时一个女孩子在里面说，进来吧，门口会淋着的。这才发现这是一家带有文化意味的小店，里面有各种各样的旧物，书籍、唱片、徽章、相机、台灯、收音机等，还真的拽人眼睛。有的就忍不住拿起来看，问价钱，女孩就很认真地回答。现在记不起女孩的样子，好像女孩个子不高，一头短发。看店的是两个人，那一个比女孩大些，在柜台后面捧着一本书，不大抬头。我们中的一个就问看的什么，大些的女孩抬起头说，一本写周庄的。我就看到了，那是我前些年写的。就有人说了，你知道这本书是谁写的吗？就是这位呀。这时站在外边的女孩惊讶了，说真的吗？这么巧！我去过周庄，这是我在那里买的呢。聊起来，知道她是刚来的，本来是来游玩，到了这里就喜欢上了，正好这家小店招人。反正一个人，在哪里都一样，小店还包吃住，加上所售也是自己所爱。女孩很健谈，也很明朗。雨还在下着，甚至响起了噼噼啪啪的声响。

再说下去，女孩的眼圈就红了，因为有人问到了她个人的事。到这里一开眼，心情早好了，那只旧鞋子，谁愿意拾谁拾。她说。问她准备在这里待多久，女孩说没考虑，在这里感觉挺好的。那个大姐就说了，你可不能走，你走我也不待了。原以为那个大姐是店主，她们说店主轻易不来，把一切很放心地交给两人打理，也正是这一点，两个人才觉得自由无拘。女孩还说了句玩笑话，说越是这种地方，越容易有奇缘。说话时有人买了一个精致的影集，有人买了两本旧书。

雨终于小了，我们告别出来，女孩又拉上那个姐姐，同我们照了一张相。并说，什么时候你们再来，还来我们这里坐。

一年了，女孩还在吗？我是突然有了一种念头，想介绍她同那个"花漾年华"的男孩认识，男孩的爸妈也在这里，他们应该是一路人。这么想着的时候，就想起了女孩的样子，她有着一双水水的眼睛。现在有些早，这家小店还没有开门，我想先回去吃饭，有时间再进镇里来。

小学生开始背着书包上学了。卖早点的婆婆，巷子口支起了摊子。阳光已经照到了石板路上，更多的店门打开了，一些芳香的味道从哪里传来。整条街巷氤氲着欢快的色调。

[原载于《中国作家》2020年第4期、《贺州文学》2021年第1期转载]

从黄姚出发

肖克凡

肖克凡，作家，现居天津。中国作家协会全委会委员，天津作家协会副主席。著有长篇小说《鼠年》《原址》《天津大码头》《尴尬英雄》等八部，小说集《黑色部落》《赌者》《你为谁守身如玉》《爱情刀》《最后一个工人》十五部，散文随笔集《镜中的你和我》《我的少年王朝》《一个人的野史》。长篇小说《机器》获中宣部第十届"五个一工程奖"以及首届中国出版政府奖，并入围第七届茅盾文学奖。长篇小说《生铁开花》获北京市文学艺术奖。

命名当如酒壶山

十年前到过客都梅州，入住近山而建的那家宾馆，得知客房窗外便是山景，倘若越窗而出乘兴采菊，那情趣足以模仿陶潜。我刷卡开门放下行李随即推窗寻山，只见窗外石壁近在咫尺，青苔如屏，清晰可见。显然这是宾馆后墙，看来只能梦里观山了。

第二天走出宾馆大门回首望去，只见宾馆大楼依偎青山脚下，我恍然大悟，昨天所见窗外青苔石壁，乃是巍峨山体。只缘人与山体的无限趋近，山体呈石壁状，让我误认为那是宾馆后墙。如此这般，真不知青山是被放大了还是被缩小了。常言道：距离产生美，然而距离也会改变真相。在我视线盲点里，全然没了横看成岭侧成峰的山景，只有盲人摸象的石壁。此番访问广西昭平县黄姚古镇，入住古镇外这家宾馆，走出电梯前往房间途中，三楼甬道右侧豁然现出篮球场规模的露天平台，一座青山倏地撞进视野，我不由驻足观望，青山亦凝神视我，形成互望的局面。我蓦然明白，吾等观山的最佳距离，还是要遵循自然天道法则，人与山相距过远，便有"望山跑死马"的俗语，视野里的山只是概念而已。人与山相距太近，则视线里只有石壁呈现，石壁同样也是概念。

此番我不经意间在露天平台遇见山景，不远不近获得"黄金距离"，可谓"相看两不厌，唯有此青山"。

拎着行李箱走进房间，发现"宾馆服务手册"印有"酒壶山宾馆"字样。仔细回味那座青山的样貌和体量，果不其然形似酒壶。而且肯定是天庭巨人使用的酒壶。立即收拾停当下楼就餐，经过露天平台再次观望，暮色初降，山形略显朦胧，它的样貌愈发形似酒壶了。

晚餐后暮色四合，宾馆周边座座小山隐形而去。我散步于黄姚古镇河畔，想起白天从桂林乘车来到黄姚，一路经过多少座青山，它们在我记忆里仅留下喀斯特地貌的概念，毫无个性画记忆。说起概念当属客观事物本质抽象的产物。于是我试想，假如这家宾馆以"皇家大酒店"或"帝豪宾馆"命名，眼前这座形似酒壶的小山无疑被埋没了，几乎无人留意它酷似酒壶的山形，我也会视它为无名小山，就像一路所见喀斯特地貌那样，一带而过。

然而，一座寻常不过的喀斯特地貌小山，基于"酒壶山宾馆"的命名而唤起旅客兴趣，纷纷踮足引颈观望，争先发出"这小山形状真像酒壶"的感慨。我能够记住这座并非豪华的"酒壶山宾馆"，也是因为酒壶山。

看山是山水，看水也是山水。我从清代《称谓录》想到当代"命名学"，这"酒壶山宾馆"名称属于写实主义范畴，但是印证着中国传统文化注重形象思维的文脉，我揣测这跟黄姚古镇的则为何不叫"黄金山宾馆"呢？夜晚，我头枕酒壶山而眠，梦境里邀青山对饮，山水佳酿，尽享微醺，清早醒来，气完神足，走出房间，身披晨曦，观赏山景，不亦快哉。

于是我将"酒壶山宾馆"写成这篇文章，有些小题而大做了。

新街龙门

清晨走出酒壶山宾馆，当街左侧有"姚江酒店"，这又属于写实主义命名，令人记住这里有条河流叫姚江。我想假设它取名"夏威夷酒店"或许游客们只能记起比基尼泳衣的"三点式"了。

此行未识古镇，首先到"龙门街"观光。这条新街沿河而建，一座座仿古风格的建筑望山依水，体现古代风水理念，令游客心定神安，以致流连忘返。

驻足这座飞檐斗拱的仿古大戏台前，宛若置身从前社戏现场，老戏明腔耳畔响起，琴瑟鼓钹连接古今。放眼远处水池前。有本镇妇女蹲身洗衣，揉搓拧扭，清水漂净，仍然保留原乡生活方式。

走进土特产店铺，品尝被称为"御豉"的古镇豆豉，颇有"此味只因黄姚有"的意味、因此名列非物质文化遗产。关于"御豉"，得名出自传说。当年乾隆下江南，遍尝宫廷宴席的皇帝，吃到民间豆豉制作的菜肴，顿觉美味异常，起驾回宫命御膳房将豆豉列为调味上品，遂有"御豉"之说。

品尝"御豉"后继续游览龙门街，感觉它有别于某些泛泛兴建的仿古景区。这条龙门街有民居院落的百姓生活，还有家家商铺的交易流水，更有勾栏瓦肆烟火气……虽然这是条仿古新街，并没有执意涂抹"历史包浆"，也就避免重蹈"仿古成拙"的窠臼，而是遵循"抚今追昔以今喻昔"思路，力求古风与新意并存。

新建龙门街并未刻意"作旧"，反倒悄然流露出几分古意。仿古而没有用力过猛，可谓得体，可谓恰如其分。

上午游遍龙门街，愈发期待前往古镇黄姚探幽。气象预报阴转小雨，略显几分缺憾。下午我们到达古镇近前，竟然蓝天白云好天光，庆幸跟好运撞个满怀，平添几分喜气。

未进黄姚古镇大门，先参观"中共广西省工委旧址"。这座民国年代建筑的展馆里，陈列着民革中央主要创始人李济深生平事迹，他曾任国民革命军第四军军长、黄埔军校副校长等要职。抗战期间衡阳失守，返回广西家乡，他发动各界组成"昭平自治委员会"，拉开地方民众坚持敌后抗日斗争的序幕。

曾任民盟副主席的经济学家千家驹，在抗日战争期间创建黄姚中学并亲自担任校长，而且非常关心战时古镇群众生活，专写撰写文章向外界推荐黄姚特产豆豉和药材黄精，一时传为佳话。1982年千家驹重新题写"昭平黄姚中学"大字，篆刻于学校新址门楣，以示不忘昔日故地。

参观结束走出"中共广西省工委旧址"展馆，阳光遍地。我忽发奇想，此番采风首先游览龙门街，恰巧从当今走进历史—历史深处便是黄姚古镇。

初识古镇

黄姚，北宋开宝年间遗留至今的古镇，有姚江如玉带环绕，有青山如卫上拱护，地处粤桂湘交界地带，连接潇贺古道。此地自古商贾云集，聚富生财获得"百年商埠"美誉。千年黄姚几经王朝更迭与时代变迁，却不曾经受战火涂炭，只缘古镇特殊地理位置，得天独厚逢凶避险，得以留存昔日容颜。青山不老，绿水长流，黄姚古镇实乃天造地设的风水宝地，堪称世外桃源。倘若谁想穿越时空前往明清两朝探访，黄姚古镇当为首选。

黄姚古镇入口处是一座小墙门楼，青砖切墙，白灰勾缝，绿瓦覆顶，显得朴素而小巧，似乎难与古镇名气匹配，更难与国内那些新建古镇的恢宏博大相比。

只见小门楼的门楣书法，白底黑字"黄姚"并无落款，这也不同于国内那些新建古镇，重金邀名人墨宝题壁，蔚为大观。未进古镇，心生感慨。仅以这座小门楼而言，低调而不事声张，谦逊而自甘寻常。悄然透露中国传统文化气质和价值从观，所谓古镇价值在于质地而不在于门面，致使人相信黄姚信黄古镇是"原装真品"，拂面出古风同样不可复制。

黄姚古道路高低错落蜿蜒曲折，未见横平竖直的规制，愈发显得货真价实。那粗粝石块垒墙，让你欣赏"亦孔之固"的内涵，这墨色石板铺路，使你领略岁遗留的足迹，古树、老宅、池塘、辗轮……尤其那座砖木结构的"举人亭"，记录黄姚古镇出过十一名举人，同时诉说"诗书传家久"的耕读文化传统。

黄姚古镇自宋初始建，现存建筑清代居多，小桥流水，晓风柳岸。一路行走拜访曾经跟古镇发生交集的历史文化名人：辛亥革命前辈丹青大家何香凝女上，她是廖仲恺的母亲；迎秀街17号是欧阳故居，他是中央戏剧学院首任院长……古镇里不乏各具特色的餐馆和商铺，还有充满柴米油盐气息的民居和民宿。我看到这家临街民宿大门楹联，内容生动，饱含哲理。

上联：人处世上八戒还须悟空

下联：鸟关笼中关羽不能张飞

横批：八戒悟空

我以为上联蕴含几分人生哲理，下联则只是铺陈叙事而已。横批重复上联与下联的笔意，似乎尚未化境。然而这毕竟是古镇新赋，既体现古镇深沉厚重的品格，也展示当今生动活泼的新生代文化。

我们观看黄姚产业区宣传片得知，当地正在奋力构建"东周庄、西凤凰、北平遥、南黄姚"的中国四大古镇新格局，以"景城交融，文旅相生，山水相映"为原则，将潇贺古道文化、长寿养生文化、地域民俗文化、抗战红色文化有机整合，保护原乡风景，留住原乡生活，从而体现最美原生态。只要黄姚古镇保持坚实的文化基底它定会成为不可替代的"不老翁"，而且有着美好的远景。

黄姚古镇是昭平的、是贺州的、是广西的、是中国的，也是世界的。初识古镇，感受颇多。

桂江与南山

从黄姚古镇出发前往桂江生态旅游景区。桂江流经昭平县境内，两岸青山，风景如画。这条桂江自从秦始皇下令开凿灵渠，将长江水系与珠江水系打通，便成为南国黄金水道，骚客文人多会于此，航运物流繁荣发达。如今桂江流水仍是滋养昭平大地的乳汁，不枯不竭。

近年建成的桂江生态旅游景区，吸引南北游客前来，深度体验沿江景点：凌霄塔、松林峡、临江新村、珊翠半岛……也在全力创建4A级景区。

登船游览桂江风景，水面浩瀚，滋润两岸山野。江风拂面，航速平稳，宛如棒卷阅读的节奏。静心阅览桂江风景这册大书，远远望见江岸这册大书，远远望见江岸伫立人物铜像。恰巧游船播铜像。倚身船舷凝神眺望，只见昭平江岸铜像形似武汉街心铜像，怀念伟人，举国同心。

1921年孙中山先生成立广州大本营，起兵讨伐北洋军阀段瑞，亲任大元帅。前军入湘，当年11月21日孙先生筹划北伐，乘船巡视桂地，一路抵达昭平县城。

昭平各界人士欢迎大元帅到来，特意搭建水亭张灯结彩，革命情绪高涨。孙先生登岸来到中心大操场发表《广西应开辟道路》的讲话："盖民国成立以来，已有十年，此十年间，仅有民国之名，毫无民国之实，民国政体系共和，帝国政体系专制……"孙先生讲话不断赢得热烈掌声和欢呼声，这篇千余字的演讲已经载入昭平史册。

　　游不尽桂江风景，游船返回码头，我们登车访问南山茶海。南国有嘉木，茶海景致美，顿时忘记疲累，乘兴前往。

　　说是茶海，其实依然是茶山。乘车进山不知转了多少道弯，视野里层层茶树遍种山坡，确有浩瀚如海意象。看来以茶海形容茶山当属绝妙好词。

　　近年来昭平县南山茶海，利用林场的优质旅游资源，建成国家4A级景区。这里山泉甘甜，蕴含负氧离子，常年云雾缭绕，所产茶叶富含茶多酚、生物碱、氨基酸诸多营养成分。特殊的气候地理条件，使得这里春茶出芽早、冒尖快，远比国内其他茶区提早20天上市，给"茶粉"们送去早春茗香。

　　南山茶海，山峦起伏，目力所及，苍山阻隔。只见两座茶山间有玻璃天桥连接，好似凌空架起水晶走廊。这座玻璃天桥通体透明，脚踏桥面宛若身体腾空，登桥领略层叠峦嶂的茶海景观，无疑是对勇气的极大挑战，然而也使人悟出审美与勇敢的孪生关系。你若想欣赏茶山美景只能大胆上桥，朝着对面青山大步走去。

　　我们围坐山间茶屋品茗，以山泉泡新茶，味道很不寻常。这种山间饮茶的特殊感受，既不同于居家独处也不同于众友雅集。如此说来所谓赏茶品茗，不光杯盏有好茶，还要置身美景环境，香茶与美景交融，浸透人生奇妙时光。

　　游览美景桂江、品鉴南山茶海，一路有山有水，领略昭平大好河山，感受千年文化积淀，一路满载中国故事。大清早从黄姚出发，黄昏时分返还古镇，在"故乡食府"晚餐，尽管一日之旅短暂，恍然产生"清晨外出黄昏还家"的奇妙感觉。就这样，黄姚古镇成为人生旅途的节点，亮晶晶镶嵌在记忆深处了……

　　从黄姚古镇出发，就这样开始了。

[原载于《中国作家》2021年第3期纪实版]

个性黄姚

吴克敬

吴克敬，陕西扶风人，陕西省作家协会副主席，西安市作家协会主席。曾获冰心散文奖，柳青文学奖等奖项。2010年，中篇小说《手铐上的蓝花花》获第五届鲁迅文学奖；2012年，《你说我是谁》获第十四届中国人口文化奖（文学类）。《羞涩》《大丑》《拉手手》《马背上的电影》等四部作品改编拍摄成电影，其中《羞涩》获美国雪城电影节最佳电影片奖；长篇小说《初婚》改编成电视连续剧，在央视和东方、江苏等卫视播出。

未到黄姚，就先喜欢上了这里。心中细想，都在于那个名字像花儿一样。可不是吗？如果把黄姚两个字翻个过儿，叫成姚黄，可真就是洛阳城里最为名贵的一种牡丹花儿名字呢！此外还有一种魏紫的牡丹，双双为人齐名称誉，极言"姚黄魏紫甲天下"。盛名在身的姚黄，标准的名称是为千叶黄花牡丹，出于宋代姚氏家院子里，而魏紫则指千叶肉红牡丹，出于宋代魏姓人家。然不管怎么说，姚黄都是要称作牡丹一族中的"花冠"了。

所以我要说，牡丹花的姚黄是太个性了。那么古镇黄姚呢？当然也是很有个性的呢！

这就如广西的山水一样，举目可见，山就是山，地就是地，而水很自然的也就是水了。这是黄姚所在的广西地貌了呢，山与地的形态，山地与水的形态，相互间就都分明着，而似乎又还藕断丝连地牵连着，不像我所生活的秦壤，山与地总是不清不楚，山地与水流亦不清不楚，放眼看去，挟持着八百里秦川的终南山和桥山山脉，山坡上挂着的田地，一块一块，不离不弃，甚是亲密，仿佛天工雕琢在山坡上的画图，一年四季，青一阵子，黄一阵子，色变着，丰富着山的情调，与之相携的就还是流荡在山洼洼、地壕壕里的河水了，决然要与田地一个颜色，浑黄成接天连地的一片，纠缠得你我难分，水乳交融……习惯了这一切的我，乘坐南航8618次航班，自西安机场起飞，在空中飘摇了两个多小时，着陆在桂林机场，被接站的女孩子接到，安排我坐上一辆商务车，走了不几分钟的路程，便是蜂拥我眼里的广西山水了，还有鲜艳在树梢上的夹竹桃，以及明亮在树梢上的黄槐决明，引领着我，我目不转睛地往要去的目的地黄姚走了。

一路直到黄姚，我看见的山，几乎全不相连，其林立的模样，非常独立，非常孤独，就那么旁若无人地耸立着，像极了或是挺立世间亿万年的英雄豪杰，或是挺拔在自然界亿万年的仙子佳人。

心下积存了这许多个性的景象，似乎还不能完全满足我的好奇。便是我下榻的宾馆，亦有个十分个性的名讳，日酒壶山！是了呢，我摸黑住进一间大床房，透过尚未拉上窗帘的玻璃窗，很是醒目地看得见，宾馆依偎着的那座山，真的如一把半倾的酒壶，壮阔着，伟岸着，丝丝缕缕的雾岚，就那么清清亮亮地挂在酒壶山的壶嘴上，仿佛总是倾倒着，永远也倾倒不完的酒浆，斜斜地倾倒进山脚下的姚江，丰沛着姚江的青碧与翠蓝……隔着姚江的，是与酒壶山对立的几座山峰，它们可能是品饮了酒香四溢的姚江水吧，一个一个，全都挺拔着，是细巧的，是婀娜的，全然醉醺醺的样子！我之所以有此感受，都在于我安顿好自己，在主人热情的邀约下，于宾馆的二楼餐厅，吃了一顿当地的美味后，出得宾馆来，站在宾馆外的街道上，遥看夜幕中的那些山峰，不由自主地要那么感觉了。

我把我的感觉，说给身边陪伴我的主人。主人笑了，说他欣赏我的感觉。主人这是说的什么话呢?他是说我不胜酒力，自己喝多了酒，而赖上那些独立的山峰吗?是夜睡在酒壶宾馆，整个人真的如睡在酒壶里一般，我是沉醉的，一夜既不做梦，也未起夜，就那么酒香萦怀地睡了个透天大觉。

清晨起来，开始了黄姚古镇的采风与走访。我要说，小小的黄姚古镇，的确是名不虚传，像极了我怀揣在内心的广西山水般，的确是个性十足的哩。听陪同的主人说，他们黄姚古镇，已有千余年的历史，是为世间少见的梦境家园……主人爱着他的家乡古镇黄姚，言说小镇发祥于宋朝，而兴于明朝，更鼎盛于清朝，地理位置非常突出，恰在三江水路的要冲之地，初建时，即以九宫八卦的形制，沿姚江两岸，江水怎么走，镇街就怎么建，他们依山赋形，逐水赋势，使得古老的黄姚，满街满巷，无不泛滥着一种个性鲜活的历史光色。

热情的主人，如数家珍般说着他们黄姚，山水岩洞多、亭台楼阁多、寺观庙宇多、祠堂多、古树多、楹联匾额多。还说他们黄姚有山必有水，有水必有桥，有桥必有亭，有亭必有联，有联必有匾。我得承认，主人说得无错，依次涌入我眼帘的这六多，使我真切地感受到了古镇的风景，是既独特，又有个性，特别是铺在街道上的石板，在游人的脚板下，百年千年地踩踏摩擦，早已露出油光黑亮的本色来，仿佛一面一面的镜片，镶嵌在他们古镇的街面上，让人走在上面，心虚着既不敢踩踏，怕把街面踩踏碎了，又还觉得那般光滑，别不小心把自己滑倒了，跌出个跟斗来，让人笑话倒在其次，摔个小伤小疼的，就只有自己苦巴巴地消受了。

文明阁、宝珠观、兴宁庙、狮子庙、古戏台、佐龙寺、见龙寺、带龙桥、护龙桥、天然亭……鳞次栉比的明清建筑，看似无序地排列在镇街上，却也透露出一种说不清楚的秩序来，特别地养眼，让人在镇街上走着眺着，不会使自己的眼睛疲了倦了，不愿意看了。因为你刚兴致勃勃地看罢古戏台，转身过去，就又会触目到天然亭……我就那么兴高采烈地跟随着陪伴我们的主人，游赏着不是很大，却也不能算小的黄姚古镇，间或还能看见在别处极少见到的老祠堂。他们黄姚古镇里，我不经意间，就先看见了古家宗祠、郭家宗祠……突然地就还看见了与我同宗的吴家宗祠!我的眼睛睁大了，站在高大敞亮的祠堂门口，先就不能自禁地湿润了眼眶。前些日子，我采风去了江苏的丹阳市，瞻仰拜识了那里的季子庙。吴姓人家都知道，我们天下吴姓，全然出于这一方水土，而与孔子齐名的季子，是为吴姓人家引以为骄傲的不二祖先，他秉承先祖太伯、仲雍的高尚情操，仁义贤能，温润如玉，是真君子，为后世儿孙敬仰！我因此感佩良多，为之作文《醉在家里》，极言我致敬吴姓祖先的一片情怀。时过数日，就又在黄姚古镇上拜识分枝散叶在这里的吴姓人家，和他们建立在这里的祠堂，我没有不感动的理由。在祠堂的大门口凝视了片刻，我即怀崇敬的心情，走进了祠堂的大门，细细地参拜了祠堂里的每一处地方，并默默地为之祈祷，愿我们吴姓人家，浪迹天涯，处处为家，贡献国家。

"锦瑟无端五十弦，一弦一柱思华年。"我没有记错，这该是吴氏宗祠里的一副对联呢，斑驳的木质匾联，对我诉说着的该是昔日的辉煌，以及尘封不住的往日追忆。我是沉醉在吴氏宗祠里了……正不能自拔时，有浣洗衣裳的杵槌声，一声一声地往我耳朵里撞，仿佛提醒着我，是该离开这里，去往别处游走了。我因此恋恋不舍地走出吴氏宗祠，顺着宗祠前的小路，往杵槌衣的地方转了去，只是小小的一道湾，我便看见姚江边上被他们的前辈，用石条分砌出来的几方水槽，正有几位妇人，在水槽的边上，用木杵捶打着衣物，捶打出像是谱了乐曲的节奏声来，非常地动听，非常地惹人。像这样的情景，过去的乡村，是处处可见可闻的呢，而现在大概就只有黄姚才有了吧？"有鱼百许头，空游无所依。"就在妇人们浣洗衣裳的溪边，我看见了錾刻在一面石栏上的对联，就也牢牢地记忆了下来，以为这又是古朴黄姚的一种个性了，那么宁静，那么超然，那么自在。

我听得明白，妇人们浣洗衣裳的石砌水槽，是分着上水和下水的。上水是不能浣洗衣裳的，唯有下水才可以。以为上水是要食用的呢！潺潺的一股溪流，可都是天然的矿泉水呀。我着迷他们天然的饮用水，下到水槽边，顺手用自己喝空了的纯净水水瓶，在上水头接了满满一瓶矿泉水，站起来，便用我的嘴对着水瓶的嘴，直接喝起来，我感受到了那水的清冽，从我的舌尖上走过，滑进我的喉头里，使我倍觉神清气爽。

回家来，我坐在电脑前，在为黄姚敲打这些文字时，似乎还有种身在黄姚的感觉。

回味千年古镇的黄姚，我想起了同在西安城里讨生活的贾平凹先生。他比我早去了黄姚一年，并为黄姚留下了"黄姚古镇"四个大字。那四个大字，已被古镇人刻石镶嵌在了一座新建的楼门上。热情的主人，知晓我也是个好耍笔墨的人，便在送我离开黄姚的宴席上，给我提出了一个请求，希望我为他们在建的一处艺术馆题写馆名。他们为艺术馆取名"黄姚艺术馆"，我不能违拗他们，便信口答应下来，说我回家了就写。我不能食言，写完这篇短章，我就该给他们写了。

我必须承认，黄姚无处不艺术，愿我的笔墨，能为艺术的黄姚添上一笔。

[原载于《中国作家》2021年第3期纪实版]

无愁之地

叶 弥

叶弥，原名周洁，生于苏州。中国作家协会会员、中国作家协会第九届全国委员会委员，江苏省作家协会副主席，苏州市作家协会副主席，江苏省作家协会首届非驻会签约专业作家，江苏省委宣传部"五个一批"重点培养人才，苏州市作协创作室非驻会专业作家。累计发表作品200余万字，出版有中短篇小说集《成长如蜕》《钱币的正反面》《天鹅绒》等，部分作品译至英、美、法、日、俄、德、韩等国。屡获国家级和省级文学奖，其中作品《香炉山》获第六届鲁迅文学奖短篇小说奖，作品《不老》获第八届紫金山文学奖。

初见黄姚，便生一念头：如果今生让我选一长居之乡，必选黄姚，而不是周庄。

到了黄姚古镇，少不了收到纸质介绍书：广西黄姚古镇旅游文化产业区，位于贺州市昭平县东北部……奋力构建"东周庄、西凤凰、北平遥、南黄姚"中国四大古镇新格局。

巧了，那天晚上坐着汽车进古镇，在古镇的外面看到一处标牌：苏州景区游览。我是苏州人，周庄和我一样属于苏州。没想到在一千多公里外的黄姚，时不时地看到苏州元素。所以到了黄姚，就像宝玉见了林妹妹般发出感慨：前世里见过的，今生眼熟。

从小到大，周庄去过无数回。小时候的周庄，十分从容安详。后来周庄变大了，有了许多新的玩耍去处，但骨子里还是那两条小巷，那一条河，那些沿街的老房子。

三十多年前曾经在周庄住过一夜，吃过晚饭坐到桥上，空气里有残留的炊烟味道和饭菜味道。夜里的周庄如此安详，一瞬间觉得自己也老了，坐在月光下摇扇，无忧无喜，安享俗世的宁静。

黄姚终是不同，空气里铺排着激烈情怀，虽小，却不是偏安一隅的小天地。它无法用喜欢来表达。前世是见过的，今生也眼熟，但乍见之下，作为外人，必须后退几步到合适的位置，才能仔细欣赏，慢慢回味。

它有深深的红色基因。1936年，"广西省工委"诞生，1945年，省工委机关转移到黄姚古镇。可以想见，古老的镇子上来了一群年轻的革命者，他们誓要推翻旧世界，建立一个新世界。古镇因他们的脚步而变得年轻，他们的精神给这个镇子带来了永久的高贵。烈士杨汉成在给黄姚中学学生的一封信里写道，朋友们：我们从兵荒马乱中来到静止的黄姚，黄姚曾经静得像一池春水，不起一丝浪波，春水抚育我，我中意她了啊！……仰望那耸峻的石山，我就获得了启示——像见到了崇高的勇敢……深夜里听到淙淙的流水声，使我体会到细流可以汇成河，集体力量的伟大……我爱年老的双亲，然而我没有早些归去；我爱家乡，然而我却留恋黄姚……

我也曾试着像杨汉成那样仰望那耸峻的石山，体会大自然给予人的勇敢。黄姚这里的山，确实与众不同。周庄是没有山的，有水无山。黄姚古镇有山有水，它边上的一群群独岭，那么与众不同，如剪纸板样竖立，陡峭瘦削，且无缓坡，丛生着矮矮的灌木。看到它们的一刻，我就理解了苏州博物馆里为什么会有那些陡峭瘦削的假山群，它们与苏州的山完全不同。

苏州博物馆是贝聿铭设计的地标性建筑，离贝家的私家园林狮子林四五百米。

狮子林里假山林立，可以说每一座假山都极尽妖娆，线条曲折多变，回肠荡气。而苏州博物馆内的假山群就像剪出来的纸板那么轮廓分明、陡峭瘦削，几根直上直下的线条勾成石山。这种极简的假山模式，使我长期怀疑设计者贝聿铭先生是借用了日式风格。

谜底揭开了，黄姚的贝姓，是中国所有贝姓之根。黄姚的贝家，定期会去苏州山塘街的贝家祠堂聚会。贝聿铭是苏州贝氏十五世，早就离开了先祖之地。但是谁说他不会在适当的时机把黄姚与苏州联系在一起呢？有苏州博物馆里的假山为证，它们和黄姚古镇边上的一座座独岭一模一样。

有这些独岭如屏障一样护着黄姚，它就安心地当起了中国第一风水古镇。风水好的地方，并不是毫无防卫没有锋芒，恰恰相反，风水好的地方不是一览无余的，不是处处敞开的。它是有各种设置和埋伏，就像是好文章处处有伏笔。

黄姚古镇，我们就能看见处处精心的设置，这个设置有人为，也有天工。可以说是人与天的亲密合作而成。

镇上有姚江一路汇入广东，这是古镇的水。镇外与镇里都有山，这是山。有山有水。镇上有两百多块古石碑，亭台楼阁十几处，宗祠十几处。这是静的文化。黄姚古镇农历三月三，有对歌和歌舞。因为去的时候是十二月初了，离三月三有点远没有见到三月三的非凡热闹。但听人说，知道三月三这个民俗，是有着很大的含义。三月三，上节，黄帝诞辰，先秦至唐时十分繁盛，从宋元时渐渐不显，但这里还延续着这个节日的盛况。踏青对歌，祭拜祖先，抢花炮，抛绣球，打扁担，碰彩蛋，吃五色糯米饭……这是动的文化。

文化在这里一动一静地呈现，再有着红色文化，这个古镇的精神形象就此确立。

再看地形。一进村就有一棵大树守护路口，这棵树遮天蔽日，树下怪石现在游人太多，若是从前，可以想见这树上群鸟齐鸣。有这样枝繁叶茂的古树，难怪黄姚又是长寿之乡了。都说黄姚是梦境黄姚、乡愁山水。看一眼这样的古树、深深印在心里，浪迹天涯都不会发愁。

过了古树，就见一座门楼，这座门楼叫"亦孔之固"。"亦"通"一"，虽只有一孔之大，却有"一夫当关，万夫莫开"的牢固。它高六米，宽四米。两层。上层用于站岗守望，下层用于通行。这样精心设置的防卫门楼，古镇上还有不少。这是人为之防。还有天然之防。两块大石卡在陡坡路上，形成扼要之势。一块大石从山坡直探到路中间，另一边是大河，这也是大自然的"策略"吧？还有一片一片的石笋地，那些石笋平地而起，长在沙土里。有些是一片长得差不多的石笋，有些是大小不一、肥瘦不一的石笋地，就像是老天爷特意放在这里的路障，不熟悉这里地性的人跑进去，那就一阵阵发蒙吧。当然，生活在黄姚的，不仅是人，还有动物。有一只公鸡和母鸡安详地在石笋地里刨土啄食，只要我对着它们走近几步，它俩就跑到大石笋后面去躲片刻，然后再慢悠悠地踱出来继续刨食。如果它们察觉到我多看了它们几眼，它们也会采取防卫行动，走到一片小石笋那里。在那里，它们既看得见我的下一步行动，也可以绕过众多小石笋与我捉迷藏。我估摸过了，如果我这个来自长三角中部平原的人胆敢下去侵犯它俩，那我会被那些石笋绊死。

镇子中部地带，一块靠河的空地上，用石块拦出了十几块大大小小、方方正正的水池，供镇人在此取水。镇上多水，但这么费尽心思地处理用水，实属少见，实属文明。

七弯八绕的古镇顺着山势上下，顺着水势迤延。所有的路都是大青石板铺就，每一块青石板都那么耐看。它们历经岁月打磨，每天，无数人类的脚步丈量和摩挲，到今日，它们每一块都散发出乌油油的光，在阳光下发光，在月光下也发亮。它们就如一块块黑色的金子，铺满黄姚古镇，让人看一眼就觉得心满意足。那些破裂的石块，也被人补上了蝴蝶形的石钉，这样的石钉，让人看了，更觉得安心。临离开黄姚那天，听到一个故事，说黄姚古镇，不管外面怎么闹匪患，都不受侵犯。这就是黄姚古镇的故事，这个故事是真实的，也是值得后人永久探索的奥妙。

[原载于《中国作家》2021年第3期纪实版]

石林犹有谪仙人

江岚

　　江岚，女，北美中文作家协会副会长，专攻中国古典诗词域外英译与传播研究，博士。业余写作，已发表各类体裁作品逾两百万字，并多次获奖。出版有短篇小说集《故事中的女人》、长篇小说《合欢牡丹》等。

青骢聚送谪仙人，南国荣亲不及君。椰子味从今日近，鹧鸪声向旧山闻。

孤猿夜叫三湘月，匹马时侵五岭云。想到故乡应腊过，药栏犹有异花薰。

——（唐·柳圭）《送莫仲节状元归省》

唐宣宗大中五年，长安城外的长亭边，新科进士们陆续打马前来，为他们的同科状元，新任翰林院修撰、内阁中书大学士莫宣卿送别。他们都一样的春风满面，意气风发，服饰却不相同。大多数人还要经过吏部的铨试或科目选考核，才能真正步入仕途，身着官服的数位堪为这一群得意人中的最得意者，其中包括出身名门、新任剑南西川安抚巡官柳圭。

这是一场没有太多伤感情绪，却充满蓬勃激情的送别。面对即将踏上归乡省亲旅途的莫大学士，柳圭率先举起送行的酒杯，由衷赞叹：南国荣亲不及君！——自古衣锦还乡，光宗耀祖的南方人都比不上您！

真的，南岭之南，向来被人指为蛮荒之地，此前出了一个开元名相张九龄已经不得了，如今又出了一个他，更加了不得。莫宣卿，字仲节，唐宣宗钦点的状元郎，风神俊朗，才气纵横，在彼时彼处的柳圭们眼中是不折不扣的"真谛仙人也"。柳圭的诗笔点题之后，继而描摹莫宣卿策马南归的情境："椰子味从今日近，鹧鸪声向旧山闻。"这一联属对工整，动静相生，可陕西人柳圭恐怕并不知道，莫宣卿在南岭之南的旧家山，或许不乏声声唤归的鹧鸪，却不出产椰子，正如他不知道，他眼前年仅17岁的小状元起初并不是神童，连他到底是不是真的姓莫，也令人存疑。

因为莫宣卿是一个遗腹子，在娘胎里随母亲梁氏再嫁才到了莫家。他的生父是谁无从查考，他呱呱坠地之时也没有古树生灵芝、白乌龟托梦之类的异象，他蹒跚学步的幼年更没有任何比邻家孩子更优秀的表现——实际上恰恰相反。这孩子长到四、五岁都不会开口说话，木讷到连他的母亲梁氏都担心他的脑袋瓜子有问题。

于是焦虑而无计可施的梁氏便带着小莫宣卿来到了这里。这里，贺州的"玉石林"中，找到了这一块"三多石"。据说，这块天地生成的大石头有灵性，能替人消灾祛病送福，只要虔心屏气抚摸着这块石头许愿，所有的梦想幻想奇想都能实现。

今天，当我们从迢迢万里之外踏上拷花靛青蓝布护栏的石阶，步梁氏的后尘来到这里，千百年前的"三多石"依然凝立在"玉石林"的正前方，静默在初秋苍茫的雨雾里。它比我想象中的大很多，黝黑着沧海桑田不变的端正安稳，皱褶处叠锦堆缎，灵透处棱角分明。梁氏昔日仰望着它，抚摸着它，她的姿势一定比我此刻从容得多，她的心情也一定比我迫切得多。我来，只为印证一个久远的传说，而她来，则为求得她的孩儿能够开口说话。

小莫宣卿果然会说话了。从"玉石林"返回之后不久，莫氏阖家祭祖之日，小莫宣卿感慨人家祖先有人祭奠，而自己的生父魂魄无依，便悄悄拿了一些祭品到后院独自拜祭生父。这个小小孩儿天真的举动被他的继父发现。莫老爷问明原委，深为这个孩子的孝义感动，从此认定有这样心肠的孩子将来必成大器，于是不惜重金延请名师，苦心栽培他。

得到"三多石"钟灵秀气的莫宣卿，"颖悟好学，手不释卷，过目成诵。"在骆宾王对着池塘里的大白鹅顺口吟出"白毛浮绿水，红掌拨清波"的年纪，莫宣卿发出了"我本南山凤，岂同凡鸟群"这样诗情爽阔，境界高远的宣言。等到他和柳圭他们一起参加廷试，一举高中榜首，从此成为出于岭南的第一个制科状元，也是自隋唐科举取士以来年龄最小的状元。若数算中国历经一千三百余年的科举制度史，他的名字，远比张九龄还要醒目。

从此，不管汉语里的"三多"一词在别处究竟是指哪"三多"，贺州"玉石林"里的这一块"三多石"必然有一项是"多文采"。此时此处，等我确实将双手搭上这块灵石传说的线索，柳圭笔下"孤猿夜叫三湘月，匹马时侵五岭云"的晦暗早已换了人间。南岭之南远非他在彼时彼处想象的遥远荒僻，开启了莫宣卿颖悟聪敏的"三多石"边还多了一面黄澄澄的"状元锣"。徒手用力敲过，"咚"的一声，回响起昨夜贺州文友们诵出的诗句："又一千年后/我依然胸怀山水/眉梢上为你扬起喜悦/心坎里为你荡漾欢歌"。

继续踏上石阶，进入"玉石林"的深处，检点数不清的石芽石笋、石坑石洞、石桥石梯，看同行的贺州文友们指点雅趣天成的石峰石柱、石禽石兽，听他们娓娓道来的瑶家风情、古道旧事、临贺物华。在随雨丝风片飘洒的新奇与喜悦里回过头，心中竟然有一些真实的嫉妒，嫉妒他们年年岁岁被"三多石"滋养庇护，人人如谪仙的文从字顺、笔下生花。

依托着绵延湘桂粤三省的姑婆山，这个小小的天然石林是从天上宫阙遗落人间的盆景。石槽石缝间镶树嵌草，石桌石凳前苔裹萝缠。牵起榕树的飘逸，掠过桂花的浓香，折取翠竹的清雅，突然在石径边偶遇一块粉白的粗晶大理岩石。我用脚尖蹭一蹭，说，啊，果然是白色的，难怪叫作"玉石林"。同行的人立刻喝止：这样的石头怎么可以用脚踢？

真是，这样的石头怎么可以用脚踢！黑白灰三色相间，阴阳变幻随形的如簪似玉，只适合贴切在手掌心的温度里，定格在欢歌笑语的取景框中。人在其间见造物用心之奇巧，万象森罗之哲思，然后攀爬过"一线天"的陡峭上高台，石凉亭外青峰环野林立，簇拥着"三多石"的钟灵秀气，锋发韵流，在这片土地上世世代代斐然成章。

[原载于《贺州文学》2019年第4期]

游姑婆山仙境，梦回童年

刘聪玲

刘聪玲，女，旅美作家。著有多部个人文集，在《北京文学》等十多家报刊上发表诗歌、散文、小说作品。毕业于厦门大学中文系，曾在中央人民广播电台任职多年，任主任编辑、高级编辑。广播作品曾多次获得中国广电行业最高奖项"中国广播奖"特等奖、一等奖。

儿时在湖南的山里长大，山里有绿油油的竹林、青嫩嫩的竹笋；有蕊中盛着花粉与露水的山茶花儿、早起可以捧起花朵喝下蜜水的花露；有叮叮当当从石桥下、石板上、水草间欢歌跳跃的溪水，隐约可见游来游去的小鱼；有风拂过会让你产生幻觉的一片一片的茅草、芦花，阳光下你会有一份莫名的欣喜。

山给予我的大爱与爷爷奶奶给予我的宠爱是连在一起的，因而，对山的迷恋一直缠绵在我的脑海中、流淌在我的血液里。

过了许多年，回到儿时生活过的地方，那山、那水却不是印象中的模样，全然找不到魂牵梦绕的景致。

那里有温泉，吸引了大批从城市来的游客。地方经济发展了，山里的清静也荡然无存！

2018年10月中旬，随同北美中文作家协会一行到广西贺州采风，来到位于湘、桂、粤三省交界处的姑婆山，竟寻回儿时那一份悠然的美丽、曼妙的安宁。

姑婆山集"雄、奇、秀、幽"于一体，风土人情与湖南颇为相近。穿行于茂密山林间的小道，看潺潺溪水、望飞流瀑布、赏奇花异草，方家茶园喝茶、九铺香酒厂品酒，感觉自己在这负氧离子充足、仙气缭绕的自然中从里到外身心灵都沐浴了一遍，仙山、仙水；仙姑、仙境，童年的记忆在这里延伸、舒卷、变幻……

仙　山

一大片鲜艳的映山红，总是在似梦非梦间出现；乡间的小伙伴，会骑着牛从树丛后面冒了出来；奶奶把丝瓜、黄瓜种在半山腰上；我偷偷从山里采回去许多的菌子，很好看的粉红色的菌子，奶奶慌张地扔掉，大声呵斥我"漂亮的菌子有毒"！

奶奶不让我进山，怕蛇咬怕毛虫落在身上，所以那山便更加的神秘。

越不让去，越是想去。

常常跟着小伙伴们进山采蘑菇、摘蕨菜、采野花，回家免不了被奶奶责骂。

进入姑婆山应该不会有蛇？毛虫应该是免不了的吧？

我们跟着广西贺州文联的领导们一起进山，坐着景区内专门的电瓶车，天空飘着小雨，有点凉。

空气甜丝丝的，像我小时候进山的感觉一样，树木的香味、花草的香味都是甜甜的。

方圆80公里的姑婆山地处亚热带气候区，年平均气温18.2℃，年平均降雨量

1704mm，相对湿度在80%以上。

姑婆山是天然动植物王国，森林覆盖率高达85%以上，茂密的丛林中生长着1400多种野生植物，空气中负氧离子含量高达15.6万/立方厘米，被誉为"华南地区最大的天然氧吧"。

电瓶车顺着一条蜿蜒的盘山公路往前开。

满眼绿色，参天古树郁郁葱葱，小苗新绿青翠欲滴。路的左边是一条清亮的山涧，涧水在河床上欢快地奔腾、跳跃。

我们下车，走进了树林，近距离触摸古树长藤。

繁茂的植物让我感觉时光倒流、回到无忧无虑的童年，什么都新奇、什么都有趣，那些不同的树叶、特别的树种、满处蔓延的长藤，阵阵山风吹过树木发出"沙沙"的窃窃私语。简直就是童话世界！

细心的公园管理人员在一些特别的植物前标记了介绍，一时记不下来，赶紧拿出手机拍摄下来。

这里的植物品种有属于国家一类保护的树蕨，二类保护的观光木、伯乐树、马蹄荷、福建柏、大果木、南桦木，三类保护的八角莲、紫茎、半枫荷、红椿、水田七、兴安楠、红椎、红桧等等。

看到一个奇特的叫作"四海兄弟"的植物，有好几种不同形状的树叶，原来是阿丁枫、白辛树、罗浮槭、三叶赤楠等四种植物长在一起，成了连理树。

还有一片名曰"情人林"的树林，林中树木成双成对，或依附、或攀连缠绕，好似一对对喁喁私语的情侣。

时不时停下脚步，做一个深呼吸。仰头看大树、低头看小草，完全忘记了对毛毛虫的担心。

雄峰峻岭、古树老藤、奇花异草、山涧瀑布，构成了姑婆山自然天成的绝妙风景。

姑婆山主峰天堂峰顶海拔1844米，是桂东最高峰，最低海拔300米，相对高度超过1500米，地势险峻，沟长谷深。因为曾经历过燕山运动、喜马拉雅运动等多次重要造山运动轮回，加上亚热带湿润季风气候条件下流水的侵蚀，姑婆山地区出现了喀斯特地貌、丘陵地貌、低山及中山山地地貌等丰富多彩的地貌类型。

玉石林就是典型的喀斯特地貌，由一大片十分罕见的汉白玉石柱、石笋组成。它形成于一亿多年前的侏罗纪时期，由于燕山期地质的断裂隆升和长期的岩溶渗蚀及局部高温影响，加上自宋朝以来1000多年的锡矿开采业，造成这一带奇峰突兀、石林竞奇。它独立于四周的石灰岩山中，被地质专家称为地质奇迹。

到达玉石林的大门口，首先映入我们眼帘的是客家的斗笠展，各式各样的斗笠挂在空中、铺在山石台阶的中间，与客家的扎染花布组成了浓浓客家乡土画，还有一个巨大的状元锣助兴。为了入画，我们戴上斗笠，摆出各种POSE，连拍了好多照片。

顺山坡而上，穿梭于石间蜿蜒小道，如入仙境，惊叹于大自然的鬼斧神工，感慨于千百年的历史和传说。

早在两千年前的汉代，地处封江流域中部的贺州就是交通要塞，自然便成了人文荟萃的风水宝地，文化发达，豪杰名士云集。

玉石林在历史上曾经留下过许多名人足迹。隋末唐初的神奇秀才陈元光、中唐时期的岭南第一状元莫宣卿、宋朝的民族英雄岳飞、理学泰斗周敦颐、明朝的封阳传奇秀才黎兆等，都在这里留下许多趣闻轶事。

刚听说玉石林时，以为都是白色的石头，没料到更多的是大面积的黑色石头。这是由于附于石头表面的苔藓类植物，经过长年风化后逐渐把石头染黑的。

这些石头千姿百态：孔雀开屏、恐龙漫步、空中走廊、时空倒转、青蛙望月、羊回头、相依偎……我们一边听文联的领导、同事介绍，一边琢磨着到底哪个角度更像这些造型，还自说自话地给出一些新的命名。

玉石一丛丛立于树林之间，玉石丛中、石锋之间又生长出奇花异草，白石黑石相衬，郁郁葱葱的绿色植物点缀，更有远近的大山做背景，玉石林风景独好！

景区里的石径修建在峭壁狭缝之中，弯弯曲曲往上延伸到山顶，越往上走越艰难，尤其是通过有名的"一线天"时，大家都十分小心，一些地方需要手足并用。

过了"一线天"，眼前豁然开朗，脚下的路也变得好走了。

登到山顶，一览众山小。

山顶有一座石桥，站在上面拍照是免不了的。喜欢从那个角度往山下看，能看见一个个小小的农舍，也许是景区管理人员的住地？

山里的屋子都是一家一家单独建在山坳里的，大约因为平地比较少。

下山可以选择坐滑道，还专门有视频和工作人员教你怎么滑行，我和几位作家一起选择走路下山。

走路可以更强烈地感受山的气息、吮吸大自然的味道。

日出、晚霞、云海、长虹、雪景、雾气、阳光折射出来的幻景，姑婆山有着看不完的风景，如果有时间，在这人间仙境住上一阵子，登高望远，漫步云水之间，卸下红尘疲惫，拾回儿时梦想，岂不快哉！

仙 水

山涧的溪水是我最甜蜜的思念。

姑婆山大大小小的山涧随处可见，流水潺潺，正如我记忆中老家的溪流一样清澈见底，水底的石头亦如我儿时见过的一样好看，形状各异、好像会给你讲故事，水草在四周飘浮，水草间定是藏了不少小鱼。忍不住想要踏着石头，走到水涧中央去。

爷爷奶奶的家在白云的深处，下了从城里开往那里的大巴车，顺着一条山涧一直走，翻过一座高高的山，便到了爷爷奶奶的家。记得8岁那年，我就自己一个人回去，爸爸告诉我："不用担心，顺着那条小溪一直走就行了。"

我顺着小溪走。溪水跳过岩石时，在阳光下翻起小小的闪烁的波浪。有时候我会脱下鞋子，到水里走一会儿。有时候我会站到一块水中间的大岩石上，用双手捧一捧送到嘴里，水是甜的，沁人心扉。

2岁至6岁在爷爷奶奶的呵护下长大，上学去了城里爸妈身边，十分想念山里的爷爷奶奶，想念那里的一草一木，一到寒暑假，就像鸟儿出笼一样，急急忙忙地回到乡下去。

那条小溪，就是我的路标。

家乡的溪流在田埂边、在山脚下、在草地上流淌，溪流汇集之处，就形成一条小河，小河再汇合成一条大河。

在姑婆山，溪流遍布，小溪在树林间穿行，大溪在大道旁奔腾，令我无比惊喜。在小溪边拂水嬉戏，拍照留念，似乎完成了一个夙愿。

姑婆山的溪流从小溪到小河再到大河，期间还有无数大大小小的瀑布。

山中断崖绝壁众多，溪水流过峭壁处，便形成独特的瀑布景观。仙姑溪、仙女溪、大同溪、十八冲溪……溪与溪之间的落差，形成了仙姑瀑布、罗汉瀑布、玉龙瀑布、母子瀑布、奔马瀑布、二毫半瀑布……落差在20米以上的瀑布多达16处。

对瀑布最早的印象来自李白的《望庐山瀑布》："日照香炉生紫烟，遥看瀑布挂前川。飞流直下三千尺，疑是银河落九天。"

大学时代便穷游到庐山看瀑布，遇上干旱时节，庐山瀑布不免令我失望。到了美国，迫不及待到尼亚加拉瀑布去看看，果然震撼！只是完全不是李白诗中的瀑布。

姑婆山的瀑布倒是接近李白的描述：小雨刚过，虽不见阳光下的"紫烟"，却雾气缭绕，令人如入仙境；水流从高高的山顶飞奔下来，气势磅礴，果然恍若银河从天而降。

跨过一座山涧小桥，我们朝着仙姑瀑布走去，沿路看到各种珍奇植物，小小的溪流在大树、长藤之间分分合合。

地面有些湿滑，又忙着观赏林间小道两边神奇的植物，没去计算走了多久，只管跟着"哗哗"的水声朝前走就不会错。忽然感觉轰鸣的声音就在眼前，抬头一看，一条巨大的白练从高空甩了下来，直击岩底，飞溅起似玉如银的水珠，瀑布下的水潭被撞出点点水花，水花漾起波纹往周边散开，越远越浅。

找到一个照相的绝佳处，背景中的瀑布如同画中一般，近处的潭水却又清又静，动静相宜，不得不感慨大自然的造化。

据说如遇雨后天晴，烟蒸雾晖，瀑布前常会出现彩虹，祥气缭绕，如仙女下凡，仙姑瀑布因而得名。

民间传说，每年的农历七月初七夜，七仙女会下凡在此潭中洗澡戏水。潭水神奇，饮用可治嗓子疼，洗浴可止皮肤痒，令肌肤柔嫩润滑，而且七夕水久藏不腐，民间多有人储存用以避邪。

仙姑瀑布是姑婆山最壮观、最自然、最美丽的瀑布，宽5米，高约30米，瀑布落差80多米，分上下两段。因为时间关系，我们只看到下段，已经领略到她的魅力：轻飘而下的飞瀑与悬崖峭壁边郁郁葱葱的藤草树木组成了神奇的山水画卷，至今闭目思之，依然生动。

姑婆山拥有落差近300米、最宽达60米的十级叠水瀑布群，冠称广西最大的叠水瀑布群。

玉龙瀑布是姑婆山最高的瀑布，高达98米，又名银河落九天瀑布。这自然来自李白著名的诗句。银白色的水流从高高的山顶雾气腾腾地奔涌而下，气势磅礴，犹如一条从九霄云上降落凡间的玉龙。

大佛瀑布全称为大佛送水瀑布，瀑布背后的山坡好像一尊大佛，大佛右侧有一股山泉，正如大佛送水到人间。大佛瀑布的水质极佳，似融有灵气。传说唐朝和尚慧能曾到此淋浴，顿悟禅机，被立为禅宗六祖。

神龙瀑布悬崖顶端立着一块圆圆的巨石，瀑布从两侧倾泻下来，形同双龙戏珠，咆哮争斗，颇为壮观。

黄绸瀑布是姑婆山瀑布群中最具观赏性的瀑布，水流在高山上穿涧过岩，一路跌宕起伏，至悬崖突然凌空飞下，仿佛一幅柔软晶莹的绸缎从云端垂落。坊间传闻：用黄绸的水洗洗手，写文章神笔妙手，做生意发财就手；用黄绸的水洗洗脸，出门做官做事有头有脸。

奔马瀑布落差58米、宽6米，分三级从高山峰谷中飞奔而下，犹如一匹奔驰的骏马。瀑布下有一个深潭，面积约有30平方米，深不见底，得名"瑶池"。

这一大片瀑布集中区名为"十八水"。这个名字来源有二：当年本地瑶族土司的女儿李唐妹被选入宫，成为明朝宪宗皇帝的淑妃。淑妃生下皇子朱佑樘，于成化二十三年，也就是1487年继承帝位，史称明孝宗。孝宗皇帝追封生母为孝穆皇太后，并将生母幼时在贺州游泳沐浴的水塘遗迹赐名"圣母池"。皇太后姓李，在中文中李字俗称"十八子"，因此人们将这一带称为"十八水"。在景区入口有一块灵石，刻有宪宗皇帝御笔亲书的一个"寿"字，细看字中，隐含"十八水"三字，合起来就是"十八水寿"。这个说法之外，还有一个缘由，景区瀑布的主体水源是由18条溪泉汇聚而成，故称十八水。

这许多壮观神奇的瀑布，我们都没空见识到，自然成了我们再去的理由。

姑婆山还有一处令人向往，也是我想再去的理由，那就是姑婆山漂流区，听说可以漂流的河段有3000多米，河段落差100多米，有十多个两三米落差的惊险刺激之处，漂流时间大约两个半小时。

河岸四周林木青翠、巨石嶙峋、古树参天，河水清澈见底，河道内有大大小小漂亮的鹅卵石。所谓游山玩水，当然应该与姑婆山的仙水来一次亲密无间的拥抱！

姑婆山与我儿时居住过的湖南老家还有一点相似，就是高品质的汤水温泉，老家就叫汤山，小时候不懂，只知道用那冒着灰色浓雾的水洗澡对身体好。青山下的贺州路花温泉，水温高达68℃，富含硫磺，保健作用明显。

仙　姑

我和爷爷奶奶住在山坳间的小村子里。

屋后是山，后院以山坡为墙，那山墙上全是茅草，我总是想可不可以从那里爬到山上去，或者会不会忽然有个人或者有个神仙从顶上滑下来跟我聊会儿。

屋前是一个土坪、几亩农田，再往前就是青黛色的山。

白天在土坪游戏，盼着小伙伴们从山里放牛回来，他们都要为家里做事，只有我闲着。

满天星星的夏夜，我们在土坪乘凉，对面的山隐隐约约，奶奶给我讲各种传说故事。

民间故事里，少不了仙女的传说：七仙女下凡、牛郎织女鹊桥会、画里的仙女从画上走下来为秀才洗衣做饭……

初到姑婆山，听说姑婆正是源自仙姑，就打听来这个故事。

相传在隋末唐初，湘桂两地发生瘴气，一时间瘟疫蔓延，百姓困苦。

在湘、桂、粤三省交界的萌渚岭南端——天堂山有妙药灵芝能驱瘴气治瘟疫。出生于中医世家的青年阿满在未婚妻妙虹的支持下，决心到豺狼虎豹出没的天堂山悬崖腹地采集灵芝仙草。

阿满进山后，一直杳无音讯，妙虹十分思念他，决定前往天堂山寻找未婚夫。她未能找到阿满，却找到了灵芝。她将灵芝采集回去，配以中草药熬成汤汁，让患者饮服，药到病除。

众乡亲都得救了！

妙虹天天到天堂山寻找阿满，发誓找不到阿满终身不嫁。

年复一年，妙虹从姑娘变成了姑婆。

一日，乡亲们发现妙虹姑婆忽然不见了！

当地一位德高望重的长者得梦：因为妙虹姑婆采集灵芝普救苍生、痛失未婚夫而终身不嫁，王母娘娘深受感动，把她召至上天册封为仙姑。

众乡亲怀念妙虹姑婆，决定把天堂山改名为姑婆山，并修建一座仙姑庙，以供仰拜，祈求仙姑保佑一方平安。

仙姑庙始建于唐代，修缮于2000年。经过修建后的仙姑庙更加庄严壮观，前廊石柱上的雕龙、墙壁上的刻画、门框上悬挂着的浮雕像、墙壁上的石花窗户，无不精美绝伦。天门前的百级步梯十分雄伟，庙前还有专门为礼拜净手而设计的仙鹤喷泉。

姑婆山地连湘桂两省区，是广西历史重镇八步与湖南江华最便捷的通道。

溯姑婆江而上，可以看到江中、江边的岩石上尚存有六七寸见方、五六寸见深的圆孔，有"头渡水、二渡水、三渡水、四渡水、五渡水"之称。据说是古代楚越安营扎寨的遗址，也有研究者认为这些是古代商贾就江歇息、栓固木排的遗迹。

在姑婆山景区东缘，聚居有瑶族的土瑶支系和盘瑶支系，南缘是汉族客家人和本地人，大多于清朝从广东、福建、江西、湖南等地迁徙而来，至今仍保持着各自的传统文化。

客家的"围龙屋"、瑶族的吊脚楼和本地人的"本地寨"各具不同的建筑特色，客家山歌、瑶族山歌、本地民歌曲调各异，反映出各个族群的民俗风情。光是婚俗，就有客家的"拜堂彩语""洞房抹黑"，土瑶的"情人房""人情节"，本地人的"看屋定情""奇特叹嫁""黑房抱亲"等等，五花八门、生动有趣。

姑婆山如诗如画的风光、源远流长的历史文化、汉瑶壮多民族相互交融的独特风情，吸引了很多影视工作者。香港著名电视剧《茶是故乡浓》《酒是故乡醇》、大陆电视剧《欢乐桑田》《围屋里的女人》等影视剧都在姑婆山拍摄。

九铺香酒厂原本就是一家百年老字号的手工酒坊，后来成为空地，因为电视剧《酒是故乡醇》的拍摄，又人工搭建起了酒厂。古色古香的酒厂完好保存了十多年前拍摄电视剧时的样子，酒坊建筑与制酒器具都与剧中一模一样。酒坊也保留了姑婆山的古法酿酒工艺。

跨过一道小桥，我们进入酒厂，一个个红色的"酒"字格外醒目，缓缓流转着的水车、洗米池、粮仓、蒸酒套具、凉饭台、酒桶、蒸米酿酒的灶台，古老的手工酒坊再现眼前。

在酒厂内可以随意品尝各种精酿酒，糯米酒、青梅酒、金樱酒、古曲酿、半天醇、龙头酒，从十几度到七十几度的都有，我从低喝到高，每一种尝了一小杯。美酒格外温润清甜，取自于姑婆山甘洌的泉水酿造。

酒不醉人人自醉，这带着仙气的酒就着歌声喝下，好生陶醉！

先喝酒、后品茶，我们来到方家茶园，登上一层层茶树梯田。

方家茶园是电视连续剧《茶是故乡浓》的外景拍摄地，坐落在风景优美的半山上，方圆10多亩。一派旖旎的田园风光！

爬到高处，放眼一整片绿油油的茶林，感觉好清爽。可惜此刻不是春季，不然，与采茶姑娘们一同赏春采茶，喝上一杯新茶，岂不更加快乐？

足以弥补我们遗憾的，是茶园贴心为游客提供的品茶服务。

茶园中有一间一间的小木屋，就是品茶室。

坐在小木屋里，看茶艺师用煮沸的山泉水泡茶。茶艺师是一位温柔可爱的姑娘，她边泡边讲解。茶叶在热力作用下，从小颗粒伸展成为碧绿色的茶叶，散发出淡淡的茶香。

坐在小木屋里，听着姑娘柔声细语的讲解，闻香、品茶，趁热小啜一口，细细回味，甘甜从口中漾开来，时光也都跟着散淡下来。

想起《茶是故乡浓》的主题曲中那句歌词："风光里走过了几千里，一转身却在原地……"

传说中的姑婆山，处处如仙境一般。

仙 境

儿时觉得家乡的山好高、家乡的水好甜。

从长途汽车站下来，顺着小溪流一直走，翻过那座大山，我兴奋地冲往山下。山下有一口井，那井水甘美清澄。

田里劳作的老乡们看见我了，大声叫我的名字，大声传递着告诉我的爷爷奶奶。

我的名字在山坳间回荡。

好喜欢那亲切的乡音。

喝完井水之后，一路小跑到达我家门前的土坪，爷爷奶奶早已经听到山坳间回荡的消息了，在土坪等着我呢。

儿时的那条小溪、那座高山、那口井、那回荡着我的名字的山坳、爷爷奶奶温暖的怀抱，便是我的天堂。

再回故乡，那条小溪竟然不见了，很多地方塞满了塑料垃圾。那座山没有我印象中的高，而且筑出了宽阔的大路，各种车辆来回驶过，刮起阵阵灰尘。

田地有些荒废，据说劳动力都出外打工了。

农村有了电、有了自来水，几乎家家门前停着汽车。

找不到那口井！

找不到我家的老房子！

找不到屋后的那片竹林！

茂密森林、清清溪流、虫鸣鸟叫、盛在花朵上的朝露、落在树叶间的晚霞……

爷爷奶奶走了，把这仙境带到了天上。

不曾想，来到姑婆山，儿时梦境重现眼前。

山泉溪水、密林峭石、山风石音、鸟诵蝶语，更有一帘一帘的飞流瀑布令人称奇，还可以在森林氧吧中品酒喝茶，听水声，听雨声，听故事。

姑婆山上有数不清的绿色植物和彩色花朵。古树长藤相绕，最是令我欣喜，因为小时候常在长藤上荡秋千，如今看见，忍不住想去坐一坐那长在大树之间的老藤。

竟有一棵野藤已是百岁仙藤，最粗处跟壮汉的手臂一般，旁边的石头上注明它已年过百岁。

这里也是动物的天下，有各类动物100多种，被列入国际贸易公约保护物种的有10种、国家重点保护动物21种、广西重点保护动物66种。

儿时常见的山雀在这里到处都可以看到，小小的山雀在树枝间飞来飞去，歌声婉转清脆，有时候落在草地上，俏皮地看着你，然后自顾自地开始蹦跳。

姑婆山有一个孔雀园，我们用餐时路过那里。孔雀品种很多，不同色彩各种花纹，可惜那个时刻都懒洋洋的，并不想开屏一展美丽风采。

倒是姑婆山的小猴子们很给面子，让拿着相机手机的作家们拍了一个够。

近年来，广西贺州市姑婆山国家森林公园管理部门十分注重生态和野生动物保护，设立猕猴保护区，安排专职人员管护野生猕猴，并在保护区内设立野生猕猴救助站，对受伤的猕猴进行救治，还定期投放玉米、花生等猕猴喜欢的食物。通过10来年的保护，野生猕猴数量由原来20余只增加到300只以上。

我们去看正在溪水间玩耍的猕猴。这里的猴子跟别处看到的猴子最不一样的就是特别干净，大约因为姑婆山雨水多、溪流多，猴子们可以经常洗澡吧？

最先看到的一只小猴子正在小溪间的岩石上顽皮戏耍，似乎为了吸引大家的注意，它摆出各种动作来，还故作惊险地从一块石头跳到另一块石头上。

溪涧中的石头看上去很光滑，不少地方布满青苔，还真担心小猴子掉到水里。它几番淘气地蹦来蹦去之后，跳到岸边，迅速地爬到树上，跟另两只正在树上的猴子嬉戏起来。

拍到一张猴子的特写，放大来看，发现这里的猴子特别好看，黄褐色皮毛光滑闪亮，眼珠特别大特别有神，显得聪明又机灵。

有人说：清而静则幽，幽而奇则妙，妙则风光异也，风光异则仙气聚也。

生活在这清静幽雅的仙境之中，小猴子们何其快活！

中国科学院曾发布"长寿贺州"专题研究报告。报告指出：贺州市山川钟灵毓秀，气候条件优越，森林资源和生物资源丰富；大气环境质量优良，是不可多得的天然氧吧和疗养胜地；贺州水质富含多种生命必需微量元素和矿物质营养素；贺州市是长寿环境质量优异、长寿资源丰富多样、长寿老人幸福健康的"健康长寿首善之市"。

厌倦了城市的熙熙攘攘、忙忙碌碌，不妨到姑婆山住上一阵子。

如今到贺州非常方便，坐高铁从广州过去只需要一个半小时、从桂林过去只要一个小时。姑婆山景区离贺州市中心只有20公里左右，交通便利，景区内吃、住、行配套齐全。

姑婆山养在深闺美如仙境，如今高铁发达，四方来客越来越多，希望保留它的原汁原味，千万不要过度开发！

青山碧水，蓝天白云；古藤老树，飞瀑流溪；喝一杯九铺香米酒去尘，泡一壶方家甜藤茶清心。

游姑婆山仙境，梦回童年。

［原载于《贺州文学》2019年第4期］

贺州园博园漫步

董晶

董晶，女，医学硕士，北美中文作家协会终身会员。著有长篇小说《七瓣丁香》（2015年1月，上海远东出版社），在《人民文学》《芳草》《时代文学》等发表作品多篇。

10月初的贺州给我们展示了最美的秋景；所有的树木还是那样郁郁葱葱，所有的秋花依然开得五彩纷呈。走进园博园首先感到的是贺州的金秋季节和春一样可爱，和夏一样热情，和冬一样迷人。园博园主要有南广场、主展馆、长寿阁、万寿湖及城市展园等。进入大门后处处可见秋花争奇斗艳，红、 粉、紫、黄色的花朵与绿叶相互辉映，给人以美的享受。前面的单檐歇山式的门楼和青砖灰瓦，让人领略到深刻的文化底蕴。

来到南广场，它的中央有一个喷泉水池，竖立着出土于贺州市的国宝麒麟尊，麒麟仰视前方，威风凛凛，让人肃然起敬，它见证了贺州2000多年悠久的历史。两侧有14根汉白玉柱子，它们象征各地市的文化景观。

在麒麟尊的前方，是一部由白色花岗岩雕铸成的巨大翻开的书籍，上面刻有贺州历史和介绍，开篇题为：生态贺州，长寿圣地。如此大的石头书，是我生平第一次见到，我坐在书上留影，一看人与石头书的比例，更觉此书巨大无比。

我们在城市展园游览，它形成"岭南之乡、棱山之城、乐水之都"三个组团，并有十四个代表广西各个城市的展园，该展园通过发掘各城市文化特點，构造了浓缩广西各城市文化的园林造型，充分展现八桂大地不同地域的特色风貌。

给我印象最深的是崇左宁明花山壁画，它形象地描绘出壮族先民两千多年生活的祭祀娱乐场景。这个场景使人更加感受到贺州这片土地上自古以来，人民能歌善舞的传统习俗。

来到绥风书院，门前有苏东坡的铜像，站在宋代大文人苏轼的塑像前，不禁想起先生的："但愿人长久，千里共婵娟""大江东去，浪淘尽、千古风流人物""枝上柳绵吹又少，天涯何处无芳草"等千古名句。除苏东坡外唐代著名诗人李商隐的诗《昭郡》，表明了与贺州的渊源，翁宏是唐代诗歌艺术成就最高的贺州本土作家，他的诗《春残》中"落花人独立，微雨燕双飞"也为千古名句。

除了著名文人墨客外，孙中山作为中国近代民主主义革命的开拓者，1921年10月8日，作为临时大总统他提出的出兵北伐案通过，10月15日孙中山以出巡名义离开广州奔赴桂林，11月22日到达昭平（现为贺州管辖区域）县城，孙中山在昭平住了两个晚上，在昭平发表了著名演说《广西应开辟道路》。回顾这段历史，想到北伐的革命先烈，我心情格外激动，对三民主义的倡导者孙中山先生更是肃然起敬。

园博园内还构建了三座桥梁景观，荷塘月色、音乐喷泉、水上舞台、松林木屋、潇贺古道等大量丰富的人文景点。贺州园应该说是整个园区里面积最大，最符合中国传统文化，最讲究造园艺术的展园，内有小桥流水、草地鲜花和乌龟仙鹤，还有楼阁亭台，画栋雕梁，酷似苏杭园林。目睹贺州圆的美景，不仅感受到改革开放以来贺州翻天覆地的变化，我们前一天曾在去富川秀水、岔山和福溪采风，亲眼看见农民们安居乐业、城镇的居民丰衣足食。我们还在一个镇上吃了农家饭，我对贺州的油茶，糍粑，腐竹这几样食品情有独钟。

贺州原是地级县，2002年改为市，在改革开放的大潮中，它成为迅速崛起的新型城市。贺州历来有文化之乡，长寿胜地的美誉，许多人慕名来到贺州，想探求长寿的秘诀。长寿阁立于园内山顶，结构奇特，巍峨壮观。它高46米，五重飞檐高高耸立，庄严沉稳，阁内供彭祖雕像。我们拾级而上，登到长寿阁的顶端，极目远眺，整个贺州市全景尽收眼底。在长寿阁的底层，有一个镇殿之宝，它看似绿色翡翠的大球体，其实是由价值连城的荧光石铸造成的直径约两米的夜明珠。当熄灯欣赏，它放射着幽幽绿光，给人以高贵神秘之感。巨大的绿色夜明珠象征着生命之光永存，表示人们对生命的尊重，长寿的向往。

万寿湖与贺江相连，位于园博园中央，湖内用贺州文化元素设计船桥、回澜风雨桥两座桥梁，形成两山夹一湖的美丽景观。湖面近200亩，上有特色风雨桥，下有亲水木栈道，游船穿梭，人鱼共舞。今年是广西壮族自治区成立60周年纪念，国庆节期间，广西各族人民穿着自己的特色服装在园博园载歌载舞，欢庆这一伟大的节日。

漫步园中，山环水抱、绿树成荫、碧瓦雕檐、美景随处可见。我这个第一次来广西贺州的游子，在此地多处拍照纪念，园博园的美景给我留下了难以忘怀的印象。祝勤劳、智慧、善良的贺州人民把家园建设得更加美好，更加幸福安康！

[原载于《贺州文学》2019年第4期]

福溪的春天

刘

梅

刘梅，女，《检察日报》文艺副刊部主任。

北京的柳枝还在等新芽，南方的油菜花已经开得炫目。对于来自北方的人来说，这当是最好的礼物了。

三月里的福溪村，被路边的油菜花、屋脚的青苔紧紧包裹着，空气中弥漫着雨水的味道，一转身、一回眸便可见红的楹联、湿的石板路，以及青砖黛瓦中透出的浓浓的烟火气。古村坐落于广西贺州市富川瑶族自治县朝东镇，距县城约40公里，恰处于秦汉潇贺古道、楚粤通衢旁，始建于宋代，明清时达高峰，距今已一千余年，故有"七朝古寨"美誉。

据《福溪源流记》载，福溪村因地势凹凸不平，且有一条清澈灵动的溪水常流不断，故称沱溪，后经蒋、周、何、陈四姓瑶民开拓垦荒，于是人旺物丰，村民们便认定是这条溪水有灵性才带来福祉，便改村名为福溪。古老的传说，清幽的街巷，让每一个踏入古村的人心中增添许多静好。

潇贺古道的雏形秦"古道"最初建成于秦始皇二十八年（公元前219年）冬，北面与潇水、湘水和长江连接，南与临水（富江），封水（贺江）和西江相通，长江水系于是和珠江水系贯通，直达贺州，后与海上丝绸之路相接，曾为经济发展和民族融合发挥了巨大作用。而福溪村便是潇贺古道从湖南进入贺州的第一个文化古村，这里远离商业，依然有一方清明山水。

在晴朗葱郁的春日，我跟随中国文化记者采风团，带一缕清淡心境步入古道旁的福溪村，徜徉在建筑、石雕、民居之中，探访街旁小店和门楼，与闲坐的长寿老人相视而笑，仿佛时光回转，如行云般与旧时的繁华握手问好。

福溪村曾为商道上的一个驿站，据说2公里长的青石板路的宽度与潇贺古道一致，两旁商铺总让人回想到宋代的繁华景象。村中共有13个家族门楼，一个门楼带一个街巷，每条街巷曲径通幽，古老宁静。行走中，不时有绚丽的瑶族色彩直冲视觉，"富贵门""安居""和"等字样悬挂于门庭，讲述着居住者精彩的过往和内心的平和。突然，我们被一块大石挡住脚步，但脚下的石板路并未断开，而是安静绕过，石头依然，石板路继续前行。人与自然和谐共生，每个走到此的人都发出这样的感叹。

因位置特殊，福溪曾一度被称为"南邪关"。当地人介绍，五代十国时期，此地被南楚开国君主马殷统治，当时土匪猖獗，马殷派兵剿匪成功后留驻于此，不兴兵戈，以德施政的管理模式被民众赞赏拥护。身故后建庙，供奉马殷文武官像，立柱600根，也称"百柱庙"。

如今，一切均是当初的样子，庙前搭有戏台，雕有图腾，已成为南方瑶族地区保存最完整、年代最早、规模最大的宋式风格的木结构古建筑，被国务院定为第六批全国重点文物保护单位。这里是通往中原的必经之路，也是岭南文化接受中原文化的前沿，文化、经济的融合，见证着车马喧哗和富庶鼎盛。"你们湖南人要拜一拜马殷啊！"导游对来自湖南的同行打趣道。

都说建筑就像大地上凝固的诗与画，古村落的魅力大概缘于此。不同时间和心境，探访者可以从不同视角各自揣测当年建造者的诗心与画意。村中狭窄巷子的格局千年未变，讲述着千百年人们对于安宁生活的向往渴求。

我们的到来并未影响民居里的老人躺在竹椅中读报看电视，街边三五邻居聊着家长里短，商铺里不时散发出诱人的食物烹煮的美味，石板路愈发光滑了，修缮中的古戏台正播放着周华健的《朋友》……这也许就是古村的魅力吧，总有人带着好奇而来带着共鸣离去，于是便有了那么多的文字与书画，美好，简单，真实，记录着每个人的悲喜心境和理想生活。

行走在福溪村，如同进入一家博物馆，民居、寺庙、古树，还有身边擦肩而过村民的一个淳朴微笑，都演化成博物馆里琳琅满目的藏品，这让我常有似曾相识的恍惚，村落格局、河道水系、寺庙建筑、传统起居形态等多种要素仿佛集合成一部书，虽经历久远，但环境与风貌传承如初，古村落依然鲜活地安放在眼前，留存着一切与过往有关的印记。记得冯骥才先生几年前曾发出"每天消失百个村落"的喟叹，成了热点。但眼前的福溪村，却像一朵峭壁上开出的花朵，虽经风尘战火洗礼，还能有最美的样子，让承载的非物质文化遗产不曾凋落。

一个地方，有景色宜人，有文化烘托，便会有风光无限，便会在访客心中嵌下一颗明珠，每次回望，都熠熠生辉。

回到北京，我再次发现了欣喜。车从单位地库驶出，迎面一株开得绚烂的玉兰撞入眼帘，比起其他地方的同类似乎晚了些，但只要得到了讯息，便迅疾加入春的行列。

春天是所有地方的欢歌，行走其间，无论身在何方，仿佛在听一曲不同风格旋律的婉转春曲。如同每个人都有自己的春天，只不过，有人的春天来了，有的还在等。再次想起了福溪古村，经过岁月的光与影，放下沧桑，文化融合，变得从容而豁达，至情至性，一花一树，一屋一石，都有迎面而来的欢喜和不曾失落的希望，写成一页历史，让人一眼千年。

早在去年4月24日，广西壮族自治区人民政府批复同意富川瑶族自治县脱贫摘帽，实现了30个贫困村、1.8万贫困人口脱贫出列。看到这则消息，那曾经绽放在福溪村的花，再次盛开在了我的心里。

　　春天来了，如果身边的花未开，何须急躁，也许她还在路上……

[原载于《检察日报》2019年5月24日第7版 "绿海" 副刊]

风雨同桥

叶 萌

叶萌,笔名瞎子,毕业于北京对外经济贸易大学。著有《佛裂》三部曲系列、长篇《无法悲伤》、短篇系列小说《异物志》、散文系列《随手写下》等文学作品70多万字。

到达青龙风雨桥的时候，太阳已经下山。

这是一个略显荒芜的地方，山峦在不远处静默，一缕斜晖浅浅地掠过，四周空无一人，曾经热闹的古道已经荒草丛生，只剩下一条窄窄而蜿蜒的青石板路，曲折伸向这座遮风挡雨，跨越黄沙河的桥梁。它和回澜桥遥遥相对，却执拗地安静着，一言不发。

斑驳却洁净的青砖，以及曲线优美的飞檐，还有那些错落有致的廊柱，无不让我想起传说中那位坚贞的盘兰芝，一样美丽一样娴静。这个美丽却悲壮的传说，虽然牵涉着一位位高权重叱咤风云的男人，但更多的，是关于一位瑶族女子。似乎在古老的爱情故事里，总是少不了这样深情却决绝的女子，让人扼腕叹息却又浮想联翩。是啊，在古老的爱情里，勇敢的似乎都只是她们。她们付出，她们坚守，她们升华……她们甚至不怕被遗忘。而男性角色无论是负心或者犹豫或者缅怀，甚或愚蠢，都只是微不足道的配角。从杜十娘到崔莺莺到罗密欧与朱丽叶，如今到一个美丽的瑶族女子盘兰芝……没来由便记起舒婷那首为神女峰而写的成名诗句："与其在悬崖上展览千年，不如在爱人的肩头痛哭一晚。"

她们，以月亮般皎洁的光辉，让太阳黯然失色。

忽然想起以前在密尔沃基附近造访过的廊桥，那座因为一个现代欲说不得的爱情故事而声名鹊起的地方，和风雨桥颇为相似，也有遮风挡雨的回廊。不同的是，廊桥简陋直接，风雨桥则精致婉约；讽刺的是，它们隐藏的故事却截然相反——廊桥带来的是一个含蓄而隐忍的现代爱情故事，而风雨桥则见证着一段直抒胸臆的古典爱情，两者的反差昭然若揭。有时候我不禁想，是不是越是婉约恬静的面孔，才越能藏得住炽烈坚贞的情绪；或者，越是在人心直率淳朴的古代，才越能有这样决绝的女子，才能有《上邪》这样不留后路的誓言；而现代的人们，往往在一声假似无限惆怅的叹息中，放过了对方，也放过了自己。

唔……也许她们只求不辜负情谊，而我们只求不辜负自己。

如今，沧海桑田斗转星移，青龙风雨桥下盘兰芝决然投进的黄沙河已然不见踪影，取而代之的是高过人头的野草，它们在落日的余晖下摇曳生姿，将那三个弧度优美的桥孔都快淹没了。曾经连接两端的古道也已经不见踪影，现代的水泥公路从旁边经过，只剩下一条蜿蜒狭窄的小径通向那里，而另一端，则是插满稻谷的农田。在这人迹罕至的地方，我慢慢踏上小路，走进这座几乎被世人遗忘的风雨桥，青色的石板寂静无声，只能闻到青草轻淡的香气。远处的光线渐渐隐去，偶尔一只白色的飞鸟悄无声息地掠过稻田。

我忽然听见巨大的声响，瞬间将尘封的大门崩碎。它只存在于我的脑海之中，那是黄沙河曾经汹涌的波涛，那是一个倔强女子清晰的心跳，那是一个震耳欲聋的誓言：无论风雨，我们同桥。

[原载于《贺州文学》2019年第4期]

石城

诗 雨

诗雨，本名杨美英，女，重庆合川人，现居广西贺州。广西作家协会会员，贺州市作家协会副主席。作品发表于《诗刊》《民族文学》《星星》《四川文学》《广西文学》《飞天》等刊物，出版诗集《流经铺门的无名河》。

石城隐居在铺门镇中华村已有几千年历史。中华村在铺门镇二十四个行政村里，算是一个人口众多，占地面积较广的村落。村里有一座"梵安寺"里面一棵千年凤尾草，青葱繁茂。据说与寺庙同岁，是当时的僧人所种。凤尾草曾引来无数游客的观赏和惊叹。也留下了众多脍炙人口的美丽传说。

石城就在离梵安寺不远的地方。据记载，新石器时代晚期，石城就已经落户于此。在世事移迁中，它安守着这块群山深处的小平原，任由闲落的时光敲打。它把历史给予它的一切悉数收纳，以石头厚重的内心质地让自己逐渐蕴养成一名隐士。在城墙下，我看见斜照的阳光，薄薄地摊铺在这个石砌的小城上。它用积累日久的黑色苔藓拒绝了太阳给予的金黄冠带，又拖出斜长的影子，装点着它隐逸挺拔的出尘姿态。

夏日持久的热浪让万物低着头，它们温顺地趴伏在石城左右。既像是对清俊雅士的膜拜，也像是习惯地享受着旧时坚堡的庇护。南门外的荷塘里荷花开得参差不齐，一阵风吹过，它们左右摇摆，对我这个初次造访的近邻，不知道是在欢迎，还是在拒绝。

对于这个小镇，我是一个闯入者。从遥远的山城来到这个小镇，成为一个异乡人，并在这里生活多年，他乡已是故乡。小镇以它的清幽和宽厚接纳了我。当我向它一步一步地靠近，我内心有一种难以言说的喜悦和期待，我不知道它将会以怎样的胸襟向我敞开？

从南门进入，城里的阴凉扑面而来，和城外的炎热形成两重天。由于地处偏僻，以前居住的人都已经搬出了城外，也因为还没有真正开发成景点，石城里竟然看不见一个人影，唯有我的影子穿插在树荫之间，如同来到了另一个陌生的世界。鸟儿们在古树上跳来跳去，叽叽喳喳地叫着，仿佛它们才是这里真正的主人，正大声招呼着我这个不速而来的客人。

石板路弯弯曲曲，还努力维持着时间洗刷出的光亮，但青苔、地衣、杂草和树的疏影正日复一日地侵蚀着它。走在凹凸不平的路上，就像踩在老父亲满面皱褶的额头上，他不言也不语，唯有沧桑属于它。

沿着石板路从南门往北走，一些残旧的农舍顶着破损的泥墙青瓦，不时从树荫中露出来，里面已很久无人居住，它们的主人应该就是资料上记载的陈姓人家，在元初，石城被焚烧重建后定居于此。独自徘徊在残垣断壁的农舍前，我仿佛看到了他们曾经的生活轨迹，日出而作，日落而息，邻里相通，长幼相携，过着一种让人羡慕的闲适生活。一些蝴蝶在屋檐下的草丛中起起落落。我的脑子里竟然冒出了苏轼的诗句，"陌上花开蝴蝶飞，江山犹是昔人非"它们之间似乎有着某种联系，又似乎相去甚远。当这里被划归文物保护单位后，陈姓人家带着喧闹了六百多年的鸡鸣犬吠搬迁出了城。现在，只留下阳光和清风扫动着泥墙的旧影。

在时间的隧道里，石城不停变换着自己的身份。曾经雄为边关要塞，也曾贵为一县治所，时而民居，时而商埠。但当我来到这里时，万千的历史声响都已经离散流徙，只余下四周直插云霄的石山还围聚着这位年迈的老父，我在它庞大的躯体里走动着，想要探知它更多的旧迹，但它甚至没有留下更多的文字记载下自己的斑驳和变迁。

我抬头望向天空，试图以此来缓解有些压抑的心情。但我只能看见小路两边的古榕树搭建起的绿色篷顶，星星点点的光斑从上面漏下来，像一块块的小补丁贴在我的身上。快要到达北门时，天色开始变化，风在树与树之间来回跑动，发出一些无法描述的声音。像采桑女曾经的歌谣，又像是士兵们举戈向天的怒吼。

爬上城墙，走近那棵全城最古老的榕树，面对着它的苍道，我久久失语，不知道该如何来表达自己见到它的心情。它是这座古老城堡的见证者，也是这里另一道历久愈醇的风景，当我在它的根与根的夹缝中斜靠着闭上眼睛，仿佛世界消失了一样，一切躁动和不安都不复存在，心境随之澄明、透亮。它的根盘在石壁上像蜘蛛网一样，捕捉着时间的流逝，它并不会因为我的到来而变得繁盛，当然也不会因我的到来变得枯竭。在这里生活过的所有生灵里，也许只有它完全不依靠泥土就能生存，因为它享用着历史的所有供奉。

从城墙上下来，大雨从北门外直扑了过来。世上总有一些突如其来的风雨让人措手不及。我躲在城门下，那里竟然有先我而到的人。从他们的穿着看，是来石城拍婚纱照的人。新娘在白色的婚纱衬托下，显得高贵而漂亮，脸上洋溢着属于她的幸福。大风把她的婚纱吹得飘了起来，也把我吹得有些站立不稳。它刚刚吹过远山，垂柳，石壁，而现在它正吹着我们。我突然觉得自己的身体很轻，也像要飘起来。所幸的是，这古老的门洞仍然坚固，它所经历的风雨正是它坚固和持久的一部分。雨中的石城青绿中透着安慰。快到六点的时候，雨小了下来，由于下雨，溶洞和衙门遗址只好放弃了。也许遗憾就是最好的完美，未到的去处才能给予我们无尽的想象。

原路返回时，无数的鸟声像在为我送行。也像是在呼叫城外的鸟儿们归巢。突然想起了一个朋友，他家就住在石城外。我拨通了他的电话，他告诉我他家的地方就是以前的衙门口，曾经那里有过很繁华的历史，但现在已经没落成了一个小山村。他还告诉我就在北门外不远的一个石洞里有一只石猪，据说有一天石猪带着它的小猪出来玩，被一只老虎发现了，老虎追赶着它，无路可走的它只好藏进了石洞，由于石洞的口太小，老虎无法进入，只好在外面守着，这一守千年，它们都变成了石头，成为这里永恒的一部分。

这座古老的石城，历史和神话相互缠绕，它到底还隐藏着多少惊心动魄而不为后来者所知的秘密啊！

出了城门，当我回头再看石城，它已经回到了安静中，细雨里，它仿佛一幅画找回了丢失的色彩。

写到这里，我翻看手机里关于石城的相片，我感觉到了文字的苍白和无力，我那么多的描述，也不及我看到的和感受到的万分之一。此时窗外一片漆黑，虫鸣声声。石城应该已经睡着，我仿佛听到了它发出的轻微的鼾声。

[原载于《2022年北海日报社优秀散文选集》（中国书籍出版社，2022年12月第1版）]

未曾遗忘的时光

莫清荣

莫清荣，女，壮族，广西贺州钟山人。中国少数民族作家学会会员，广西作家协会会员，贺州市评论家协会副主席，鲁迅文学院第十二期少数民族文学创作班学员。出版散文集《回望故园》。

"小南京"玉坡村

在桂东北的贺州钟山县燕塘镇，有一座有着900多年历史的古村落，它就是具有"小南京"之称的玉坡村。玉坡村始建于北宋，其始祖是宋元祐进士廖正一。玉坡村全村姓廖，祖籍江西省抚州府金鸡县，在玉坡《廖氏族谱》中有对其始祖的相关记录："旧碑载公系元祐进士，藉江西抚州府金鸡县，官于昭（州）之旧县龙坪，其故此在陶唐村，南渡后不复北归，爱玉坡山水之胜而家焉……"由此可见，其始祖廖正一被贬后出任寰昭（州）之旧县龙平，因为看中了玉坡秀丽的自然山水和冬暖夏凉的特殊环境而在此安营扎寨，建立村庄，为其子孙世代安居之所。到了元朝中叶，因廖氏五世祖的僮仆与赤马夷壮结怨而引起争斗，玉坡廖氏族人举家迁居府城桂林。明朝初年，由其六世祖廖履常领兵回故土平定瑶民起义，重归故疆，从此在玉坡村定居下来。

徜徉在玉坡村古老的青石小巷中，眼前展现的是当年廖正一带领族人翻山越岭，远道而来的滚滚风尘。一路的舟车劳顿，一路的颠簸驰骋，当他们来到这一片陌生而又充满生机的土地时，内心是如何的惊喜惊叹。生逢乱世，天涯何处是故乡？且把他乡当故土，心安处，即是家。

玉坡村是钟山县唯一的一个由贬官建立起来的村庄，贬官不仅带来了文化，也带来风尚，这种风尚不但在族内得到传承和发扬，也使乡间受到影响。玉坡村自古是一注重教育的一个村庄，特别是在学而优则仕的封建时代，读书习武，更成为该村一大风气。据玉坡村廖氏族谱记载，从宋到清，玉坡村有进士举人11人，其中进士1人，文举6人，武举4人，有各类贡生26人，有禀、监、庠、增生等秀才不计其数，且大多为正途入仕，大多求取功名后外出为官，有官至辽东都督大总兵，藩司通史，直奉大夫，临安别驾，江南羲仓太史监千总，梧州总兵，副总兵、参戎、守府，庆远参将及鄰县、光山、灵川、龙坪、恭城、柳城、全州、龙胜、衡阳等县知县、知事、城守、训导、教谕等数十人。

玉坡村坐落于喀斯特地貌的群山之中，其东、西、南三面山岭绵延，村舍分布于三台山、珠山、大庙山下，依山傍水，村前小溪环绕，村后绿翠欲滴，因地处较低，村落四周井泉密布，池塘广阔，水源丰富，稻田肥沃，植被茂盛。玉坡村自古注重生态保护，村庄所依的山岭树木葱郁，山清水秀，冬暖夏凉，环境怡人。且该村历史上田广地富，有钱人多，举人、秀才多，出道为官人多，成为方圆百里有名的富贵村和官臣乡。由于玉坡村院深楼高，村固如堡，素来被人们喻以"小南京"

之美称。

玉坡村原为一个村落，清末至民国时期，由于社会动荡，地方贼寇常乘机打劫，为了防御匪患，该村部分较富裕的人家纷纷内迁到大庙山后，建立了玉西村，从此玉坡分为玉东和玉西两个主要自然村，也由此形成了玉西村富人相当集中的格局。

玉西自然村后背以大庙山与珠山为屏障，前方以池塘为基础开挖壕沟，壕沟边砌护村石墙作防御；全村防御坚固，固若城池。想要从前面进村，必须经过两个门楼一个山坳；村后大庙山与珠山间形成的山坳，外陡内缓，坳上设一门，两旁砌以石墙延至两山峭壁。村前两个门楼一座在西，一座在南，门楼高耸串连在坚实的护村石墙上。村中以青砖筑高楼，青石铺巷道，家家屋脊翘角，户户墙厚壁坚。居高远眺，整个玉西村有如坚固之城堡，十分井然，"小南京"之美誉因此而名。

玉东村分别以三台山和珠山两座相向山体为村居靠山，珠山旁为大庙山，重要的文物点主要集中在玉东，如寺庙、祠堂、牌坊等都在玉东，这些古建筑从一定角度折射出清中期该村在经济和文化上的强盛。玉坡村不仅有着良好的经济基础和文化底蕴，还有着丰厚的革命传统，革命的薪火曾经在这里燃起并传递。在玉东村三台山下，至今保留了钟山县第一位中共党员廖祥勋的故居，当年，廖祥勋就是从这里走上了革命的道路。廖祥勋生于1906年，1924年春考入上海大厦大学，求学期间受到中共党员施乃铸、熊映楚的启发和帮助，阅读了进步书刊，思想觉悟不断提高，与进步学生提出了"读书不忘革命，革命不忘读书"的口号，1925年于上海加入了中国共产党。1925年冬，受党组织的指派，廖祥勋从上海回到玉坡村开展地下革命活动。他在玉坡村五房祠堂办起了平民夜校，无偿提供灯油文具，免费吸收村里60多个贫苦青年男女入校学习，还在村中观音阁创办玉成小学，吸收贫苦家庭的儿童及青年男女入学，自任校长，自选、自编了一些通俗易懂的乡土教材，教唱革命歌曲，传播共产主义思想。1926年暑假期间，廖祥勋奉党组织的调派，离开家乡到广东省的海南、佛山从事地下革命活动。1928年10月，经广东省委批准，廖祥勋再次回到钟山，在玉坡村再以教书为名，从事发动群众、组织农民武装等地下革命活动。1929年5月，廖祥勋在英家、平乐的同安一带秘密筹集武器，被国民党钟山当局察觉后转移外地，先后到陆川中学、北流中学任教，利用教师的合法身份开展党的秘密活动，"九一八"事变后，又回到本县继续进行革命斗争。1937年，抗日战争全面爆发。同年10月，廖祥勋说服家人后带着胞妹廖卓、堂弟廖敦、工人张重汉4人北上抗日，1939年冬在山西省隔县抗日前线为国捐躯，享年33岁。

目前，玉坡村仍保存着数十间旧式青砖大屋，以及数十公分厚的护村石墙和一些古井、门楼、石板巷道、石桥、古祠庙、石牌坊等。玉坡村的大庙山下，有一座玉坡大庙，名叫"协天宫"，建于清道光年间，该庙以青石做柱，青砖砌墙，小青瓦盖顶，雕花板封檐，墙头彩绘壁画，青石门框上雕双龙戏珠，一对雄健高昂的青石狮坐落于大庙前廊坊的两边，为大庙增添了许多威严和光彩，从中可以让我们窥视到玉坡村人那昂扬与富足的精神面貌。玉坡大庙旁是廖氏宗祠，该祠面阔三间，上下两进，青砖砌墙，梁柱构架，硬山式顶，高大气派，反映出玉坡人尊宗敬祖良好的传统。

恩荣牌坊是玉坡村最具特色、最亮丽的一道人文风景，也是广西有名的古建筑之一。该牌坊位于五房祠堂前，建于清乾隆十七年（1752年），为该村进士廖世德为纪其祖所建。牌坊由乾隆皇帝下诏，地方政府出银建造，整座牌坊使用青石雕刻嵌合而成，牌坊宽6.18米，进深1.66米，通高7.32米，占地10.30平方米。主体为四柱镶合，形成三间、五楼、庑殿顶结构。四条石柱分别立在四个石基座上，柱的前后设抱鼓石，明间正楼庑殿正脊两端饰反尾上翘鱼鸥吻，正中为宝葫芦顶，四斗拱间为透雕花窗，牌坊抬枋正背两面分别雕刻着多组玲珑剔透传统吉祥图案和文字匾，这些牌匾和浮雕图，每一方都有着深刻的文化内涵和寓意。

牌坊背面，中间下抬枋浮雕"丹凤朝阳"图，抬枋上阳刻"光前裕后"匾，匾上抬枋且浮雕"八仙贺寿图"，八仙贺寿抬枋上且阳刻"世泽绵长"匾，其匾上方抬枋是浮雕"鱼跃龙门"图。左右两旁间，下抬枋浮雕"书卷日出"图，寓意是只有多读书才能求取功名，才有前途，这体现了"学而优则仕"的儒家思想。左抬枋间中阳刻"诒厥孙谋"匾，右抬枋间中阳刻"遵乃祖训"，体现了期望子孙在未来建立功勋、光宗耀祖，恪守遵照祖宗的训示。

牌坊正面，中间下抬枋高浮雕加镂空雕"双狮戏球"，抬枋上为廖世德之功名匾："敕授文林郎知河南光山县，康熙辛卯科乡进士廖世德"，该横枋上为廖肃功名匾："明诰授奉直大夫云南临安别驾，万历丁酉科广西乡试进士廖肃"，这一些，记载了廖家曾出了多位举子及他们的官职与任所。该匾上横枋浮雕"双龙戏珠"，枋上托以"恩荣"匾，该匾是该牌坊中心，这里的"恩"指的是皇恩，"荣"即荣耀，"恩荣"即皇帝赐予的荣耀，"恩荣"匾以浮雕"双龙献珠"枋作托，以浮雕盘龙嵌边，给人一种至高无上的荣耀感。正面两旁间，下横枋各浮雕"麟吐玉书"吉祥图，"麟吐玉书"抬枋上为廖世德之儿、侄廖当毅、廖当树、廖当强、廖当权之金榜功名，左匾上阴刻记：庚午科乡进士检选知县，男、当毅。

辛末岁进士候选儒学、男、当树全附建。右匾上阴刻记：恩授儒林郎，候选州同，男、当强；恩授修职郎，岁进士、胞侄当权全附建。龙飞乾隆十七年岁次壬申穀旦。

站在"恩荣牌坊"前，任时光倒流，我们仿佛回到400多年前的玉坡村，那一届进士及第的马蹄声，踏破了每一条青石小巷，进士廖肃骑着高头大马，锦衣高帽，红绸绶带，容光焕发，衣锦还乡的荣耀，给这座古老的村庄带来了多少吉祥喜庆的色彩，也鼓舞了无数的廖氏后世子孙勤学刻苦，诗书传家。多少年来，廖氏子孙们恪守祖宗的遗训，饱读诗书，求取功名，出现了别驾、文林郎、儒林郎、修职郎等多位功成名就者，这在钟山甚至全国的乡村中，这是罕见的现象。

玉坡村这座"恩荣牌坊"，是廖世德一家为纪其祖廖肃和彰显廖世德一家积极进取之功绩而建的一座功名坊，广西目前存留的牌坊不多，恩荣牌坊也仅此一座。牌坊不仅记录了廖世德一家执着追求的奋斗精神，也表达了廖世德一家所向往的美好愿望。恩荣牌坊以大块石料雕刻，以卯榫嵌合，整座牌坊不用丁点灰浆，它不但完整的保存了作为一件文物所具有历史性、科学性、艺术性特征，在让人感受到它的古朴和气派之余，也让人从中窥视到廖世德一家积极进取的奋斗精神和金榜题名后的喜庆。

玉坡村的古民居布局严谨，规划有序，以纵向排列为主，每排约为2至3座，以铺石巷道分隔，每个巷口设以门楼，既可使我们看到明清至民国时期桂东北民居建造模式，也可以让我们从中窥视到该村在历史上的富裕程度。这些古民居的建筑庄重、大气。有纵向连排，也有单体独立，但风格基本统一，既每座分前中后三个部分，前部分中为天井，两旁为杂物房，部分杂物房上有小阁楼，天井前设山墙或杂房，大门通过天井南边杂物房横出；中间部分为主屋，主屋高三层，面阔三间，即中为厅，两旁为房，厅屋用雕花隔屏相隔，分厅前、厅后（厅后一般为上楼板梯），主屋地平面一般比前部分高数十厘米，主屋后加附属建筑，中为天井，两旁为厨房和杂物房，单层。建筑单体以三合院的院落式为主，硬山式顶，部分翼角高翘，精雅别致；部分屋脊博古规整，庄重厚实；装修精致富丽，雕刻精良，彩绘明丽，整体视觉给人一种规整高大精良之感。

玉坡村的确是个好地方，不管是自然环境，还是人文历史，都有其显著之处，这里不仅山清水秀，而且鱼肥稻香，由于水土原因，这里鱼多鲜美，其肉非常甜脆，稻米也非常香软，只可惜这座庄园式的村庄，经历战争动乱岁月，经历"文革"时期，已有很大的改变，虽然其原有的风貌仍可寻觅，但渐渐失去其过去的风光和风彩。

龙道古民居

龙道村位于潇贺古道的中心节点钟山县城南面的回龙镇，距县城约15公里，该村初建于宋朝，至今已有700多年的历史。整座古村依山而建，村前池塘环绕，村后山岭逶迤，气势非凡。

龙道村整个村子均为陶姓，其祖先于唐末时期由山东迁入。在唐末天佑年间，山东青州太尉陶英以征南将军领兵出征昭州（现平乐县）平乱。平定后其长子迁居龙平县高村（钟山地）居住，其后人又于元朝时期迁居回龙，建立龙道村至今。

龙道村现存古民居约100座，古民居建筑依岭而建，建筑格局十分独特，既有古代南越土著民族的建筑特点，又有着中原汉民族的建筑风格，为变异干栏式民居建筑，至今在广西境内都很少发现有类似的古民居建筑群。民居建筑家家相连相通，而且每一户的石库门上都雕刻着对联与八卦图，体现了该村别具一格的建筑风格和独特的文化底蕴。

该村古民居群以巷道为界，分为平地古民居和坡地古民居两个部分。村子前面较为平坦的部分为平地民居，这部分以封闭式的巷道划分为东西两个部分，东边以大四合院为主，院门向东，西边则以两条封闭式走廊向西深入，四户民居连成一个整体。村子越往后面，地势逐渐升高，成为坡地。这部分民居就依着地势，因地制宜地建在建筑在缓坡之上，数十座古民居由之字形巷道进入，大巷道又分叉为小巷道，每一条大小巷道口都设置了闸门和门楼，把整座民居连成了一个有机的整体。这些建筑风格特点，既体现出当时社会的动荡，也充分显现出建筑文化的丰厚，体现了村民们抵御外来侵犯，祈求安居乐业的朴素愿望。

龙道村古民居前面，以环绕的鱼塘作为壕沟，内塘基筑砖墙作为屏障，村中巷道结构复杂，村内闸门众多，炮楼林立，楼高墙厚，坚如城堡，形如迷宫，神秘莫测，形成了很强的防御体系。这从一个侧面反映了当时的社会现实。清朝中晚期，社会动荡，战乱频繁，民不聊生，当时的龙道村属昭平县管辖，因与县治较远，经常受到贼人流寇的侵扰。为了防御贼寇的侵犯，一些富裕的村庄自筹资金，筑起了坚如城堡的村庄，龙道村就是其中一个重要的代表。

龙道村古民居的建筑以砖木结构为主，青砖黛瓦，屋前屋顶都有大型浮雕，雕刻的花鸟虫兽栩栩如生，精巧别致。这些房屋依着地势，前低后高，每一户分为两排，第一排是前院，前院两侧房屋为猪牛栏，中间为走廊和天井，中间有楼梯登上后排的二层走廊，二层的三间房屋是主屋，正中为堂屋，两边为居室。堂屋后面有神台隔屏，居室门对着厨房，由主屋前面的走廊经厨房进入，整座房屋既有南越土著居民的干栏式建筑特点，又有中原汉民族的建筑特点，成为独一无二的变异干栏式建筑。这体现了钟山境内南越民族与汉民族文化的融合与取舍。

龙道村民居最引人注目的特色是家家户户正门两边的石刻对联，这些对联与其他村庄不同，它们不是逢年过节才用红纸张贴的，而是长年累月镌刻在青石门框上的，这些对联字体雅致，风格多变，虽历经风雨洗礼，却不曾腐蚀，不曾脱落，字迹依然雄浑有力，清晰可辨。

除古民居外，龙道村现有门楼八座，炮楼六座，祖庙、寨主、书院各一座。祖庙的正门、后殿，书院的前门、后门，每一座门楼都毫不例外地雕刻着石门对联。现今保存下来的对联有四十多幅，大多涉及修身、齐家、治国、平天下的道理。对联的内容，大多与文明处世、清白传家及诗书礼仪有关，弥漫着浓厚的文化氛围与气息。如龙门祖庙正门对联："龙安宁龙守二村天宝物华蔚起，门康泰门镇数房地灵人杰兴隆。"此联用"龙门"两字嵌入联中，希望祖先保佑二村蔚起、数房兴隆。书院正门对联："钦明门第流芳远，乐读家声衍庆长。"后门联："前堂永日同稽古，后进文风叠胜先。"意在教育子孙要勤奋读书，一代更比一代强。门楼对联有："门对西山多爽气，人瞻北阙下彤云。""枫陛敷恩盈梓里，莫阶凝瑞起松云。""芝兰竞艳德门新，奎壁联辉云路辙。"等等，都充满着一种浓郁的传统文化气息。而古民居的对联则多数体现勤俭持家，崇尚读圣贤书，如"座镇龙山凝瑞气，门临池水焕人文""莫阶世泽垂明德，粟里家传好读书"；体现人文精神、传统做人理念和处世态度的有，如"勤俭居家为正本，温恭处世是长途"；教人勤劳持家的"岂种三槐夸世德，为栽五柳昭家风"；而意境深远的贺岁联有"桑麻共话丰登岁，松菊独存不老春""门前五柳家声古，户外百梅气象新""百梅日至花盈树，五柳春来絮满枝"等等。

龙道村之所以蕴含着如此丰厚的文化底蕴，源自明朝末年一位名叫陶大鼎的举人。陶大鼎是龙道村一位有志青年，他饱读诗书，满怀报国的志向参加了科举考试，考中了举人，走上了仕途。但因社会的动荡与黑暗，陶大鼎依然辞官回乡，开始了自己的教育生涯。他穷尽一生教书育人，为村里培养出一批批秀才，也使崇尚文化的风气在龙道村发扬光大。后人为纪念他，也为了体现村人崇文尚学的诗礼家风，在建造房屋时，都在门框上刻上对联，营造一个重视教育，提倡读书的风气，也造就了善教育人的对联文化。

　　漫步在龙道村里，斑驳的石墙到处都彰显着历史的痕迹。那粗黑的屋檐黛瓦，那些墙头上恣意生长的藤蔓植物，给人增添了几许历史沧桑、人去楼空的感慨。100多座古民居中，大多已经颓败，只有少数仍然住人。当年那些满腹诗书的主人已把他们的才华和品德镌刻在这些对联中，时光荏苒，历史的风尘已随风而逝，一代又一代的龙道村民曾经在这里日出而作，日落而息，如今，他们也毫不例外地被卷入了乡村城市化的浪潮当中，那些民居已逐渐失去了往日的辉煌与颜色，但村庄里南来北往的风里，依然残留着他们不朽的气息。

［ 原载于《笔咏岭南情》（成都时代出版社，2019年7月第1版）］

风情

大桂山里有一支土瑶

（外一篇）

韩小蕙

　　韩小蕙，女，北京人。毕业于南开大学中文系。光明日报社原领衔编辑。中国作协第七、八、九届全委会委员。中国散文学会副会长。南开大学文学院兼职教授。出版《韩小蕙散文代表作》等30部个人作品集。主编出版《90年代散文选》《当代女作家散文选》《中国散文精选》等64部散文集。全国五一劳动奖章获得者，韬奋新闻奖获得者，国务院特殊津贴专家。获首届中华文学选刊奖、首届郭沫若散文随笔奖、首届和第三届中国当代女性文学奖、首届和第二届冰心文学奖、第五届和第六届老舍散文奖，以及北京文学奖、上海文学奖、天津文学奖等。

一

8500人！这数字让我悚然一惊，就像掌心突然被划了一道血口子，生疼！

中国地广人多，因而在民族的下意识里，早已种下了"巨""众""多""大"的基因。我青少年时代被分配进工厂做工，我们厂就有上万工人，上班"哗"地涌来，下班"唰"地流走，宛若泄洪，我一点也没觉得有什么可震撼的。

可是现在，这8500人，竟然就是"土瑶"的全部人数。

也即是说，作为瑶族极为特殊的一支，他们的男女老少、领导和群众、正常人和残疾人，全部加起来，一共也才这么多人，还没有我们一家工厂的人多。而且，他们全部生活在广西贺州市的大桂山深处……

我的眼前，立时晃动起南方那一座又一座重重叠叠的大山。浓密的山峦，浓密的树林，浓密的溪水，浓密的雾岚，浓密的负氧离子，浓密的深绿、浅绿、苍绿、翠绿、鹅黄绿……呵，那被绿色浸润的深山里的一切，当然是旅游者们追求的绝唱，住进那里洗几天肺，再返回城市时，就可以像得胜回朝的将军一样目空了一切。然而，对于一辈子、几辈子、几百辈子一直在深山老林里讨生活的瑶民来说，他们内心的感受，可就完全不是这般风花雪月的诗意了。

大山是如此沉重。

生活是如此沉重。

双肩上是如此沉重。

心头是如此沉重。

眼泪亦是如此沉重，一珠珠，一串串，从远古便开始流淌，一直是不断线的长歌短歌！

我住大都市，君住大桂山！

二

难忘那一年，我在湘桂交界的一个小村，与几幅瑶族风情照片相遇。小村隐身在大山深处的皱褶里，我们在路边的农家饭店打尖。素朴的小店够风雅，四壁墙上挂着照片，全是瑶族的生活场景。其中有一幅是在赶路，男人、女人排成单人纵队，默然鱼贯而行。我看着看着，突然有一个问题袭上心头：为什么瑶族男人全穿黑色衣衫？文化馆的一位馆员有一解说：瑶族的祖先是蚩尤，当年在涿鹿大战中，与黄帝、炎帝苦战，最后战败被擒杀。其部族余下的残兵及家眷连夜逃遁，专走荒无人烟的深山密林，"只嫌山不够高，林不够密！"为了永世纪念在大战中战死的族人，他们穿起黑衫，一代又一代，世世代代……

　　天啊，我去过涿鹿的那个古战场，在今日河北省西北部，桑干河下游。是在一个严冬的萧萧风声中，但见眼前的脚下是一片空茫无边的山谷，条条山脊青筋一般裸露着，仿佛随时都会冒出千军万马，嘶喊"杀啊"重开战！《山海经·大荒北经》："蚩尤作兵伐黄帝，黄帝乃令应龙攻之冀州之野。应龙畜水。蚩尤请风伯雨师，纵大风雨。黄帝乃下天女曰魃，雨止，遂杀蚩尤。"据说，蚩尤戴过的枷锁被扔在荒山上，化成了一片枫林，每一片枫叶都是蚩尤的斑斑血痕……从桑干河到大桂山，从北方平原到南方山地，莽莽两千里，蚩尤氏的一代又一代后人，只靠着双脚，一步一步逃出命运的魔掌，生生地把自己从"北佬"走成了"南蛮"，从中原汉族走成了边寨瑶族！

　　此传说不知真假？不知真假！

　　历史啊，成者王侯，败者流民。

　　再一次让我难以忘怀的与瑶族相遇，是在20多年前的黔东南。寨子里全是竹篱茅舍，依山势蜿蜒而高低错落。家家的门都开着，跟着秘书长走进一家，我的心立刻缩成一个冰球，冻在胸腔里，但见裸土的地面上铺着一张破竹席，有孩子和老人坐在上面，不时，鸡呀鸭呀也来踩上一脚。正面墙壁上架着一台黑白电视机，一看就知道是扶贫的赠品。屋角泥土垒起的灶台，烟熏火燎，尽显极度沧桑的苦厄。真正的家徒四壁！眼泪一下子糊住了我的双眼……

　　秘书长说，国家每年都有几万的补助款拨下来，可是一时改变不了他们的头脑，有的男人拿到钱就去换酒喝了。你看村口有一段碎石坡路，也就十来米长，一下雨就摔人，可就是没有精壮男人出来修一修。是呀，扶贫，得首先帮他们解决观念上的提升。

三

　　在整个瑶族大家庭里，"土瑶"可能是最勤劳、最善良、最纯粹、最敦厚、最乐于助人的一支。一年四季，无论男女，没有休息日，每天从太阳升起就开始干活，侍弄那点少得可怜的山地，收获少得不够糊嘴的粮食。他们只在内部通婚，有着种种严厉的规矩，但对犯罪的族人不打也不骂，最大的惩罚就是大家到其家吃一顿。尽管屡遭外族的欺负，但他们还是尽力助人，有时"过山瑶"来借粮种，他们都是尽其所有，实在还不上也就算了……

土瑶也称"本地瑶"，700多年前迁居到贺州。比起花瑶、过山瑶、盘瑶、茶山瑶、红头瑶、平地瑶、蓝靛瑶、白裤瑶……由于土瑶族群人数少，又由于在旧时每每被外族欺负，所以他们一直把自己藏身于大桂山深处，一直到20世纪八九十年代还不肯出山，也不肯改变数百年形成的生活做派和生产方式，这种离群索居的生活，倒是使其传统保存得最为古朴。比如，男人们至今穿着汉晋基层小吏的服饰，毛巾裹头，上身是长袖四兜、蓝白相间的超短衣服，下身穿宽大蓝裤。女人的服饰由平顶木帽、黑色长衣、蓝白短衣、短裤和彩色腰带五个要素组成，木帽和腰带上缀有七彩斑斓的丝线，像彩虹一样鲜艳夺目，不用穿金戴银也非常俏丽。土瑶更保留着自己这一支独有的宗教仪式和生活习俗，比如盘王节、长鼓舞、五彩盛装、人情房、盛大婚俗、敬酒礼仪、长桌盛宴等等，其中那些母系社会生活习俗和繁杂神秘的宗教仪式，是研究瑶族演化史的活化石。

最让我惊艳的是"人情房"。这里的"人情"是个倒置词，实际上是"情人"，"人情房"也就是土瑶青年男女谈情说爱的小屋。土瑶虽然严禁本族女子外嫁，但对族内青年的约束不多，还想方设法为其恋爱创造条件，当孩子进入青春期，家长就会在正屋旁边搭建起一间简易小木屋，作为孩子活动的私人空间，父母和外人都不能随便进入。一旦后生或姑娘住进"人情房"，就是向整个族群宣布他（她）可以谈对象了，很快便会有异性青年前来求爱。如果谈话投机，可以通宵达旦进行，完全不会受到父母的管束和社会的叽叽喳喳……

四

大桂山的"桂"字是个好字，让我马上就联想到桂花的幽香。可是"大"字又挡住了它的去路，由于山高林深，居住分散，到现在也还有个别人家没通上电。加上山地贫瘠，零零星星，可耕地人均只有0.12亩，因此到了2016、2017年，也还有几乎一半的土瑶人家未脱贫，这成了当地政府的心头大病！

溪水流走了又流来，玉米长起了一茬又一茬，贺州市有关部门设计出多套扶贫方案，派出了一批又一批干部、专家、工作队，帮助土瑶群众种地、盖房、搞副业、推销农产品……通过反反复复的实验，一年年比较效果总结经验，最终得出了结论：要想彻底掀翻贫困的重压，过上小康的日子，唯一的办法，还是得要帮助土瑶人家离开深山，搬迁到相对集中的适合人居的地方，树挪死，人挪活，天涯何处无芳草！

国家下拨了大笔款项，建起了一座座土瑶新村。漂亮啊，一水儿的三层楼房，粉墙灰瓦，飞檐画栋，宛如人间仙境，进进出出的人儿仿佛都成了神仙。当地政府还克服一切困难，至少保证每家一人安排就业……真有点像一步登天？瞬间就从刀耕火种的原始社会，跨进了手机不离手、摩托车一溜烟的网络时代！

然而，易物易，而要想易人的观念，还是难！难！难！

当耕牛"哞哞"，山羊"咩咩"，大鹅小鸭被抱上搬家的大卡车之时，老奶奶流泪了，说什么也不肯走了——大山深处才是自己的家。祖辈生活的寨子才是安身立命之处。山里有太多的情感与不舍。山外有太多的未知和从头开始。那些未知，那些陌生，那些电插销和抽水马桶，那些煤气灶台，那些超市……唉呦呦，充满了可怖的危险！所以呀，不能走，不能搬，不能让这把老骨头折断在外面！世世代代都没穷死，有老祖宗们在这里保佑着呢！再说了，外面的花花世界，也会把孩子们带坏的……

儿子们拗不过老娘，也不大敢抗拒家族的传统观念，同时本来就对搬迁到外面存有疑虑，不走就不走了吧，听听山风，喝喝泉水，和林子里的飞禽走兽斗智斗勇，爷爷、老爷爷们不都是这么活了一辈子？可是儿媳妇们"造反"了，山外面有那么多漂亮的衣裳，有汽车、电视、商城、电影院……我们可不想再把这一辈子交给憋屈的大山！新媳妇带头逃走，带走了越来越多的姐妹，去城里打工，去融入现代社会，做个新时代的新土瑶女性！

她们就像挣脱了笼子的鸟儿，在蓝得如大海一般的天空下，尽情地呼吸，放声歌唱："右手放在嘴边，能把太阳喊出来；左手托起背篓，能把瑶山背起来……"这些大桂山的女儿们，是如此的激情，竟然能"倒逼"着家庭和族群，走入充满希望的新生活。

搬新家喽！走啦……

五

大桂山山顶上飘着一大团白色的祥云，像金凤展翅，像孔雀开屏，像仙鹤曼舞，吉祥得让人心花怒放。冬天的山麓也是一片绿意，与金色阳光交相辉映，展开了一幅大写意的《高山绿壑图》。

在政府新建起的土瑶寨子里，家家户户都在忙，人人都在忙，准备着过年的种种。"二十一打主意，二十二买蛋去，二十三送灶王，二十四过小年，二十五磨豆腐，二十六杀肉猪，二十七杀现鸡，二十八杀水鸭，二十九种种有，三十夜晚团圆酒。"瑶族的新年也在农历初一，大概由于全年都无休吧，所以他们比汉族更重视过年。

老奶奶将白菜、豆腐、米饭摆上供桌，口中念念有词。她心里在想着，再过几天就是除夕了，无论如何也得回一趟大山里，把还没搬出来的老姐姐接来住数日。新居的生活已经越来越习惯，政府实施的"贫困村安居工程"，每家补贴5万元，家具基本置办齐了，床上用品都是从市场上买来的细布，大红福字也贴上了，还用上了电话、电饭锅、电磁炉、电视机、电热水器。最高兴的是自来水，一拧龙头就"哗哗哗"地来了。儿子孙子们一窝蜂去学开摩托车、拖拉机、挖掘机、推土机、电锯、抛光机、柴油机、碾米机、粉碎机，一个比一个神气，简直成了得道的神仙。哦，哦，哦，各位祖宗们，我可真是有点后悔呀，早一点搬出大山就好了……

念叨着，老奶奶的眼睛慢慢湿了，嘴角露出了笑纹。

［原载于《人民日报·海外版》2019年2月23日"文艺菜园"栏目，《贺州文学》2019年第2期（标题《大桂山唱起土瑶新歌》）］

七彩斑斓的土瑶衣饰

　　大桂山顶上飘着一大团团白色的祥云，像金凤展翅，像孔雀开屏，像仙鹤曼舞，吉祥得让人心花怒放。冬天的山麓也是一片绿意，与金色阳光交相辉映，展开了一幅大写意的《高山绿壑图》。

　　这是"土瑶"的家乡。作为瑶族极为特殊的一支，土瑶总共才有8500人，全部生活在广西贺州市的大桂山里。土瑶勤劳、善良、纯粹、敦厚，一年四季，无论男女，每天从太阳升起就开始干活，侍弄那点少得可怜的零散山地。他们只在族内通婚，有着种种严厉的族规，但对犯错者不打也不骂，最大的惩罚就是大家到其家吃一顿。他们还有尽力助人的传统，有时其他支系的族人来借粮种，土瑶每次都尽其所有，实在还不上也就算了……

　　土瑶也称"本地瑶"，700多年前迁居到贺州，由于族群人数少，又由于在旧时每每被外族欺负，所以他们一直把自己藏身于大桂山深处，一直到20世纪末还不肯出山，也不肯改变数百年形成的生活做派和生产方式。这种离群索居的生活，倒是使其民族传统保存得最为古朴，比如独有的盘王节、长鼓舞、五彩盛装、盛大婚俗、长桌盛宴等，其中那些母系社会生活习俗和繁杂神秘的宗教仪式，是研究瑶族演化史的活化石。

　　土瑶服饰的讲究与漂亮，达到让人惊艳的地步。男人们至今穿着汉晋基层小吏的服饰：上身是长袖、四兜的超短衣服，对襟、竖领、布扣，里外由白、蓝二色各一件组成套装，白内蓝外，仅及肚脐；下身穿宽大的蓝色布裤，裤腰肥大，一般没有系扣，也不用腰带，只把裤腰折叠后向左边掖紧即可。而现在，随着经济条件越来越好，年轻人则习惯用绣着红纱线的布带、甚或更高级的皮带扎系了。

　　女人的服饰由平顶木帽、黑色长衣、蓝白短衣、短裤和彩色腰带五个要素组成：帽子由绣花毛巾、树皮、彩线、珠串和彩带构成，用铜树皮围成圆圈制成帽子的雏形，帽檐贴上黄、绿等彩色纸，画上黑白条纹，再粘贴上一层透明玻璃纸，就会在阳光和灯光下闪闪发光，特别靓丽。参加节庆活动时，爱美的女子会在帽顶上加盖毛巾，同时缀上各色彩珠做垂挂装饰，像彩虹一样鲜艳夺目，显得又富足又漂亮。女子的上衣一般也选用蓝、白二色，对襟开，无领无袖，似衣似袍；下身着短裤，裤脚边绣有各种彩色图案。在好日子里，她们会非常精心地打扮自己，披挂上绣花围裙、瑶锦、双肩网状背带，以及用七彩丝线、绒线扎成的胸挂、腰挂、肩饰、帽带、背带等。爱美的她们还喜欢戴首饰，手镯、戒指、项链，金的、银的、宝石的，把十根手指和两个手腕全部戴满，是真正的穿金戴银、珠光宝气。

这些服饰，绝大部分是她们自己手工做的。由于山高林深，居住分散，到现在也还有个别人家没通上电。加上山地贫瘠，零零星星，可耕地人均只有0.12亩，土瑶家的日子还是相对艰苦的，尤其妇女们，日忙山里昼忙家，一年到头也难有放下一切的休息。

溪水流走了又流来，玉米长起了一茬又一茬。贺州市有关部门设计出多套扶贫方案，派出一批批干部、专家、工作队，帮助土瑶群众种地、盖房、搞副业、推销农产品……通过反反复复的实验，最终得出了结论：要想彻底掀翻贫困的重压，唯一的办法，还是要帮助土瑶人家离开深山，搬迁到相对集中的适合人居的地方，树挪死，人挪活，天涯何处无芳草！国家下拨了大笔款项，建起一座座土瑶新村。漂亮啊，一水儿的三层楼房，粉墙灰瓦，飞檐画栋，进进出出的仿佛都成了仙人。当地政府还克服一切困难，至少保证每家一人安排就业……

土瑶的女人们可真勇敢，穿着自己的七彩华服，奔去城里打工了。不长时间里就迅速融入了现代社会，看城里滚滚滔滔的车流，逛精光闪亮的大商场，观山墙一样阔大的彩电，肯德基也进去坐一坐……她们就像挣脱了笼子的鸟儿，在蓝得如大海一般的天空下，尽情地呼吸，放声歌唱："右手放在嘴边，能把太阳喊出来；左手托起背篓，能把瑶山背起来……"

进入腊月，在政府新建起的土瑶寨子里，家家户户都在忙，喜滋滋准备着过年的种种。"二十一打主意，二十二买蛋去，二十三送灶王，二十四过小年，二十五磨豆腐，二十六杀肉猪，二十七杀现鸡，二十八杀水鸭，二十九种种有，三十夜晚团圆酒。"瑶族的新年也在农历初一，都说他们比汉族更重视过年呢。

这不，老奶奶将白菜、豆腐、米饭摆上供桌，口中念念有词。新居的生活已经越来越适应，政府实施的安居工程，每家补贴5万元，家具基本置办齐了，床上用品都是从市场上买来的细布，大红福字也贴上了，还用上了电饭锅、电磁炉、电视机、电热水器。最高兴的是自来水，一拧龙头就"哗哗哗"地来了。儿子孙子们一窝蜂去学开摩托车、拖拉机、挖掘机、推土机、电锯、抛光机、柴油机、碾米机、粉碎机，一个比一个神气嚛……

念叨着，老奶奶忽然放下手里的活计，跑去穿起过年的新衣服。当然还是传统的蓝白素色袍衣，加用一条鲜艳的宽腰带系住，还在头上包裹起一条七彩绣花毛巾——老了老了，更要赶紧俏啊。

[原载于《光明日报》2019年03月22日16版]

细听瑶歌

刘倩

刘倩，女，北美中文作家协会理事。曾于北京供职财经杂志多年，现任美国《侨报·周末》主编，编辑出版有《纽约客闲话精选集》等。

一

这次到广西，我们乘坐高铁从南宁一路向东北，窗外连绵的"桂林式山水"，如一张长卷，直铺到了贺州地界。这里是南岭山脉最大的一片山间谷地，车行其间，近处是大片的绿野田垄，远处则山水环绕，民居散落在山脚之下，生活在这灵山秀水之间，该是多么幸运的事。

广西人向以山青、水秀、洞奇、石美为傲，更以壮歌、瑶舞、苗节、侗楼等为代表的民族文化为荣，这次在贺州，我发现了另一样打动我的东西，那就是瑶歌。

到贺州的第二天，我们在姑婆山的百年老字号酒坊九铺香品酒歇脚，第一次听贺州作家冯昱唱了这首瑶族山歌——

春深了，
想起人闲心不闲，
到处杉树开了叶，
开了一枝过一年。

他是用瑶语（勉语方言）演唱的，听不懂歌词，可我们一下子就被迷住了。他的歌似乎不是唱出来的，而是直接从心里发出来的。我听见大山深处，风刮过树林，听见如流水一般缠缠绵绵的愁绪。当他把歌词翻译给我们听的时候，我深呼一口气，把眼泪强忍了回去。

那天，是第一次喝金樱酒，淡淡的甘香，该不会是多喝了几杯的缘故？

歌的曲调相当简单，重复的四句，可原生态的韵味，很动人。后来冯昱告诉我，他用的是贺州东山瑶族读歌的调子。

接下来的日子，那《春深了》的歌声挥之不去，每次饭后，大家都要邀冯昱唱上一曲方才罢休。

那日冯昱还唱了一首《何物歌》，让一众作家啧啧称奇——

何物变，
变成何样得娘（妹）连？
得郎变成青铜镜，
入娘衫袖出胸前。

何物变，
变成何样得娘连？
得郎变做银梳子，
梳娘头上作横眠。
……

这是一首情歌，何物变，就是变成什么的意思。歌里唱的是，情郎要变成一把铜镜，揣在姑娘的袖里，照在姑娘的胸前；情郎要变成一把银梳，别在姑娘的头上。大胆新奇的想象，令人叫绝。这首《何物歌》相当长，让我再抄录几段：

何物变，变成何样得娘连？
得郎变做金钗子，插娘头上作横眠。
何物变，变成何样得娘连？
得郎变做耳环子，耳环缠在娘耳边。
何物变，变成何样得娘连？
得郎变做衫领子，衫领缠在娘颈边。
何物变，变成何样得娘连？
得郎变做衫领纽，踏上胸前得横眠。
……

冯昱告诉我们，这是《盘王大歌》中的一首情歌。《盘王大歌》是瑶族的古典歌谣集，歌词长达万余行。盘王是瑶族人信奉的始祖。《盘王大歌》是古瑶人在还盘王愿的祭祀仪式上演唱的歌曲。歌曲由师公和歌妈传授，口口相传。晋代就有瑶族先民"用糁杂鱼肉，叩槽而号，以祭盘瓠"的记载。是瑶族民间歌谣的集大成者。

后来和作家张宗子谈起《何物歌》，他深谙古典文学，据他讲，唐以前诗文里常见这样的写法，就是愿意做女性身上的某桩物件，以亲近女性。陶渊明的《闲情赋》最有代表性。以下摘取全诗第三段的一部分——

……愿在衣而为领，承华首之余芳；悲罗襟之宵离，怨秋夜之未央。愿在裳而为带，束窈窕之纤身；嗟温凉之异气，或脱故而服新。愿在发而为泽，刷玄鬓于颓肩；悲佳人之屡沐，从白水以枯煎。愿在眉而为黛，随瞻视以闲扬；悲脂粉之尚鲜，或取毁于华妆。愿在莞而为席，安弱体于三秋；悲文茵之代御，方经年而见求。愿在丝而为履，附素足以周旋；悲行止之有节，空委弃于床前。愿在昼而为影，常依形而西东；悲高树之多荫，慨有时而不同……

总计十愿，一气呵成，要化作美人衣之领，腰之带，发之膏泽，眉之黛墨，身下之席，脚上之鞋，随身之影，照颜之烛，手中之扇，膝上之琴，只为了亲近美人，陪伴美人。足见瑶歌与古诗的甚深渊源。

2014年7月《盘王大歌》被列入中国第四批国家级非物质文化遗产名录。

二

瑶歌口口相传，有记载的是用汉字记瑶音。最早的《盘王大歌》手抄本是1265年在湖南江华县发现的，其次是1957年发现的明宣德年间（1426—1435年）的手抄本，发现于广西金秀瑶族自治县长垌乡田头村。《盘王大歌》由绪歌、插歌、正歌和杂歌组成，内容包括瑶族先民的自然观、人类起源说、瑶族的产生与迁徙、瑶族的婚恋及日常生活等。

冯昱是贺州土生土长的过山瑶。瑶族的分支众多，习俗不同，有些甚至彼此语言不通。其中过山瑶是最大的一支，占瑶族总人口的六成。午餐的时候，他给我们讲起瑶族的迁徙史，勾起我的极大兴趣。

传说瑶族为蚩尤（公元前2730—公元前2684年，神话人物）的后代，周朝从黄河流域迁徙到长江中下游，有说是因为逢大旱，后沿江西迁。秦汉时集居于湖南长沙附近大片区域。后南迁到广西、广东、江西等地，也有瑶民进入东南亚，直至美国和欧洲，如今都有瑶族。

据《吕氏春秋·慎势览》记载："……神农氏十七世始分天下。"商周时共分封十一帝。先龙帝之子玄，赐姓乞，其支裔仡尤即是瑶族的最早先民。《后汉书》载：公元前770—221年，秦昭王使白起伐楚，侵略蛮夷（通指华夏中原民族以外的少数民族），始置黔中郡。

我们所到的贺州，位于湘桂粤交界处，西有桂江流过，贺江由北向南贯穿，它们连接长江和珠江两大水系，南可直入南海，北可通湖南。陆路则有秦时修筑的潇贺古道，是古代中原进入岭南的要道，是海上丝绸之路与陆上丝绸之路的交接地，当然也是兵家必争之地。曾几何时，商贾喧嚣，战马嘶鸣，辎车隆隆。到了唐代，宰相张九龄在大庾岭开凿梅关古道，潇贺古道逐渐衰落。

冯昱说，他所在的八步区步头镇三和村山顶寨，祖先是一对夫妻，他们用背篓背着父母的遗骨由广东珠玑巷迁到贺州，那也是他能够拜祭的最早的祖坟。

据南朝梁任昉的《述异记》等资料考证，隋唐之际，广东境内已居住不少瑶人。到了宋代，据《宋史·蛮夷传》载："……居山谷间，其山自衡州到常宁县，属于桂阳郴、连、贺、韶四州，环纡千余里，蛮居其中，不事赋役，谓之瑶人。"明代更是进入了"南岭无山不有瑶"的鼎盛期，广西梧州、大藤峡、永安州的府江、西乡、陆峒、贺县（今贺州）等地成为瑶族集居的中心。

《盘王大歌》有七支曲牌，称为"七任曲"，即"黄条沙""三逢闲""万段曲""荷叶杯""南花子""飞江南""梅花曲"。贺州则有高音拉发、中音拉发、讲白和读歌等调。实际上，在瑶族聚居区，各地的七调都有不同。我注意到，瑶歌唱腔都有一个典型的下行拖音，表现出一种如泣如诉的悲伤。这也是我听所有瑶歌都无比感动的缘故。

冯昱告诉我，许多调子都在消失。"我母亲说我们村最好听的调，她学了三天，只学了一半，就不给学了。她曾拔掉针管出了医院，说要唱给我听，我还准备录下来。没想到，母亲回山上寨子里，当天晚上就过世了。就连那一半最好听的调子也失传了。"

想到阿妈的子孙再也听不到那么美的瑶歌，真觉得惋惜。

三

瑶歌含蓄质朴，歌词多为古体诗，句式长短不一，以七言为主；瑶族人用唱歌解乏解压，白天在劳作的田间，夜晚在偏僻的山村，他们面对大山，唱出自己的心事，倾诉烦恼和忧愁。瑶族歌者使用原声，不假矫饰，直抒胸臆，有击碎胸中块垒的痛快，有催人泪下的感动。

听过山瑶歌王赵龙州演唱《盘王出世》，高亢庄严，没有杂质浑然天成的歌技，让人禁不住钦佩——

盘王出世先出世，盘王出世在福江。
盘王头戴平天帽，帽带青春朝上天。

在唢呐的伴奏下，有原始荒凉的韵味，让我想起陕北高原的信天游。尽管都是在崇山峻岭之巅，弯弯曲曲的山道上歌唱，但是曲调和风格大不同。瑶歌有一种山水滋润的婉转悠扬。

和各民族的山歌一样，瑶歌中的情歌最多，在《盘王大歌》中的分量最重。这一首《夜深深》就是描写古时候瑶族小伙子点着火把，穿过芭蕉林，去心爱的姑娘住所谈情说爱的情景的——

> 夜深深，　点火入房照细针（绣花针），
> 照得细针带细线（穿针线绣花），串娘裙角笑吟吟。
> 夜深深，把火夜行照细丝，
> 照得细针带细丝，针娘裙角笑微微。
> 夜深深，把火夜行茶里林，
> 郎今不图茶子吃，正图买茶讨成亲。
> 夜深深，把火夜行芦里林，
> 郎今不图芦子吃，芦叶织席贴郎身。
> 夜深深，把火夜行蕉里林，
> 郎今不图蕉子吃，只图蕉叶好遮身。
> 夜深深，把火夜行丹竹林，
> 丹竹好做簸箕夹，簸箕簸米谷（各）归心。
> 夜深深，把火夜行斑竹林，
> 斑竹好做郎伞柄，担（举起）来娘屋讨成双。
> 夜深深，脚底无鞋冷到心，
> 娘但开门把郎入，无床贴睡也甘心。
> 夜深深，包赊主人灯火钱，
> 天光落日歌堂散，郎慢数钱把你连。

不知为何，瑶族的歌让我想起《诗经》，想起那首《邶风· 静女》——

> 静女其姝，俟我于城隅。
> 爱而不见，搔首踟蹰。
> 静女其娈（貌美），贻我彤管（红管草）。
> 彤管有炜，说怿女美(不如姑娘美)。

自牧归荑，洵美且异。
匪女之为美，美人之贻。

　　《诗经》风、雅、颂的一大区别就是乐调不同。十五国风，亦很可能有不同的乐调。我不禁畅想，唱出来的《静女》该是怎样的优美？可惜如今是听不到了。
　　有学者曾对《盘王大歌》与《诗经》做过比较研究。先秦诗歌普遍源于仪式，《诗经》中大部分诗歌与各类仪式有关，其中《大雅》中的周民族史诗就是配合祭祀仪式的诵辞，这与汉化明显的《盘王大歌》是相通的。只不过，《诗经》中的诗歌，从民间采集后，由上层贵族根据礼乐祭祀规制，进行了改编和雅化，而瑶歌仍保留着民间原生态的样貌。《诗经》高雅谨严，而《盘王大歌》通俗鲜活。
　　冯昱还给我念了一首瑶族童谣，他说小时候，山里的孩子都会唱。

牙缺牙，
背张耙，
刮箕粪，
种棵瓜，
漏上松树尾
漏下松树叉，
又开花又结瓜，
摘个吃留个回外家，
外婆拿做糍黏个白牙牙！深深牌呜嘿！
深深牌呜嘿！
深深深深深深牌呜嘿！

　　这是寨子里的孩子换牙期缺牙，被其他孩子耻笑，孩子们围着追唱的儿歌。有唱有念，非常逗趣。
　　对于瑶歌之美，我常苦于词穷，这里借用孔子的话，子曰："《诗》三百，一言以蔽之，曰：思无邪。"瑶歌之美盖亦在此。

四

山高水长，日月星辰，瑶族人的苦难和情感，都在这美好的瑶歌里。可是现如今，瑶寨的年轻人并不喜欢瑶歌。随着唱瑶歌长大的老一辈人的过世凋零，很多瑶歌已经消逝在岁月中。

冯昱说，过去瑶寨的人除了还盘王愿时唱瑶歌，农闲的时候，瑶族人也会摆歌堂。在农历十月秋收后的冬季，和春耕前的初春，瑶族人还盘王愿，摆酒办喜事。由于过山瑶分散在山上，喝一场喜酒有时要走上一天的山路。

办喜事的主人家没有大房收留所有宾客，吃过晚饭，客人们就聚拢在一起，在主人的屋外燃起篝火。来自各个瑶寨的人们在一起吃茶敬酒，作为回礼，瑶族人唱起赞美和感谢的歌，青年男女唱起情歌，唱到动情处，就是一段好姻缘的开始。

瑶族人的婚礼相当隆重，最大的特色是讲求孝道。从当日晚上12点，到第二天中午12点，新婚夫妇在唢呐的伴奏下，要向长辈行12拜大礼。长辈们轮番走上领礼拜台，吃一餐饭，接受新婚夫妇行拜堂礼，新郎跪拜，新娘鞠躬。这样的传统来自盘王，传说盘王娶公主为妻，因此尊贵的公主和新婚妻子是不必行跪拜大礼的。12个小时不停地礼拜，让我暗叹瑶人结一场婚还真不容易。也因如此，办喜事的人家摆不了歌堂，通常是同一寨子的人家摆，邀请各处来的客人唱上三天三夜。

冯昱说，摆歌堂有讲究，比如先唱云梯歌，一回高过一回，达到最高峰，然后是拆云梯，一步步拆下来。现在只有很少数的老人家会唱云梯歌了。瑶族的对歌讲求智慧，涉及各方面的知识和经验，还要临场发挥。不是每个人都能唱的。像《何物歌》，有很多一部分就是考人的智慧的。古时士大夫相约把酒赋诗，瑶人摆歌堂，看来也是不输那些文人贵胄的。

我问冯昱，最近一次听说摆歌堂是什么时候，他说20世纪90年代，如今已经几近绝迹。年轻人喜欢流行歌曲，他们走出山寨，去市镇打工。或者像冯昱一样，通过读书改变命运，走出大山。为了摆脱贫困，瑶族人在面对山外新鲜事物时，总是争先效仿，态度开放。走在贺州的瑶寨，我见到的多是老人，他们在当文物保护起来的采光很差的老屋中过着习惯了的生活，说起年轻人他们多半摇头。

然而，谁又能责怪年轻人的选择呢？他们不愿意唱瑶歌，因为他们不愿意像祖辈一样过日子，忍受饥饿、贫困和歧视。瑶歌和歌里的生活，代表了落后，代表了过去。冯昱说的一句话给我印象特别深，他说，古歌都是忧伤的。

如今瑶人可以走出大山，过他们想过的日子了。住上有水电的房子，坐上火车，享受现代化带来的各种方便。同时，和许多传统艺术一样，瑶歌正在随着文明的侵入而逐渐消亡。就像冯昱的阿妈一样，很大一部分瑶歌已经消逝在时间的尘埃里，再也找不回来了。我不知该高兴还是悲伤。

近年贺州当地已经在拯救、保护瑶歌传承人，收集整理民间瑶歌，就在我们来的前一个月，贺州举办了本土文化节。在全国范围，也兴起了一波原生态民歌热。然而，新的苦恼来了，瑶歌是属于田间大山的，将瑶歌搬上舞台，表演元素加入后，失了根的瑶歌，和古老的瑶歌已经渐行渐远。瑶歌的生命力，就在它是瑶人与山水自然的共鸣，不为了取悦。

新与旧，进步与落后，每一步的前进，似乎都是以碾轧和遗忘过去为代价，什么时候人类的智慧可以让进步的脚步不再那么沉重？

作曲家马勒曾经说过，传统不是崇拜灰烬，而是保留火种。（Tradition is not the worship of ashes, but the preservation of fire.）希望瑶歌的火种能够留存下来。我不能想象，瑶族的后人再也听不到如此美好的瑶歌了。

离开贺州的前一天晚上，冯昱为我们唱了一首《送别曲》：

四舍得（怎么舍得啊），
丝线合交四舍离（丝线合交在一起怎么舍得分离），
离龙当能离爷姐（离开你就像离开爹娘），
离州离县不离龙（离开州县也不能离开你）。

这是冯昱18岁时听堂婶唱的一首瑶歌，是我听到的最美的送别曲。

[原载于《贺州文学》2019年第4期]

留兰的白虎冲

冯
昱

冯昱，瑶族，广西贺州人。二级文学创作，中国作家协会会员，广西作家协会理事，鲁迅文学院第十八届中青年作家高研班学员。曾出席中国作家协会第十次全国代表大会、第六届全国少数民族文学创作会议。有作品在《中国作家》《民族文学》《广州文艺》《飞天》等刊物发表，入选《〈民族文学〉30周年作品精选》《新时期中国少数民族文学作品选集·瑶族卷》《永远的鲁院》等选本，著有中篇小说集《火又笑了》。

第二次到白虎冲，我才知道第一次来的那个晚上，就住宿在留兰家里。但我对她居然一点印象都没有。

但留兰说：我一直都在白虎冲啊。

白虎冲的来由，据《广西壮族自治区贺县地名志》记载："村北有座山形似老虎，原称北虎冲，后改今名。"

在广西贺州，无论是瑶族人，还是汉族的本地人与客家人，都把山间河谷以及谷中的溪流称为冲。冲，也曾是瑶族地区自然的行政区域划分，相当于村寨。

白虎冲是土瑶同胞居住了八百余年的二十四条山冲之一。

第一次去白虎冲，由时任八步区文联副主席的刘静联系并带路，他出生的明梅村土瑶人口占多数，过山瑶是少数。他是过山瑶，喜欢摄影和新闻写作，在鹅塘镇政府工作时跑遍了土瑶同胞居住的大桂山脉，在六个土瑶村二十四条山冲都喝过很多酒。土瑶同胞叫他"刘记者"，这是尊称也是昵称。和他一样，我也是属于过山瑶。不一样的是，我出生的地方远离土瑶地区。从小就听老人和父母教导：不要随便踏进土瑶山寨！因为土瑶人会很多法术，比如虾公（河虾）法，施法者捞一只虾公丢到旱地上，等到虾公死时被下了法的人就会死去。又说土瑶人会拿腌酸的蚯蚓招待客人，如果客人不吃，就会被认为是嫌弃主家招待不周，主家就会对客人动用法术……

凡此种种，曾让我对土瑶山区望而却步，却又被那种种神秘所诱惑……

我和刘静，还有也是过山瑶人的赵，一起带女作家纪尘去白虎冲采风。由于常年出入土瑶山区，刘静在山地骑摩托车的技术非常好。

出发的时间是在午后，有很好的阳光诱惑着我们的行程。开始由赵搭纪尘，刘静搭我。白虎冲所在的狮东村属沙田镇管。途经沙田镇政府所在地周边都是田垌，八百多年前土瑶先民曾经居住在这块平地上，拥有过这里的良田沃野，后来被赶进大桂山脉深处，几乎没有了水田，只能在旱地上刀耕火种。后来官府把这片高寒山区判给了他们，于是定居下来，不再过山迁徙，逐渐发展成瑶族一个独有的支系。过山瑶称他们为"在（住）地瑶"，意思就是在一个地方住（定居）下来。他们自称为"土瑶"，或许是因为拥有了自己的土地吧——尽管异常贫瘠。

过了桂山水库就开始进入山区了，摩托车在绿海中不停上坡，在山腰上过横路，再上坡。陡峭的坡路被南方夏天丰沛的雨水冲刷成一条条小沟小坎，横路上则常有雨水积成的烂泥坑，这样糟糕的路况如果让我开车，摔跤吃苦头在所难免的。行驶了两个多小时，当两辆摩托车牛一样喘着大气冲上山垭口时，白虎冲终于出现在我们的眼前，在绿意掩埋的深谷底下。

纪尘对抛落谷底的、开在悬崖边上的山路产生了恐惧，要搭车技最好的刘静搭她，让赵搭我。路的陡峭和路边悬崖的深不可测让我不敢再说一句话，生怕让驾驶员分心而飞车坠谷。

下到谷底，路才开始变得平缓起来，终于看到了清清的白虎冲溪流，温言细语般的流水声反而让人觉得山谷异常幽静。我的高高悬着的心也开始平复下来。沿着冲水往更深处走，在遮天蔽日的浓荫里，冲水的清澈见底和水底的沙石鱼虾让我回忆起童年的生活。越往里面走，山谷两边山上越多古树。

终于看到土瑶同胞了，在近寨子的冲水边，有一位四十多岁土瑶妇女，身穿蓝色的土瑶服装，把柴绑成一捆横着背在身后。这独有的生活图景让在县城长大、属于平地瑶支系的纪尘怦然心动，叫刘静停车，下来频频按动单反相机的快门。

再行驶几分钟，转过一个山弯，终于到达寨子了，这是住在谷底的几户人家。墙体都是有红泥夯的，有用木板围的，还有用竹子围的，有盖瓦的也有盖杉树皮的。冲两岸的坡上都有人家。寨子的主体在左边的坡上，共有二十余户人家集中在一块，屋子层层沿坡往上建。村委主任家也在那儿。这个五十多岁土瑶男子，不高，略显黑瘦的脸上饱经瑶山的风霜雨雪，双眼透出山里人的坚韧，还有一丝精明。他叫了两个小伙子下来，要帮我们把摩托车开上去，但刘静和S都很相信自己的车技，坚持自己从那段宽不到一米的陡陡坡路把车开了上去。我和纪尘下车徒步爬坡。上到主寨，才发现这里的寨屋墙体也和谷底的一样，都是用瓦或杉树皮盖的。村主任家在寨子高处，坐东向西，前后两排泥瓦屋，北面建有只有一层水泥楼，共两间房，每间约二十平方米。这是当时白虎冲瑶寨唯一的钢筋水泥楼。寨子后面是山林，左右是山林，对面的几架山也全都是郁郁葱葱的山林。山林包围了寨子，包围了深入寨子的我们。在那个有着成熟山柿一样鲜艳落日的傍晚，我感觉到自己又回到了童年，山林就如母亲温情的怀抱拥抱着我。

白虎冲的夜晚并不寂静。主人杀了土鸡，用茶籽油炒过煮了鸡汤，加入瑶山特有的薄荷香菜，香味弥漫了整个屋子。还有土瑶人家特制的腌酸肉、在山地上种的油菜和主人特意进森林里采摘的野菜，摆满了长长的一桌。在来白虎冲之前，我已经去过另外两个土瑶山寨，都没有见到传说的让我惶恐的酸蚯蚓。这次也没有。后来我才知道，那真的只是一个恶意的传说。主人邀请了寨上的很多亲朋好友来陪我们嗯酒。我们是客，被安排在靠墙的一面，坐到里面就被围堵住出不来了。这是土瑶同为方便向客人敬酒：客人很难离席逃酒！因此客人不醉是逃不出那份热情的包围的。很快地，我就喝得晕晕乎乎了。不知什么时候，酒歌就唱起来了："喝些酒咧，喝就喝匀匀些咧……"

和我听过许多欢快热烈的敬酒歌不一样，土瑶敬酒歌的调子软软的，犹如酒中的木薯酒那般绵醇而醉人。在歌声中，你的酒碗递到我嘴边，我的酒碗送到你唇下，四目相对，众目盯着，不真诚不行，不喝不行！你咕噜一口灌完我碗里的酒，我也咕噜一声灌完你碗中的酒。人人都是一样的酒，每个碗里盛的酒的都是一样的量。每次干完了要倒一下酒碗，不能有酒滴下来，没有喝干净是要罚酒的。这就是歌词唱的："喝就晚（均）匀匀些咧……"之后又唱："吃点送咧……"边唱边夹起一块肉，我把肉送到你嘴边让你吃，你把肉送到我嘴边给我吃。如今讲究卫生，已经很少有人这样做了，保留下来的是唱歌敬酒。村里的小学校长凤石花，还有主人年轻的儿子都夹了肉送到我嘴边，我接纳并回敬了他们，不吃和不回敬都是失礼的，会被对方认为你看不起他（她）。

也许是村长特意交代，说是有作家和摄影家来采风，要拍照和摄像，因此来吃饭的男男女女，都穿上了民族服装。土瑶在大桂山脉定居下来之前，因该也属于瑶族最大的支系——过山瑶（尤勉），因为他们也有世代相传的《过山榜》（评皇券牒）。土瑶使用的语言和过山瑶一样，同属汉藏语系苗瑶语族瑶语支勉方言，有百分之七十以上的词汇一样，只是语调有些不同，能互相交流。土瑶服饰与过山瑶差异较大，过山瑶服饰以黑布为底，配上精美鲜艳的五色瑶绣，而土瑶服饰以纯蓝为底，几乎没有绣花，比较简洁。男装为露脐短衣，长裤的裤筒却大得很夸张，远看就像是裙子，又像是东南亚人穿的笼基。女装则相反，上衣是长衣，裤子则超短，小腿上有绑腿。女子戴的木帽最有特色，外面画上黄绿相间的竖条，漆上桐油变得光亮光亮的，显得鲜艳夺目。再在上面、两侧和后面配上五彩瑶锦。男子头饰则比较简单，在白毛巾上绣上一些花纹图案，通常还绣上一些汉语文字。虽是短短的几个字，或是两句话，却不知融进了多少山花般或烂漫或质朴的瑶家女子的情感，也不知绣出了多少瑶山的情爱故事。

在筵席上，村主任夫人给我穿上了土瑶男装。他们都说我真像土瑶人。

我一直很奇怪，那天晚上为什么没有见到留兰呢？或许是见到了，只是我根本就没有留意到她。

一年多以后，刘静又带我到了白虎冲。这次是协助他拍摄土瑶婚礼——《广西画报》的约稿。

在白虎冲主寨寨脚，一个女孩从坡上走下来，在两道篱笆之间。她穿着牛仔裤，配一件粉色的夹克。阳光照在她的脸上。老实说她不算漂亮。让我一下记住她的，是她脸上居然有着两片高原红，这在南方亚热带雨林中是极为罕有的，可以说我是第一次见到。她还有点婴儿肥，这在当年在瑶山，也是极少见的。刘静连连按动快门，给她拍了很多张照片。等她走近了，刘静问她名字，她说她叫留兰。

我们要去离寨子两公里之外的山路上拍摄新娘。和过山瑶一样，土瑶的送亲队伍也是在接近新郎寨子的地方，选一处较为平缓的路段停下来给新娘装扮——要穿上土瑶新娘盛装。这个过程需要两个小时左右。留兰一直跟着我们。因为忙于拍摄，我并没有顾及她太多。

当长长的送亲队伍翻过主寨北边的山坳，走过寨脚的横路，接近谷底的新郎家时，刘静已经扛着摄像机跑到送亲队伍前面去了。

我和留兰落在后面。到了主寨路口，留兰停了下来。她说她要回家了。我也停了下来，说："你不去看新娘进新郎家吗？"她说："我看得多了，不看了。"她又说："你出汗了。"我一愣，看了看她，说："你也出汗了。"时令虽已进入冬天，但这个有着很好阳光的下午，天气有些炎热。

这时，她突然就抛出了那句让我后来一直记住的话，让我猝不及防。

她说："你去我家洗凉吧，我做你情人（女朋友）。"

我当时就惊呆了，不敢相信听到的话是真的。她以为我没有听清，又重复说了一遍："你跟我回我家洗凉吧，我做你情人。"声音却比上一句小了许多，带着羞羞的怯意，说完就低下头去，像是一株被太阳晒蔫的山草。

我一时不知所措，不知怎么回答她好。

在我发愣的时候，她已经转过身去，面朝上坡的泥土路，只是还没有迈出步子，似在等待我的回答。

我嗫嚅着说："我先去看看刘记者还要不要我帮忙。"

她迈步上坡，步子越来越快，在那条红泥土路上，只有她一个人的身影在移动，显得异常孤单。她一直跟着我们走了大半个下午，我不知道她下了多大的决心，鼓了多少次勇气，才对我说出这句话来。那时我正单身，但我对这一切丝毫没有准备，也根本没有想到过有一天会遇上一个土瑶女孩子喜欢我。土瑶的传统习俗是不与外族通婚的，即使都是瑶族，土瑶与我们过山瑶也很少通婚。土瑶的婚恋也比较自由，有试婚的习惯。按照传统，女孩子长大了，父母就会在主屋外面给她另盖一间小屋，以方便晚上小伙子来和她谈情说爱。父母年纪大了，白天干活又累，睡在主屋里不会被年轻人干扰。这个总人口只有七千余人的瑶族支系，不得不想尽一切办法来保证族群的繁衍生息。由于人口太少，居住地比过山瑶更边远，自然条件比过山瑶山区更恶劣，因此土瑶同胞往往与外界相比显得比较很自卑，即使在比他们境况好一些的过山瑶同胞面前也这样。

我不知道留兰会不会认为我瞧不起她。我希望自己没有伤害到她。我很快就和刘静汇合，又投入了忙碌的拍摄当中。

传统的土瑶婚礼，要举办三天三夜的长桌宴。由于土瑶山区经济落后，大多数家庭比较贫困，为节省花销，经政府引导，改为一天一夜。土瑶的婚宴，晚上是喝酒唱歌到天亮的。那天晚上，我到凌晨两点就受不了了，眼睛和身体都困得不行。刘静把我带到留兰面前，叫她带我回她家休息。但留兰拒绝了，说她还要喝酒，叫她妹妹送我。说完她就回到长桌筵席边，挤进一群小伙子当中，和他们拼酒逗乐，还对其中一个小伙子眉来眼去，递送秋波。她妹妹把我送到家里，安排我住下，就又返回新郎家喝酒去了。

今年夏天，同样由刘静带路，带上几个文友，我们再次重访了白虎冲。水泥路已经通到村里，如今进山出山再也不像先前那样困难。我们开了两台小车，从城区出发，不到两个小时就到了白虎冲。这也是个晴朗的午后。刚到谷底，白虎冲就已经变得让我认不出来了。先前破落的村小学，那泥墙瓦屋的危房早已不见了踪影，取而代之是全村最好的一栋水泥楼。山谷两侧人家也都建了青砖水泥楼房。路的两边还安装了太阳能路灯。我们把车停在谷底下。我听到了熟悉山间鸣蝉。在它们"郎郎郎"的欢迎乐曲声中，我们徒步走到坡上的凤石花家，我还是找不着北，因为他家三层半的楼房挡住了视线。十几年不见，他还是这里的校长，只是大半头发已经被瑶山的风雨漂白。

喝过茶后，我问凤校长："你家这是在主寨上吗？"他说是的。他说你出门往右，从几户人家的门口走过去，就能看出来了。但我们没有马上走出去，因为我们发现竹篓里有许多黄瓜，这是瑶山特有的品种，粗短而显得胖乎乎的，皮黄肉白，大的有七八两重。我们每个人都吃了一大条，真是又甜又脆。

离晚餐的时间尚早，我们决定随便走走。果然如凤校长所说，我们走过几户人家的门口后，许多地方逐渐变得熟悉起来，当然也看到了更多的陌生。当我们走过寨脚，爬上北面的山坳口时，主寨的全貌终于尽在眼前。当年那些住坡上层层叠加上去的土屋木板屋，如今已经被紧密相连的青砖水泥楼取代。是的，家家户户都建了新楼房。不像我的老家启运冲山顶寨，几乎全都逃离了村庄搬到了镇上。这里几乎没有人因扶贫而异地搬迁出去。我想，只有他们的内心才异常清楚：坚守了八百多年的山木土地，世世代代养育他们的家园，是永远不能放弃了。

村庄还是那座村庄，只是房子全都变了模样。

我们拍了主寨的全貌，往山的另一面走。路中有个十岁左右的小男孩把锄头倒立起来，用柴刀敲击加固锄头的木柄。我突然差点掉下眼泪来，因为我看到了我们民族传承传统文化希望。

突然响起了雷声，这是桂东常见的夏日气候现象。我们彻底地闲下心来，走向一户单家独户的人家。主人热情地招呼我们进屋，但我们都没有进屋去，主人于是把凳子拿出来给我们坐。门口用水泥铺了地坪，有几十个平方米宽。外围种了月季花和橘子树等。大家都赞叹说这真是个好地方，主人闲时可以坐看山间云起雾落。主人和刘静是老熟人，他们聊得很欢。山雨说来就来了，请人热情地邀请我们在他家吃饭。我们婉拒了。雨停了即往回走。

途中突然遇到一群上山干活回来的女人，她们每个人的肩膀上都扛了一根木柴。很多人都和刘静打招呼，叫他刘记者。在接近一个只有几户人家的小寨子前，我突然看到了一个熟悉的身影。我不敢相信，再仔细看，确定是她，脸上的两朵高原红还在。山里干活辛苦，和山外的同龄人相比，她显然有些显老了。她就站在路的上方。刘静停了下来，他和她已经打了招呼。我也停了下来。刘静说："你认识他吗？"她说不认识。刘静说："这是以前和我在你家吃过饭住过夜的冯老师。"她说："是吗，我认不出来了。"我说："你是留兰。"留兰说："我家就在这里。"说完用手指指身后的一栋两层的水泥楼房。她嫁得很近，只是同村的不同寨子，步行到娘家就二十分钟左右。旁边一户人家门口有两个跑来跑去玩耍的孩子，她说是她的女儿和儿子。她盛情邀约我们在她家吃晚饭。我们也婉拒了。临别，我们三人互相留了电话号码。

回到主寨，凤校长家还没有做好晚餐。我和刘静到寨子上头拜访了留兰的父母。当年我住过的泥屋已经拆除，纪尘住过的一层水泥楼侧屋还在。老主任没有马上认出我。说起往事，大家才逐渐回忆起来。不禁感慨时光流逝之快。

回到凤校长屋后，在一块小平地上，一群孩子摘了很从树叶摆在地上，一个小女孩拿了把菜刀剁着树叶和草。他们在做过家家的游戏。我的眼泪又突然掉了下来。

我在想，如果我当初答应了留兰，不知现在会是如何。学生时代我就拼命读书，为的就是逃离充满艰辛和苦难的瑶山，不可能重回山里。而没有读过多少书的留兰，如果跟我去了城市，她能适应吗？真不知有什么是适合她做的。

凤校长家里杀鸡宰鸭招待我们，自然也少不了土瑶招待贵客的酸肉。当年在留兰家吃长桌宴用的是瓷碗，如今在凤校长家用的都是一次性塑料餐具。很多村庄办酒和过节都这样图方便省事了。我向凤校长提出了建议，希望他能引导大家尽量不要使用一次性塑料餐具。因为我希望瑶山永远美丽。

　　凤校长是极少数不喝酒的土瑶男人，在他家摆的长桌宴上，虽然请了许多亲友来陪我们喝酒，加上现在路好了方便了，我们吃完饭就可赶回城里，再也不用像当年那样住宿了。我们也不能放开来喝个一醉方休，所以再也没有了当年在留兰家喝酒那么热烈的气氛了。

　　回到城里，留兰加了我的微信，我把当年拍的一些照片发给了她。除了了解一下她现在的家庭情况，我们聊得很少。这是个非常勤劳的土瑶女子，她在山里的农活很多，很忙。她把抖音号发给了我，说："你有空就刷我抖音吧！"

　　这个一直生活在瑶山里的女子，喜欢上了发小视频。我在她的抖音上看到了很多熟悉的场景：至今还遗留着的一些刀耕火种的场景，挖地，种树，种地禾（旱稻）、芋头，收玉米，拔木薯，采摘油茶籽……同时也看到了许多不熟悉的东西，和抖音上的很多人一样，她也喜欢搞笑搞怪，也许这是在辛劳之余的一种娱乐吧。在很多小视频中，她脸上的皱纹没有了，那些细微的汗斑也没有了，夸张的高原红也不见了，整张脸都白白净净的，稍带着淡淡的红晕，显得年轻而充满活力。

　　尽管知道这不是很真实，但我还是喜欢看到这样的她。因为，我希望白虎冲永远年轻，永远充满着像她一样的活力！

　　这个族群能够得以繁衍生息，并保留了自己的传统文化，正是因为有着众多的、这样生机勃勃的留兰在坚守！

　　这是一个世代坚守祖土的民族的勃勃生机！

　　［原载于《民族文汇》2021年第2期，入选《美丽乡愁2019》（漓江出版社，2021年3月第1次印刷）］

胞衣之地

莫永忠

　　莫永忠，瑶族，生于广西富川瑶族自治县，广西作家协会会员、贺州市作协副主席，中短篇小说、散文散见于《民族文学》《边疆文学》《青年作家》《广西文学》《滇池》《作品》《红豆》《南方文学》《民族文汇》等。曾获全国教师文学图书专著奖、叶圣陶教师文学奖提名奖、贺州市文艺创作麒麟尊奖等。编著《中国少数民族文学·瑶族文学读本》。

二〇二二年六月份，我独自在富川瑶族自治县易地扶贫搬迁立新安置点照顾生病的老父亲。妻子从八步打电话回来，让我准备一捆二十截的松木柴，说是月底要回娘家，给岳父搞壮族"添粮补寿"仪式用。

那段时间富川天天下大雨，我出不了门，思绪却在记忆中的家乡版图上不断逡巡，寻找儿时松涛阵阵的老松树林。

那时候啊，屋子四周，村子四周，随处可见老松树、老松树林。老松树林里，隐蔽着茶籽树林。热天一到，松涛阵阵，仿佛大地的交响乐，彻夜抒情，仿佛松树与茶籽树的爱情，终身缠绵。松树是豪放派，茶籽树是婉约派。

高大笔直的南方松树像父亲，树冠又圆又大、树身低矮多分叉的茶籽树像母亲。

在龟石水库淹没不到的祖坟山大牛栏，我们住的是茅草屋。茅草屋的四周，都是茅草地，被湖水阻隔的对岸，却是蓊蓊郁郁的老松树林。那些隐伏于茅草地里的黄猄、毛獐、麂子，一有风吹草动，迅速从浅水区浮掠而过，隐入神秘的老松树林。好像那些老松树林，是无数生灵的庇护所，也是人类向往的天堂。

在我年幼的双眸里，屋后的老松树林是神秘的，那是我们真正的"胞衣之地"。谁家屋子里飘出婴儿的啼哭声，屋后的老松树林便会晃动谁家父亲诡秘的身影。老鹰则从远处飞来，在村子上空盘旋几圈后，一头扎入隐秘的老松树林。但是老鹰并不叼走用稻草绑在老松树身上的婴儿胞衣。它们会在树身上存在很久，直到那胞衣的主人，能跟随小伙伴进入老松树林寻找蘑菇，还能从小伙伴们隐秘的笑容里，猜到那胞衣与自己有关。

我们村是都庞岭余脉下一个瑶汉杂居的小小自然村落。至于我们村为什么将婴儿的胞衣拿稻草包裹了再绑缚于大松树主干的高处，哪代人传下的习俗，我不得而知。这个话题太过隐讳，我从来不敢问父母或者其他长辈。同龄人之间，在面对众多的大松树身上的特殊"草包"时，也只是用眼神交流相互的揣测，不敢出声的。

有些老松树还被美名为"龙鳞树"。老鹰在屋背后老松树林里，选中了一棵"龙鳞树"筑巢。那是棵林中最笔直最高大的老松树，顶端，老鹰衔枯松枝蓄了一个庞大得令所有路过的人仰视和惊叹的窝巢。那棵老松树主干有多粗呢，两个人手拉手才能合抱，两层楼高才保留有分权，实在不适合攀爬。那老鹰巢，鼓捣下来，怕是够一家人灶头烧上一整天呢。不少人绕着大松树转圈子嘀咕。可是谁敢攀爬上去呢？老鹰虽然有偷鸡的可恶之处，但是老鹰似乎冥冥之中又是村庄的保护神。在那个缺少娱乐的年代，老鹰叼鸡，对于孩子们来说，其实相当于看一场实景演出。那些母鸡孵出又亲自带大的鸡，对于主家相当温顺，可是对于人类都不免敬畏几分的老鹰、大鹞等猛禽，却勇猛异常。鸡本懦弱，为母为父则刚，一只母鸡都可以跟老鹰从草坪斗到半空中，直到将来犯之敌赶跑，就更不用说那些报晓的大鸡公了。一只啼得正雄的大鸡公，往往能护佑一群大鸡小鸡的周全。因为空中时常有老鹰大鹞虎视眈眈，孩子们也就经常被父母委以看家护院的重任。不少人看到过老鹰俯冲而下抓取正要爬进村子的毒蛇，飞上鹰巢喂食雏鹰的画面。也许是临近柳宗元笔下多产异蛇的永州的原因吧，我的家乡在我小时候也是特别多蛇。蛇不仅敢进屋，还敢爬上人睡觉的枕头，一旦爬上神台，就要吓得主家赶紧烧香磕头了。我在老松树林边割草时一镰刀削掉一条眼镜蛇的头，我当时并不知晓，回到家，青草倒进牛栏，洗手回屋，走到灯光下端起饭碗吃饭，突然发现蛇头还死死咬在我天蓝色喇叭裤的裤管上，瞪着两只蛇眼怨恨地盯着我，吓得我差点摔破碗。老鹰是蛇类的天敌，是蛇类的克星，大字不识一个的村夫野老，都明白这个道理。

老鹰不叼绑在附近大松树主干上的婴儿胞衣，被人们认为，是老鹰出于对人类的敬重。既然老鹰敬重人类，人类也得敬重老鹰啊。这叫睦邻友好。

猫头鹰也喜欢在"胞衣林"藏身。月光亮如白昼的晚上，人们有幸目睹猫头鹰捕食田鼠的精彩一幕。也有人大白天在老松树林里撞见补觉的猫头鹰大人，自以为幸运得很。

老松树林里还有一种低调害羞的生灵，那就是穿山甲。我不止一次在独自徘徊于老松树林消磨时光时与穿山甲不期而遇。那真的是一段不会相互打扰的美好时光。在寂静的老松树林里，我跟穿山甲用眼神交流，仿佛彼此能读懂对方内心深处的寂寞。穿山甲慢悠悠地寻觅白蚁窝，在最后隐身于一片密林时回头给我温柔一瞥，像极了外婆的慈蔼。

大摇大摆蹓下山的野猪，一旦遁入老松树林，即使再多人再多的土狗，对它围追堵截，都拿它没办法。

我永远记得，那年正月初六，我们村临时砍伐松木搭建的"戏台"，大田寨的草台班子在上面咿咿呀呀唱着没经过排练的彩调《打铁》《王三打鸟》等，新鲜松树截口淌出浓郁的植物之香，令人欢喜。那年的篮球架，也是临时用松木制造的。啪啪啪，篮球一次次砸在上面，没几场，蓝家架就歪斜了，给人一种别样的快乐。

后来，杉木将水电，从山里，一段一段地拉了出来，送进各家各户。

曾经，老松树林是父亲给我们寄托胞衣之地。老松树林，也是老一辈人的最后归宿。我们那里对于死亡，有一种含蓄的说法——叫"守松树林了"或者"当护林员了"。我们的生，离不开老松树林，我们的死，更离不开老松树林。比较理想的棺材是杉木板的，理想的埋葬之地，大多数人选择老松树林。

　　我叔生前给自己在一片老松树林"阴"下一块风水宝地。刚葬下去头几年，堂弟们说梦见他在那边过得逍遥快乐。后来一场大火，烧光了整座岭头的老松树，风水立即大为改变。光秃秃的岭头不再能庇佑过世的人，令活着的后人寝食难安，思谋着如何再寻一块风水宝地迁葬。

　　○○后出生的这一代，对"胞衣林"怕是理解不了。因为在我们村，二○○○年后，生孩子基本上都去医院了。少数不去医院的，胞衣也不知作何处理，大概不会再绑缚于老松树林里，再说，老松树林早已被人承包，砍光松树茶籽树枫树等，种上了清一色的果树。果园不仅修筑了围墙，还喂养了狼狗守护，不再是什么人都可以踏足的自由之地。种果树的还好，总有开放之日，要是变成密密挤挤的速生桉林，则六七年内，那片地域，只可远观矣。

　　松树老了就像成了佛，包容性更强了，一点儿不像"独活"的桉树。村头跟老樟树共同撑起半边天的那棵百年老松树，是我们这个小小移民新村的灵魂。我小时候就听说，老枫树根部有时候会长出灵芝，老松树根部有时会长出"猪茯苓"。于是我有事没事就爱偷偷到老枫树老松树根部转悠，希望有意外收获。当然，灵芝和猪茯苓我都没有找到过，不过也没有失望，老树总会给人一些惊喜。枫树叶子捡回家，就是母亲喜爱的枫叶茶，干松果捡回家，母亲即使刚被父亲打骂过，见到年幼的儿子如此懂事，也会破涕为笑。松树林里，枫树都是野生，只要不被人为砍伐，十年八年就能长成大树。每年霜降过后，屋背后墨绿的老松树林里，突然一树红叶像着了火，那得点亮多少双眼睛啊。岳母是壮族的，妻子第一次跟我回村里，无意中发现了老松树林边那棵大枫树，如获至宝。那年三月三，妻子拿嫩枫叶、栀子、紫色苋菜等，给糯米染色，煮五色糯米饭。在我们村，极容易长成材的当然还有苦楝树。苦涩中微带甜味的苦楝果，曾经是我们那一代人儿时充饥的零食。我是家中唯一的男孩，母亲从小对我管束极严，通常是不给爬树的，但爬苦楝树有时候例外。因为那个年代同龄人没有哪个不是肚子里经常生"米蛇"（蛔虫）的，而苦楝果被认为有驱虫之功效。父亲第一次亲手制造的碗柜，用的就是老松树林边自留地头野生的一棵苦楝树。在绿色一统天下的南方，秋天多了几处苦楝树的黄，也是一道风景呢。

　　松树实在是有好生之德。松树简直就是植物界"民族大团结"的典范。我脑海里永远抹不去的一幅画面，是我坐在母亲对面的小板凳上，那时候我还穿开裆裤，裤裆处一片凉爽，开心地看着母亲，如何将刚从老松树林里挖回来的两畚箕野生土茯苓，砍成片状，打算晾干了挑去药材收购站，卖了买米养家糊口。炽烈的阳光经过苦楝树细密叶片的筛选，落到母亲身上，落到晒坪上，就像撒下一地金粉。母亲愉悦的神情我终身难忘。老松树林里，还有一种十分常见的植物，跟土茯苓有几分相像——那就是菝葜。这种植物的块根，也是可以挖回来当药材卖钱的。

每年清明谷雨之间，江对面的老松树林边，漫山遍野的映山红让一群乡村顽童无比兴奋。那时候江水汹涌，十几岁的大哥哥大姐姐们，必须一趟又一趟地往返于江两岸，将每一个比自己小的小伙伴背过去，才一块儿手拉手冲进老松树林，或者头带着红艳艳的花环回家。"鬼带儿"，这是长辈们对乡村野孩子亲昵的称呼。土话里把映山红叫"恶鬼花"，意思是该花越吃越饿。但是我们还是忍不住要摘了吃。其实吃花是次要的，在漫山遍野的鲜花里自由奔跑，大呼小叫，体验那份快乐才是最重要的。

这个时候，通常油茶花还有盛开的。不过吸食油茶花蜜最好的季节是在秋冬。春夏之交，最大的乐趣，是在上学或者放学的途中，穿越松茶林时，顺便采摘变厚的茶油树叶，或者茶油树上长出来的"泡泡"。母亲说，茶籽树的一生，多么像瑶家妇女的一生，小小年纪就开始开花结果，到老了还能开花结果，一边开花一边结果，就像瑶家的妇女，一边生儿育女，还一边唱浪漫的情歌。

随着天气一天天变热，老松树林里各种野果也逐渐成熟。尤其是夜里一场大雨，惊醒了多少双小眼睛。我常常于清晨睡眼蒙眬间，被小伙伴们拍窗户叫醒，相邀去松树林里寻野菌。

老松树林是我们的动物园，是我们的植物园，还是我们天然的游乐场。那时候没有微信，不能使用小程序里的"形色识花"，否则拍照传图，可以认识许多的植物。不过老松树林里的植物，父母辈大都认识，只是用的是土名称，植物的药性，也是代代相传。有需要了就进老松树林挖取。老一辈人与世界接轨方面是做得不够的，不过也能自得其乐，自足于偏僻一隅，也许也是一件幸事。不知不觉地关闭了部分耳目功能，少了许多烦扰，多了许多清净之乐，长寿怡然，不也让后辈们羡慕吗？

时代在进步，世界总归是变得越来越美好。年轻一代，似乎是不需要再像老一辈人那样，去认识那么多动植物的药性了。现在的孩子，有个头疼脑热的，都已经习惯了去药店买药，或者送去县城的诊所。家家户户门前的路都硬化了，家家户户门前都停有四轮三轮两轮，吱一声就出到了县城，吱一声就回到了与城市并无多大区别的农村。也有怀旧的老人，只认可中草药的。这也不难。不需要亲自爬山钻树林。有人专门干这份工。在县城，一条比较偏僻的巷子，聚集了许多家专门经营草头药的铺子。世界变得越来越多元，人们也习惯了各自安好的生活方式。

也许一代人有一代人的记忆，一代人有一代人的怀念。当我怀念老松树林里的野果：诸如地莓、刺泡泡、乌饭子、覆盆子等等时，零零后这代人怀念的是老板果园里赏赐的鹰嘴桃、葡萄、脐橙和板栗吧。

一个人要活得舒坦，不仅嘴巴要吃饱，眼睛也是要吃饱的，耳朵也要吃饱，鼻子也要吃饱，身上每一个毛孔，都张嘴要吃饱，全身吃饱了，才能达到真正的舒坦。我喜欢老松树林，因为老松树林不仅供给我嘴巴吃的，也供给我耳朵吃的（松涛以及各种鸟鸣），供给我眼睛吃的（松树的墨绿是一种令人挺直腰板的色泽），还供给我鼻子吃的（松树的气味令人神清气爽），老松树林里各种植物，各种动物，都给我惊喜。

有些几百年没有搬迁过的老寨子，风水林是一片樟树林，一片金丝楠木林，一片枫树林，或者就是一片原始次森林，但是对于我个人来说，我还是更喜欢老松树林做风水林"后龙山"。

有一道菜，就是素炒野生栀子花，后来即使游遍全国各地，也再没有缘分吃到过。那是大姐十五六岁时，我才刚上村里的小学，夏天，屋后的老松树林到处开满野生栀子花，大姐在母亲哀叹菜园子里没菜可择时，挎一只篮子，本来想进老松树林里寻些野菌，没曾想去得迟了，野菌早已被人采光，大姐突发奇想，就顺手采了一大篮子栀子花回家，用花瓣炒了一大碟菜，捧上餐桌。没想到父亲吃了默默地笑，母亲吃了赞不绝口。我们家一连吃了好几天素炒栀子花呢，这个秘密直到被别人发现，才吃得少了。

说到松树，还有一段难忘的时光，那就是父亲劈松木柴的时候。父亲向来不苟言笑，可是当他劈柴劈出一只只胖乎乎的松木蛆时，他脸上每一条皱纹，都溢满了笑意。那是穷人家孩子难得的蛋白质补充品。父亲要劈松木柴时，往往会让孩子们留在他身边一会儿。那就是乡下人家的亲子时光了。

我常常想画那么几幅油画，背景都是笔直高大的老松树。林边一群对歌的后生客姑，他们面前是一条瓷实发亮的黄土路，有很陡的坡，有慢悠悠爬坡的牛群，有被远处更为茂密的老松树林隐藏起来的大路，以及触手可摸的朵朵白云。林中三五个赶闹子回村，中途小憩的父老乡亲。他们随意地坐在林中草坪子上，相互敬着纸烟，谈笑风生，眼前一条林间小溪，溪水活泼清澈。或者是林边正在摘落豆（花生）的一家人，男女老少都有，还有一条忠实的大黄狗，一酒瓶林中打来的泉水。

他们的笑容让你体会到丰收的喜悦，以及劳作的惬意。

小学三年级到五年级，学校每年秋季学期，都带领学生进行勤工俭学，就是深入松树林，采摘绿色的松果。每名小学生都分配有任务：三十斤五十斤不等。这个时候我已经十分擅长攀爬松树了，我是班长，在完成自己任务后，还主动帮助同学，那是一段令我自豪的时光。绿色的松果香气强劲，堆在校园一角，等它们自然风干，然后取出长着翅膀的小小松子，等着县城的人来收购。老师说，那些小小的松子，将用于飞机上。想到自己小小一双手，居然也能为祖国的航天事业做出一点儿贡献，心里不仅自豪，也暗暗激励自己，要好好读书，将来亲眼近距离看看飞机，亲手抚摸一下飞机，最好能亲自驾驶一下飞机！

在我读初中前，松树的用途除了卖松子，都只局限于造屋、做家具以及烧柴，偶尔被用于照明（主要是用松截疤）。我上初中时，涝溪山（都庞岭余脉）里突然开始有人出售杉木了，于是平地（丘陵地带）开始流行使用更为轻便实用的杉木。

广西三大树种，松树、杉树、桉树，无疑是松树给我留下了太多难以磨灭的记忆。

庄子大概表达过这样的意思，一棵树，因为"无用"而得以活到寿终正寝。但是在人类活动密集的地方，"无用"的树往往早早就被砍光了。就拿茶籽树来说，在我高中毕业离开家乡前，还到处可见茶籽树林。在我离开家乡以前，母亲每年都靠去别人寨子的茶籽林里"捡落"（也叫捡漏），而榨出十几斤茶籽油。我们这个地方的人长寿，不知是不是也跟喜欢长期食用茶籽油有关。在母亲看来，茶籽油不仅是最健康的食用油，还是日常生活中"刮痧"必不可缺的辅助治疗用药。母亲每逢初一、十五，都要给祖先点清油灯。清油就是茶籽油。以前村里老人过世，第一件事就是给他（她）点一盏清油灯。茶籽树的用途之大，不言而喻。三十年前，人们为了追求短期内利益更大化，把林地租给个人承包，个人承包林地后，纷纷砍掉茶籽树，种葡萄、种丰产的四月桃、种夏橙再在果园里套种花生等作物，等果园里的出产滞销或者降价后，不免又后悔当初砍伐茶籽树了。因为这时的茶籽油，价格已经比花生油翻了好几倍去了。在物质匮乏年代，人们最看重的是猪油，然后是花生油，之后才是茶籽油。而现在，茶籽油早已成为超市里出售的本地出产的最贵的植物油了。

如今松树早已经不再用于农村烧柴，除了个别以柴火为招牌的农家乐之外。富川是大风走廊，在松树被砍掉种上果树的岭头上，风力发掉的巨大"风扇"随处可见。水电、火电再加风电，电力充足，农村也大多数习惯了使用电做饭做菜烧洗澡水。

值得庆幸的是，在我的胞衣之地，松树林还是保存了不少，虽然松树已经屈居"三当家的"（大当家的已经是速生桉、二当家的是杉木）。

在我读初中后，我才突然发现，那些笔直高大的老松树，一夜之间，突然被割出一大片刺眼的伤口——为了收取松脂。我曾经为这些老松树惋惜，替它们疼痛。但是想到松树们因此而得以存活，又不免暗自庆幸。人们是不会允许没有经济用途的树木存活在日渐缩小的地盘里的呢。

20世纪八九十年代，多少人为松脂而疯狂啊。多少人因为松脂一夜暴富。割松脂虽然辛苦，而且有一定危险性（从树上摔下来，或者被毒蛇毒蜂叮咬等），但是来钱快。打了多年光棍的汉子，因为得到割松脂的机会而娶回了女人。我曾经羡慕过那些割松脂的男人女人，也曾经幻想过自己能跟他们一样，日夜穿梭于密林，只为给老板割取松脂。割松脂的汉子率先在村子里买下了摩托车，然后轰着油门，春风得意地奔跑于各村各寨，用砖头一样大的对讲机，跟同伴相互沟通，抢购村子里刚刚收获回来的松脂，然后用大卡车，拉到最近的松脂厂，加以提炼。简单提炼后，本地的松脂厂，再用明晃晃的铝合金大桶，装了送往梧州等大城市的松脂厂，进行深加工。松脂厂也曾经一夜之间，如雨后春笋，在瑶乡大地纷纷冒出来。松脂厂富了多少人，又让多少人突然从暴富到破产，我没有深入研究。一九九二年的夏天，我从北京回到家乡，找到的第一份挣钱的工，就是进某个村办松脂厂煮松脂。煮了半年松脂，村主任说我经受住了考验，才提拔我当了村小学的代课教师。

短短几十年间，我们经历了用脚丈量大地、脚踏车（单车）、机动车三个大时代，我们打量胞衣之地的眼光，也发生了翻天覆地的变化。交通工具在悄悄地改变着我们的审美。如今，想要看千亩万亩茶油林，加一脚油门就到。想要看千亩万亩老松树林，也可以加一脚油门就到。想要看高寒山区种植的千亩万亩杉木林，越野车加一脚油门，也没有到达不了的地方了。

十几年前，阿森二哥就跟我说过，当时农村刚刚时兴的三层四层小洋楼，设计理念很快就会过时。因为当时农村建小洋楼，没有考虑到排污，没有考虑到车库。更没有考虑到绿化。如今小车进村，碰上村子惯节，小车往往要在距离村子几百米远的地方，就得想办法找地方停放了。住得安逸，出行方便之后，人们开始渴望审美，开始怀念小时候出门就可以一头扎入的老松树林了。留守农村的大堂弟除了种些田地，将培植盆栽作为发家致富的副业。妻子经常笑话他，居然将常见的松树、茶籽树也发展成了盆景。还有小时候再常见不过的老松树林里的一些植物，都被他发展成了盆景，被搬上了二楼三楼的阳台。人们追求文明舒适生活的征途上，哪能少得了树木的陪伴呢。

[原载于《民族文学》2023年第11期]

風采

贺州城里的瑶绣妹

蔡维忠

蔡维忠，北美中文作家协会副会长，哈佛大学博士后，新药研发专家。作品发表于《散文》《光明日报》《读者》等海内外报纸杂志，作品入选《散文2017精选集》，著有对联艺术专著《动人两行字》等。

我在贺州城里见到来自山里的瑶族妹子李素芳。她告诉我，父母把山分给了她和弟弟，按照传统，她应当住在一座山上，弟弟住在另一座山上。许多过山瑶人家的兄弟姐妹住在不同的山上。

"为什么要分开呢？难道一座山不够你们住吗？"我觉得很好奇。

"因为我们有好几座山，需要人去住。"

我于是知道过山瑶奇特的生活方式。过山瑶是瑶族的一个主要分支。他们大多住在山腰山顶，每座山少则一两家，多则五六家。通常三五户成一村，十户成一寨。由于邻居或亲人住家相隔比较远，在手机微信盛行以前主要靠喊叫传递信息。每家每年开辟出几亩地，种上旱稻、红薯、玉米、木薯、芋头等粮食作物，收获之后种上树，然后开辟下一块土地。十多年后把树砍了，重新开垦，土地循环使用。这种轮耕方式与中美洲的玛雅人一样，其原因是土地适合树木生长而不太适合作物生长。她的家乡黄石村人家比较多，面积比较大，骑摩托车得两天才能绕完。

她说，岭南无山不有瑶。瑶族人住在绿树覆盖，白云环绕的山上。这种生活方式听起来很浪漫，但是，在历史上却是出于被迫无奈才形成。如果有一块平整的土地，一直可以耕种，谁愿意年年开垦新土地？如果有平坦的路可以走，谁愿意爬山？

她说："小的时候交通条件不好，从山上的家里到街上都要走好几个小时山路。特别是下雨天，我们走到街上，鞋子裤角都是黄泥巴，特别脏，觉得很没面子。那时候就一直梦想着将来长大了，要走出山外去，过上好日子，每天可以热热闹闹地找朋友玩，又可以天天逛街。"

所以，当社会发展了，人们可以自由迁徙时，李素芳和其他瑶族青年们一样，乘着时代的潮流来到了城里，寻求与上辈不一样的，更好的生活。

来到城里谋生的人，都要从某种程度上放弃原有的生活方式。比如说，穿着上得放弃传统服饰。这方面倒是不难，因为瑶族人在山里已经开始穿起简便的汉人衣服了。这是对时代的适应，原是好事。

可是，穿着不仅仅是关乎生活的事，还是关乎传承文化的事。瑶族没有自己的文字，文化依靠口语、山歌、服饰、乐器代代相传，瑶话是根，瑶歌是脉，瑶服是韵，长鼓是魂，这几句话概括了瑶族的文化内核。服饰因为可以长久保存，更是坚韧的文化载体。现在，随着大批瑶族人走出山地，来到城里，瑶族的文化面临断层的危险。

李素芳和其他同胞一样来到城里，但是她没有放弃本色。她出生于瑶绣世家，母亲李小莲是远近闻名的瑶绣大师，传到她是第四代了。她从小耳濡目染，十二三岁开始学瑶绣，学了一整套好手艺。她把这套手艺带到城里，并把它发扬光大，利用瑶族服饰创业。

就如大多数创业者所经历的一样，她也有过艰难的日子，有时候甚至得借钱支付工资，借钱交房租。辛勤的付出最终得到回报。十年下来，她创建了贺州市瑶族服饰艺术工作室，并逐步发展壮大成广西过山瑶家文化创意发展有限公司。公司获得"国家级非物质文化遗产代表性项目（瑶族服饰）生产性保护示范基地"和"国家级非物质文化遗产代表性项目（瑶族服饰）传承基地"等荣誉称号。她则获得"国家级非物质文化遗产（瑶族服饰）市级传承人"称号。现在公司每年生产瑶绣超过一万片（块），瑶族传统服饰两千多套，其他瑶绣工艺品一万多件。

2016年1月，李素芳公司的创意瑶绣产品《盘王印章》和《年年有鱼》入选联合国科教文组织的民族民间传统技艺传承与保护项目，被认定为具有特色的民族传统技艺。联合国科教文组织征集两百块瑶族绣片。这些绣块作为装饰品，被镶嵌在笔记本封面，用作办公用品和赠送给各国官员的礼品。贺州瑶绣走向世界了！

当歌手唱起忧伤的歌 "我们剩下的还有什么"，为一种绚丽多彩的文化正在逐渐淡去而发出呼喊时，瑶妹子正推出瑶族服饰，向世界展现本民族五彩斑斓的风采。有她这样的人在，歌手的担忧可以减轻了吧。

二

走进贺州，知道此地有许多瑶族人。遇见瑶族人，知道传说中他们的祖先是盘王。瑶族民歌中"盘王出世先出世"，意思是盘王最先出世，为瑶人的祖先。盘王出世的具体地点有不同说法，在福江，在青山，或者在西天。也许，这些是同一个地点，有山有水；也许，因为盘王具有神性，在哪里都行；也许，具体的地方并不重要，只要盘王在心中。

据《盘王大歌》《盘王券牒》描述，高王叛乱，评王悬榜招人平乱。盘护揭了榜，并声称要去斩高王的头。盘护假装去投高王，在夜深人静时剑斩高王，然后拖起高王的头来归评王。评王根据悬榜将女儿嫁给盘护，他们生下六男六女，男讨亲，女招婿，各自成家，为瑶人十二姓先祖。

盘护传说的主要情节显然来源于更早的盘瓠（音护）传说。据《后汉书·南蛮西南夷列传》记载，五帝之一高辛氏深受犬戎之将吴将军侵扰，便布告天下，谁能砍下吴将军的头，便将把女儿嫁给他。盘瓠便去把吴将军的人头砍下来献高辛氏。公主嫁给盘瓠，他们生下六男六女。

盘王是刻印在瑶族人心灵深处的民族图腾，盘王留下的印记处处出现在李素芳的那些瑶族服装和装饰品上。盘王印便是一例。据说盘王印原有实物，但是已被土司抢去。于是，瑶族人为了纪念盘王，便把盘王印绣在服装上，人人都可以穿在身上，无人可以独占。盘王印有多种版本，主要是方形或接近方形的刺绣图案。

我到达贺州的当天还没有见到李素芳时，已得到一本贺州文联赠送的精制笔记本。笔记本封面上有一幅小瑶绣，后来得知它是李素芳设计的盘王印，现在是贺州市的名片。后来还得知，李素芳设计的盘王印瑶绣已经进入联合国。

瑶帽是另外一例。受李素芳邀请，踏进她在位于贺州市八步区步行街的黄石瑶族服饰工作室，迎面走来身着过山瑶盛装的模特。这位模特叫作李梦瑶，是李素芳的好友。她头上戴着典型的过山瑶大尖帽，一顶做工精细复杂，顶部尖形的高贵大帽子。李素芳则给我戴上一顶简约但别有韵致的男式瑶帽，和模特合影。一般来说，瑶族妇女的帽子华丽而男子的帽子简约。不管华丽还是简约，头饰是瑶族服装的重要组成部分，而且花样繁多。

除了盘王印和瑶帽外，在任何瑶族服装上都可以解读到盘王的遗踪。李素芳工作室里有各种各样的瑶族服装，色彩斑斓，都嵌有瑶绣。瑶族服装也称为五色衣。所谓五色，是指红黄绿黑白，其中红黄绿白为刺绣的颜色，黑色为底布色。瑶绣便是瑶族服装的精华所在。除此以外，蓝色作为拼布也用于瑶族服装。五色衣据说也是盘王传下，《后汉书·南蛮西南夷列传》里记载，盘瓠诸子"织绩木皮，染以草实，好五色衣裳，制裁皆有尾形"；据《广东新语》记载，"盘瓠毛五彩，故今瑶姎徒衣服斑斓"。

当我看到盘王印时，觉得它庄严神圣。当我看到瑶帽瑶饰五色衣时，觉得盘王无处不在。虽然我才初次接触瑶族人，对瑶族的服饰和文化所知甚少，但只要认得盘王的印记，便感受到一种强大的力量，贯穿于天地间、山林里、心灵中。

三

李素芳告诉我，瑶族是个"大分散，小聚居"的山地民族，按语言分为四大支，按服饰分有好几百种，每个地方每个支系的服饰都各具特色。李素芳的足迹到达湖南、广西、贵州、云南、广东等五大瑶族聚居区，但是她发现，贺州瑶族的人口密度比较大，瑶族服饰的丰富性也最大。贺州有二十六万瑶族人，占广西瑶族人的六分之一，中国瑶族人口的十分之一！在贺州，平地瑶、过山瑶、土瑶等传统服装有几百种图案。

这些图案代表着瑶族人积累了上千年的文化和审美传统。但是它们却分散在各个乡寨山地角落里，而且随时都有消失的可能。李素芳要把它们挖掘出来，承传下去。

一方面，她积极培训绣娘。她开起了瑶绣培训班，教周边农村地区的瑶族妇女瑶绣手艺，已经培养出五六百名合格的绣娘了。这是一支产业的生力军。由于瑶绣做工极其精细复杂，一套瑶服常常需要非常多的瑶绣，一个人在短期内不可能完成，这些绣娘合起来才可以完成。公司在解决人手问题的同时，也为许多人提供了增加收入的工作机会。

李素芳出于传承发展民族文化的使命感，坚持从弘扬发展文化与民族产品的角度来投资，而不是单纯从商业回报着想。她定期走进学校，辅导村里的瑶族女童学习瑶绣。她还到大学授课，在城里开办培训班。李素芳要培养一大批有志传承和创新的人加入文化传承的团队，公司里这五六百名的绣娘，还有其他受到培训的人，都是瑶族文化的传承人。

另一方面，李素芳深入到各个山地村寨去收集各瑶族分支的不同服饰，然后加工制作。一套服饰包括头饰、上衣、裙裤、围巾、彩带等。我在她的工作室见到的有：

——以蓝红搭配为基调的土瑶服饰。土瑶是贺州独有的瑶族支系，目前只有七千人左右，生活在贺州平桂区的鹅塘镇和沙田镇。

——以黑红搭配为基调的平头瑶服饰。平头瑶居住在贺州平桂区的大平瑶族乡和昭平县的富罗镇。

——以宽沿尖顶的帽子为特征的尖头瑶服饰。传统上，帽子越大表示越隆重，越富贵。尖头瑶的帽子独领风骚。尖头瑶居住在贺州八步区的步头镇和贺街镇。

此外，还有源自在湖南新田县的顶板瑶服饰，源自湖南隆回县的花瑶服饰，源自柳州融水和贵州从江的盘瑶服饰，源自贺州黄洞瑶族乡的东山瑶服饰。

这些瑶族服饰看起来琳琅满目，各具风采，但又共同拥有某种韵味。它们展现出华丽中的典雅，朴实中的高贵，传统中的时尚。每套都是高档服饰。因为制作精细，又需要许多人合作，它们价钱不菲，值数千上万元。单个家庭不太可能制作这样的高档服饰，但是人们可以通过购买而拥有。据说，当地的瑶族家庭十有六七现在都拥有一套了。

李素芳有两个基地。一个是位于贺州城里的工作室，向来自各地的人们展示各种瑶族服饰，让他们不必跑到各处瑶乡挑选。要不是她在城里建立了个工作室，像我这样行色匆匆的人真的没有机会亲眼见识十几套不同瑶族支系的服饰。她让实际上分散在许多不同地方的瑶族文化元素有一个汇集的地方。她把它们带到城里，让它们的生命力更旺盛，同时也为城市增添了光彩。

另一个基地是位于家乡黄石村的博物馆，专门收集各地不同瑶族支系的服饰。她建了一座每层两百平方米的四层半大楼房，就建在父母家旁边的半山腰，博物馆设在二楼。楼房里还有配套的瑶服瑶饰创作中心和车间、原生态舞台、民宿，今后逐渐开放给游人体验生活。这里所收集的瑶族服饰，源自贺州本地的，多是自己制作，源自其他地方的其他瑶族支系，通常购买进来。这些服装穿在模特模型身上，争奇斗胜，美不胜收。

博物馆的目标是要收集全国各种瑶族服饰，如今已有两百套，今后可能会收集到一千套，这种构想大大地超出了一般商业公司的格局。

"为什么要把博物馆设在山里？"我问。

"那里有山有水，风景好空气又好，生活没有太多的压力，每次回到山里的家，都吃得香睡得特别安稳。这是现在城里人向往的地方，我觉得自己非常幸运是山里的女儿。我在半山上建一座房子，有小院子，打开窗就能看到青山绿水。我觉得山才是我的根。"

我想象，这样的地方，雨过天晴时，应当有一道彩虹从小河飞上山顶。我把它当成这位过山瑶妹子用五色衣架起的文化彩桥，一头在城里，一头在家乡，一头在过去，一头在将来。

[原载于《贺州文学》2019年第4期]

山那边，有光

——土瑶深度贫困地区脱贫记（节选）

徐一洛

徐一洛，女，曾用笔名四丫头。北京师范大学文学硕士。中国作家协会会员，广西作家协会理事，鲁迅文学院第二十届高研班学员。多部作品发表于《十月》《广州文艺》《山东文学》《大家》等刊，部分作品被《小说选刊》转载。出版小说集《欢歌》、长篇小说《爱情不设房》《错过的情人》《年华轻度忧伤》《等风来 在世界彼端》等。

古朴幽静的广西大桂山深处，世居着一支瑶族的稀有支系。这里，仅存8500余名居民；这里，满眼尽是低矮的土坯房、一望无际的群山。这里，是广西贺州市平桂区的土瑶。何谓土瑶？让我们走进大桂山，揭开土瑶神秘的面纱。

在桂、粤、湘三省交界的大桂山脉中，生活着世界上独一无二、最具地方特色的瑶族支系——土瑶。土瑶有着悠久的历史。据《山海经·大荒北经》记载，"黄帝生苗龙，苗龙生融吾，融吾生弄明，弄明生白犬，白犬有牝牡，是为犬戎，肉食"，又有史籍称，黄帝借助天神，擒杀蚩尤，九黎部落集团战败后，一部分加入黄帝部落，一部分南下形成新的部落集团，即"三苗"集团，苗族和瑶族先民便是其中一部分。

历史上，瑶族人民为了生存，不断向南和西南地区迁移，自平原越丘陵，辗转进山，他们"入山惟恐不深""入林惟恐不密"，在高山密林中寻找落脚之地，国内瑶族的分布格局形成了"大分散，小聚居"的特点。

"南岭无山不有瑶"。瑶族在中国境内主要分布在广西、广东、湖南、云南、贵州、江西等省（自治区）。由于各地的生态环境与经济状况不同，以及与不同民族之间的接触、融合，瑶族内部逐渐出现了文化差异，地域文化和族群文化逐渐萌芽和变迁，形成了盘瑶、布努瑶、平地瑶和茶山瑶等几个较大的支系。

土瑶则是盘瑶的一个独特支系，土瑶民众屯居在广西贺州市平桂区绵延起伏的24条山冲中，主要聚居于6个行政村，即鹅塘镇的明梅、槽碓、大明村和沙田镇的狮东、金竹、新民村，总人口为8500余人。这里山高林密、地势险要、交通闭塞，恶劣的自然条件导致土瑶群众的生产生活较为落后，贫困率达51.73%以上，有的地方甚至超过70%，是典型的"贫中之贫、困中之困"，也是贺州市脱贫攻坚中最难啃的"硬骨头"。

在上级党委、政府的关心支持下，平桂区明确了"一年初见成效，两年大见成效，三年脱贫摘帽"的目标任务，制定了"人均一亩茶、户均两亩姜、村均万亩杉"的产业发展目标，绘制了清晰的脱贫"时间表""路线图"。

一条大路通瑶山

金竹、明梅等6个土瑶村地处沟壑纵横、地势险峻的深山中，村民出行"晴天一身灰，雨天一身泥"。2016年之前，每逢赶集时，天还没亮，狮东村的村民盘青兰就要出门了。她时常是肩挑扁担、手持电筒，与两三个村民结伴而行，走3个多小时的山路，还要哼山歌壮胆。"那时最大的愿望就是能修条好路。"盘青兰说。村里不通水泥路，成为村民的一块心病。

金竹村村民盘春贵说，2017年冬，村里大雪封山，山上的电线被积雪压断，山泉水也结冰了。一家人住在狭窄的土坯房里，饥寒交迫。可我们总得吃饭活下去呀！于是我骑摩托车载着两个小孩往山外跑，哪知雪地里路太滑，父子三人从车上摔了下来，幸好没伤着。

居住在鹅塘镇境内的土瑶村民没有水田。鹅塘镇明梅村的村民赵木观读完初中后，尚未成年的他便开始同村里人一起，用稚嫩的肩膀，一次挑80斤生姜下山，又用卖生姜的钱，换来50斤大米，再将米挑回山上。通常是天刚蒙蒙亮，他便出发了，回到家时，已是深夜。"那时年纪小，也不觉得苦。"赵木观憨笑着说。

光靠种生姜也糊不了口。赵木观还陆续种了50多亩杉树。没通水泥路之前，要把杉木运下山，都是靠一副肩膀来挑的。赵木观笨拙地形容挑杉木的场景：先用三根木材拼成A字，背在身上，再在A字上加上几根杉木，一次背4～6根。

后来赵木观买了一匹马来拉杉木，因为杉木太沉，先后累死了4匹马。每死一匹马，他都会难过好一阵。再后来，他买了一辆28英寸的老式自行车，笨重的自行车在蜿蜒而狭窄的山路上骑行，既吃力，也不安全。2006年，明梅村修筑了砂石路，路面也拓宽了，赵木观将单车换成了摩托车，用来运送杉木和生姜，省时又省力。2017年，村里修建了水泥路，3.5米宽的主干道拓宽至4.5米，赵木观攒够了一辆汽车的钱，便购置了一辆小型面包车，专门跑运输。他是明梅村第一个买汽车的人。依靠这辆车，他将山里的物资运送到鹅塘镇和贺州市区更方便了，销路也更广了。

"现在水泥路都通到了家门口，我们土瑶群众也过上好日子了。"赵木观说。

瑶山的路崎岖蜿蜒，坡度落差极大，这对于刚学会骑摩托车的槽碓村驻村第一书记陀东来说，是个不小的挑战。瑶山里到处都是悬崖峭壁，山路修建在半山腰上，山石是风化石，土质疏松，只要一下暴雨，全村塌方的地方便不少于十处。泥石流或塌方突如其来时，下面是悬崖，上面是山坡，根本无路可逃。所有的工作队员在山间骑摩托时都摔倒过，所幸生命无碍。

山区常有各种毒蛇出没，各种颜色的蛇都叫不上名字，有些比手臂还粗。有一半驻村工作队员踩到过毒蛇。一踩蛇到要立即跳开，才不至于伤及身体。陀东时刻提醒大家随身准备药品，但一忙起来，工作队员们又赤手空拳地"上阵"了。

环顾四周，除了山还是山，陀东顿时感到孤立无援。但是越是艰难困苦的险境，越能激发他的斗志，他立志要俯下身子，沉下心来，与土瑶群众"打成一片"。

平时农户在山上做工，天黑才回家，陀东和驻村工作队员入户只能在晚上。大家最怕下雨，一下雨就会起大雾，能见度不足十米。还会打雷。但越是打雷下雨，农户越是在家，工作队员们就越是得赶到农户家里，可谓是哪里危险奔哪里。

村民们对这位新来的第一书记期望很高，故意对他用激将法，说如果路不通、信号不通，你来我家，我连水都不给你喝。陀东说，那如果我办成了呢？村民笑着说，那我们挨家挨户请你吃饭。

村民告诉陀东，我们祖祖辈辈生活在大山里，以前只有砂石路，如果家里有孕妇要生小孩，村医或者游医都解决不了时，只能连夜跋山涉水送到市、区医院。这得先拆一块门板，将孕妇绑在上面。陀东不解，问为什么要将孕妇绑起来。村民说，这样做是为了途中减震，因为瑶山里网络不通，外面的救护车联系不到，而山路太颠簸了。村民的话，让陀东感到修路、通网络刻不容缓。他默默地对槽碓村的百姓承诺：一定要解决村里道路和网络的问题，我说话算数！

陀东没有食言。槽碓村从2018年开始完善剩余道路的硬化项目，至2019年上半年，全村不仅通了硬化路，还对道路进行了拓宽，加装了防护栏。

2018年3月，新民村第一书记韦连军第一次去桐冲自然屯入户，半路遇到塌方，约有几十米长，下面是一百多米高的悬崖，人只能从塌方处走过去，后面的人踩着前面的人的脚印、踏着松土小心翼翼地过去。他走到一半，前面还有很长一段路。他感觉自己走不过去了，回头看，无路可退；向下看，万丈悬崖。他感觉自己的人生可能就走到这里了。他靠在塌方的约九十度的泥石上，根本不敢动。后来来了两个村民，一前一后，一扯一推，才勉强带他过去了。走完这几十米，韦连军感觉自己像是走完了一生。

还有一次，他和工作队员官畅一起入户，他坐在官畅的摩托车后座上。那时还没有水泥路，只能走砂石路。到一个叫石梯的地方，因为下着雨，又连续拐弯，在一个急转弯且上坡处，官畅稍一加大油门，车便开始打滑，车头翘了起来，直接往百米深的悬崖冲去。韦连军紧急跳下车，顾不得手机和提包，死死地拉住摩托车尾，在前轮有一半掉到悬崖边的时候，终于拉住了车子，两人侥幸捡回了一条命。此后，每次经过那个地方，韦连军仍心有余悸。

韦连军联想到此前也有群众在此地段出过事故，便下定决心，一定要帮群众再修一条上山的路，改变原有道路陡险弯急的现状。但修路要经过狮南村群众的山地，因此产生了纠纷，需要几十万元的补偿款。韦连军协调了几次都无果，沙田镇的相关领导找到他，希望他放弃这条路的建设。考虑到立项的不易和修路对群众的益处，韦连军坚决不同意撤项。经过多方深入调查，他得知松木村和狮南村的山地也有纠纷，便有了主意。他邀请了新民村、狮南村、松木村、沙田镇政府以及施工方、几个村的扶贫工作队员一起到现场核验协商。松木村几位德高望重的老人听说他们是修建扶贫路的，立即表示大力支持，并不顾年迈体弱，跟随韦连军一起进到大山里。经过协商，最终达成协议，该条路得以顺利施工，解决了群众出行难的问题。马窝群众欢欣鼓舞，奔走相告。

吾心安处是瑶乡

一张奖状，一位劳模，一个产业，记录了一段茶香四溢的历史。

在贺州市平桂区沙田镇政府，有一张被珍藏了62年的奖状，上面印着"奖给农业社会主义建设先进单位广西壮族自治区贺县沙田人民公社"，落款处写着"周恩来"三个柔中带刚的大字。这是1958年12月由时任沙田人民公社副主任的盘少明赴北京领回来的珍贵纪念。这块奖状，与盘少明、与瑶族独特支系——土瑶的种茶制茶史紧密相连。

土瑶的种茶制茶史可以追溯至明朝。据记载，居住在狮峡乡的土瑶群众将茶叶制成六堡茶，通过潇贺古道远销大江南北甚至是新加坡、马来西亚等南洋一带。作为广西名茶之一，当地所产的贺县六堡茶一度与苍梧六堡茶、横县六堡茶并驾齐驱，在茶界共享盛誉。抗日战争前，当地茶叶最高年产量曾达50万斤。战后，由于销路不畅、价格低、米价上涨等原因，当地群众不得不烧毁大部分茶林改种粮食，致使茶叶产量大幅下降。

1952年，年仅20岁的盘少明面对着"九山半水半分田"的家乡陷入了沉思：如何带领刀耕火种的父老乡亲们摆脱贫困？他花了一个月的时间，走遍了狮峡乡的村村寨寨。当听到大冷水、小冷水的老人们眉飞色舞地讲起过去种茶的故事，他精神为之一振：我们土瑶本就有着悠久的种茶历史，何不与大家一起重现贺县六堡茶的辉煌？

说干就干。在盘少明的带领下，短短几年间，当地的土瑶群众大量种植茶树，并一改过去不施肥等粗放的耕作方式，通过实行一系列技术改革，为荒山披上了绿油油的新装。1952年，当地茶叶亩产85斤、总产量仅为9万斤，四年后，茶叶亩产增至107斤，总产量增至27万斤，是原来的3倍。

由于茶叶生产成绩优异，1957年，时任狮峡乡党委书记的盘少明被评为全国劳模，即将到北京参加劳模大会。消息传来，小小的狮峡乡沸腾了，盘少明却再次犯了难：就要到北京去见毛主席了，该如何表达我们土瑶群众对党、对毛主席的感激呢？突然，他灵光一闪：此行去见伟大领袖，当然得带上我们最好的东西！他挑上一担茶叶就踏上了进京的路。

在北京，盘少明不仅在劳模大会上见到毛主席，还作为毛主席接见的七位代表之一，荣幸地走进了中南海。毛主席握着盘少明的手亲切地问："你是哪里人，是干什么工作的？"当得知他是种茶劳模时，主席亲切地勉励他："种茶叶好呀，争取明年再来！"

毛主席的话，深深地种进了盘少明的心里。1958年，已升任沙田人民公社副主任的盘少明以林业全国劳动模范的身份，再次受到毛主席接见，并捧回了由周恩来总理亲自签署的"农业社会主义建设先进单位"奖状。

"桑木扁担软溜溜，挑起茶篓上北京。北京见了毛主席，主席夸茶好清心。"盘少明挑茶进京的故事在当地成为佳话传颂至今，土瑶群众种茶制茶的历史、党对土瑶群众的关爱也得以一直在土瑶山乡传承、演绎……

大瑶山的希望

6个土瑶村由于各村屯之间距离较远，生源分散，给孩子们上学造成了极大的困难。平桂区整合现有的教育资源，将义务教育阶段小学四至六年级的瑶族学生集中到城区文华学校上学。目前，已有400多名土瑶班学生到文华学校读书。姜晚英正是文华学校土瑶班的教师。

20世纪80年代初，明梅村的姜晚英成为唯一一个走出大山读初中的瑶族女孩。她每周一从明梅村走到鹅塘镇初级中学，周五又从学校走回家，一趟就得两个半小时。同村的很多女孩子未到成年就早早嫁人了，多数女孩仅读到小学三四年级就辍学了，姜晚英却坚持读到了高中。为此，村民颇有微词："一个女孩子读这么多书有什么用，还不是要嫁人？"她顶着来自各方面的压力，继续埋首读书，并准备考大学。

在家人的支持下，她咬牙一气读到了高三，成为那片瑶族山区第一个读高中的女孩。然而，由于基础知识较薄弱，她高考落榜了，这成为她的人生之痛。高三暑假的那两个月，她每天都会爬到后山上，呆望着山外，一坐就是一整天。她告诉自己：只有站起来，才有出路！不足20岁的姜晚英将他人的讥笑抛在身后，化悲痛为力量，成了镇里的一名代课老师，一干就是8年，直到1996年，才通过考试转为公办教师。

土瑶人从前种田，也养牛，姜老师小时候也放过牛。那时，耕牛是山里人家最值钱的"宝贝"，农民们将牛看得格外珍贵。冬天，山上收了庄稼后，村民们早上将牛赶上山，下午才到山上将牛找回来。姜晚英上小学时，经常在清晨牵着两三头牛，翻越两座山，将牛儿留在山上吃草，再赶往学校上课，放学后又攀过山头，循着牛铃，找到吃得饱饱的牛儿牵回家。她读初二那年，一天，她和往常一样上山找牛，好不容易将牛找到。可是山坡太陡了，那头老牛低头吃草时突然脚下一滑，它笨重的身体在瞬间滚落下山……这悲惨的一幕，发生在她的眼皮底下。她彻底懵了。她明白失去一头牛对这个贫寒的家庭意味着什么。她在一块山石上呆呆地坐着，一直坐到了天黑，才牵着幸存的小牛，一路哭回了家。所幸家人并没有责怪她。但那整个寒假，她都茶饭不思，寡言少语，第一次萌生出了不想读书的念头，并怯怯地向父亲提出辍学的想法。父亲明白她的心思，只回应了一声："随你喔。"几天后，姜晚英想通了，无论如何她都要继续把书读下去！

面前的姜晚英老师，个头不高，身形瘦弱，骨子里却透着一股倔强，她抱定了读书的念头，并且始终如一地坚持了下来，不达目的誓不罢休。她不惧人言，求学期间忍受着来自各方的奚落与嘲讽，仍执意读书。婚姻方面，她敢于挑战瑶山人不同外族人通婚的传统，勇敢地选择属于自己的幸福之路。"我找的老公是大学生，壮族人。"姜老师骄傲地说。

姜老师还有一股牛脾气，坚决不让一个孩子辍学。

2018年9月12日晚上，已经是10点多钟了，学校政教主任打来电话，说宿舍里少了两个土瑶娃。姜晚英听后，二话不说，就与值班老师出校找人。可找遍了周边街道超市、网吧都不见人。直到凌晨2点，才在一个小卖部旁找到了两个厌学的孩子。

2019年4月29日，在去唐运林同学家劝返途中，姜晚英在陡坡上被一辆装满木头的大车挡住去路。车子一度打滑倒退，吓得她在心里发誓下次再也不要来了。每次都说不来，但还是一次次来了。功夫不负有心人。不久，唐运林如约回校。

2019年9月5日下午，姜晚英和农业局的工作人员一起到大明村赵兰姑家劝返，当车子到达大明村老村委门口时，一辆毁损的货车挡住了去路，他们的车子过不去了。眼看天色将晚，没有时间等待了。她拦住了一辆过路的摩托车，想让人捎过去。可是，前面在修路，摩托车也无法通行。她毅然决定步行，只身走在陡峭的山路上。天黑了，一个女子独自走在空无一人的大山中，说不怕那是假的。好在手机还有电，她借着微弱的光，走了40多分钟，才到学生家里。那次是她劝返路上第一次掉眼泪。那天，她成功地将学生带回学校。等她回到自己家时，已是万籁俱寂的深夜。

作为一位土生土长的瑶族女教师，瑶族文化始终流淌在姜晚英的血液里。她热爱这片土地，也尊崇瑶山孕育出来的独特文化。她记得儿时每逢春节或村里有外乡客人来时，都会听到村民聚在一起对唱瑶族民歌。她想，为什么不将瑶族传统文化传承与学校的教学结合起来呢？

从2018年10月起，姜晚英将土瑶民歌、瑶族长鼓舞、瑶绣等瑶族传统文化引进课堂，教孩子们唱瑶歌、画瑶画、绣瑶绣、跳瑶舞。2018年11月3日，姜晚英撰写了《平桂区文华学校民族团结进校园和瑶族文化传承方案》。2019年3月22日，学校创建了瑶族文化室，姜晚英不仅贡献出自己压箱底的过山瑶和土瑶两套民族服饰，更动员家长们捐献了平时不用的竹筒、刀鞘、织针、竹篓、特色网背包等土瑶同胞日常生活用品。结合土瑶教育实际，平桂区委在文华学校打造民族团结进步创建教育基地，拨付专项经费，开展"民族团结进步创建进校园"活动。

"8500名土瑶同胞中，5537人有劳动能力，但是六成以上只有小学文化。今年9月，405名土瑶学生通过搬迁集中到文华学校就读，上学不再难，教育将成为阻断贫困代际传递的治本之策。"平桂区教育局局长杨辉考说。

姜晚英老师接受完采访，便冒着炎炎烈日，为学生晾晒被子。她说，趁着大太阳晒晒瑶娃们留在学校的被子，等他们回来上学时，就会睡得舒服一些。文华学校的操场上，晒满了孩子们的被子，那些柔软的被子里，藏着一轮暖阳。

相信自己，相信未来

得知即将采访的主人公凤增贵是一位残疾人时，我心里五味杂陈。我们走进了凤增贵工作的贺州市超群实业有限公司。该公司为苹果、小米、联想、戴尔等世界500强企业生产电脑包、箱包、旅行袋等产品。

扶贫车间内十分嘈杂，满眼皆是缝纫机和待加工的箱包，每台缝纫机前都坐着一位工人，正紧张而忙碌地埋首劳作。向车间主任说明来意，他引领我们找到一位女性，她是凤增贵的爱人凤金留。尽管她戴着口罩，但仍能从她的眼睛中读出她的善良，以及内心充溢着的满足。她将我们带到一位青年面前。"这是我老公。"凤金留腼腆地说。自我介绍后，凤增贵微笑着起身，离开缝纫机，陪同我们前往相对安静的食堂。此时正值上午10点多，食堂内无人就餐。

紧随凤增贵身后，见到他迈步的一瞬间，让人不禁有些愕然：他的身材极为瘦削，走路时微瘸。我无法看清他的腿疾，却能清晰地看到他形同鸡爪的手，他的两只手从食指到无名指都呈90度弯曲。几分钟后，我们到达食堂。我的心路历程却好似跨过了几十年，这样一个土瑶青年，一定经受过常人无法想象的遭遇。

我斟酌着如何提问才不至于挫伤他的自尊心，他却大方地开始讲述他的经历。

2003年开始，凤增贵在狮东村大冲教学点担任民办教师，每天步行两个多小时去上课，妻子在学校食堂工作。他们生了两个孩子，一家人其乐融融。2018年6月，凤增贵突然同其他民办教师一起被清退。这对于他和他的家庭，无疑都是个致命的打击。为教育事业贡献了十几年的青春，突然被辞退，工作和生活全无着落，一家老小等着吃饭，怎么办？家庭重担，以他这副羸弱的肩膀，又如何能够挑得起？

像其他村民一样在山里干活，种茶、种生姜、种杉树吗？可他的身体根本无法承受长时间的体力劳作！去城里找工作吗？他是先天性的残疾人，手与脚都不太灵便，若找普通工作，身体过不了关。究竟该何去何从？凤增贵十分茫然，一次次在瑶山里徘徊。

所幸，天无绝人之路。村里的扶贫干部向他宣传易地扶贫搬迁政策，搬迁的村民可享受就业、就医、就学、社会保障等。他心有所动，又有所顾虑。迁到城里，他们一家靠什么生活？

苦心人，天不负。2018年9月，凤增贵顺利通过贺州市超群实业有限公司的招聘。他通常一天工作8小时，工厂订单多时，他主动要求加班，每月可以领到三四千元工资。凤金留也顺利进入该扶贫车间工作。

凤增贵主动将那双畸形的手展示在我们面前，微笑着说："这双手可以提得起二三十斤重的东西，也能支撑得起一家人的生活。"

好事接踵而至。他和妻子的工作稳定后，很快将孩子送到平桂区文华学校就读。2018年11月，全家人乔迁至平桂区安置房"老乡家园"，一家四口人从大瑶山里走出来，在城里工作和上学。

一个多小时的讲述过程中，凤增贵脸上自始至终绽露着真诚的笑容。他的脸上，看不出一丝愤世嫉俗，言语中也从未抱怨世道的不公。

若非他的提醒，我已经完全忘记了他是一位残疾人。他的心态比许多健全的人还要健康。采访期间进来一位工人，好奇地盯着他，又将关注点放在了他的手上。

凤增贵淡然地说："其实我早就已经习惯了。"

在乡村任民办教师时，他曾受到过家长的质疑与指责。他不急不恼，耐心地说服家长，并得到家长们的一致认可。在工厂上班时，他也曾遭遇过同事的同情或怜悯，他一笑而过，不卑不亢地做工，不惧他人异样的目光。

他感慨地说："能拥有现在这样的生活，我非常知足。我有两个孩子，还有一个好老婆，我们村里还有些人娶不上老婆呢。"提到妻子凤金留，他一脸掩饰不住的幸福。电话采访凤金留时，她回忆起两人这十几年来的经历，激动万分。

"我们是在2003年认识的，他来我们小冲教学点做代课老师的时候，我们瑶山还很落后，没手机没信号不方便联系，想见他只能去学校旁边看他。后来，我们就慢慢地成了男女朋友。他比我大7岁，而且还是一个残疾人。但我不在乎他的身体和年龄，我觉得他是一个比较老实的人。当时我妈不太同意我跟他在一起。我爸在我才3岁时就离开了这个世界，所以妈妈是我最亲的人。可我坚决不听我妈的意见，第二年就嫁给了他。每天，他去学校上课，我去山上干农活。他家并不富裕，但我愿意跟他过一生一世，只要他爱我就足够了，其他的都不重要。他的两个哥哥都已经分家了，公公婆婆跟我们一起住。2005年，我们有了孩子。那时候家里非常困难，连摩托车都买不起。孩子小时候经常生病，一旦生病，就要背着孩子，走15公里到镇上的沙田卫生院看医生，看完病又背着孩子走回家。记得有一次孩子得了肺炎，医生建议住院治疗，可被我拒绝了。我想，住院可要花几千元。我就跟医生说住院是住不了的，但孩子的病是一定要治的！我可以每天带孩子到医院打针、吃药。医生说：'最少要一个礼拜打针、吃药才能有效果，你这样来回跑能坚持住吗？'我点了点头。就这样，早上6点多钟，我就背着孩子出门，晚上七八点才回到家。那时候真的觉得很累，很累，但我不怨天怨地，只要一家人健健康康地在一起就好。

"我比我老公胖，力气也比他大。每当周末或假期我们一起外出干活，重的东西都是我带，只给他带轻一点的。有一次家里快没米下锅了，我就跟他去砍些竹子卖。他这个人有点笨手笨脚的，连绑竹子都不会，每次我都帮他捆绑好。他笨笨的样子也蛮可爱的。我扛的是一百斤多一点，他扛的是几十斤。他人很瘦小，我不想让他太劳累了，怕他的身体吃不消。直到2017年，我们寨所在的教学点招我去饭堂做饭，那时候日子好过一点了。我月工资有1500元，我老公也是1500元。两个人的工资加上政府补助的一个月几百块钱的低保，日子过得稍微宽裕些了。而且孩子一天天长大了，病也少了，我们的日子就轻松多了。

"没想到更大的好消息还在后头等着我们，政府有一个好政策——凡是贫困户都可以搬迁到平桂区'老乡家园'。一听到这个好消息，我们就申请了一套房子，120平方米。2018年底，我们一家四口从大瑶山搬迁到了'老乡家园'，我们搬迁的原因就是为了改善在山里的贫困生活，也为了两个子女的前程着想，不能祖祖辈辈待在大山里一直穷下去。现在我们夫妻俩都在贺州超群实业有限公司上班，只要公司货源充足，两个人的月工资加起来有六七千块。希望我们往后的日子越过越好。"

　　凤金留质朴的话语，令人异常感动。这样一对平凡的夫妻，过着平凡的日子，却一起相扶相携走过了不平凡的道路。

　　凤增贵还向我们谈及十几年前他结婚的趣事。土瑶男女双方经过恋爱确定结婚时，一般会举办为期两天三夜的婚礼，男女双方的亲戚必须到齐，独具特色的婚庆长桌宴酒就开始了。眼看要办长桌宴了，可凤增贵家的猪肉不够，米、油也不够。怎么办？借！凤增贵向邻居借来猪、酒、米、油等，得以顺利成婚，将凤金留风风光光地娶进门。

　　从山村到城市，从70多平方米的泥土房到120平方米的楼房，从贫困户到小康之家，凤增贵家翻天覆地的变化，发生在不到三年的时间内。他脸上始终洋溢着微笑，那笑容有几分腼腆，又含几分满足。面前的凤增贵，不是工厂最优秀的员工，却是一个始终以积极乐观的心态活着的优秀的人。

　　凤增贵说："只要不懒，就不愁吃穿。"说话时，他凝望着前方，那目光笃定而坚毅。

　　土瑶太小了，小到你在百度上几乎查不到关于她的信息；她又太大了，大到一旦你走进她，会发觉怎么也走不出她的怀抱。

　　瑶山的路，是一条脱贫致富的康庄大道。从两任全国劳模的"瑶王"盘少明，到各村扶贫攻坚的第一书记、村支书和扶贫工作队员，这些土瑶山区的建设者们，筚路蓝缕，跋涉山林，踏遍一道道蜿蜒的山路，踏出一条条平坦的硬化路。这些路见证着扶贫工作者经历的一幕幕险境、一幕幕温暖、一丝丝回忆、几分耕耘与几分收获。

　　这是一条走出大山，脱贫致富的雄关漫道，而土瑶人民尚且行在路上。

　　土瑶人民太穷了。在新民村村支书赵进文家，我平生第一次尝到存放了七年的米，淡黄色的陈米和新米掺杂在一起，吃在口里索然无味，心里也是五味杂陈。土瑶同胞平时餐桌上的菜式很简单，一餐仅一两个菜，也极少能吃到新鲜的肉。

土瑶人民太苦了。这里"山高石头多，出门就爬坡"。难忘那一双双因长期劳作而爬满老茧、因编竹篓而布满伤痕的手，那一张张长期曝晒在太阳底下黝黑的脸，那一弯弯因长年采茶叶、挑生姜、背杉树而佝偻、变形的脊背。

土瑶人民太勤劳了。那些七八十岁仍背着竹篓、编着竹编的老奶奶，那些唱着山歌、绣着瑶绣的少妇，那些挑着重担上山下山的土瑶汉子，那些在城里辛苦做工的土瑶人民，数不胜数。

乐观、好客的土瑶儿女已敞开山门，摆好丰盛热闹的长桌宴，备好醇香浓烈的木薯酒，还有土生土长的石壁菜、地王菜、沙痒菜，以及风味独特的腌酸肉、清水鸭等，恭迎五湖四海的朋友们。

苍茫的林海中，那一株株巍然挺立的杉树，那一棵棵绿茵茵的茶树，那一块块裹满泥土的生姜，漫山遍野、青翠欲滴的楠竹，久负盛名的高山黑茶，纯正香甜的野生蜂蜜，清香脆爽的苦笋，都是瑶山人民殷切的希望。茶叶、生姜、杉树、楠竹、茭白、油茶、八角、鸡血藤、草珊瑚、蜂蜜……这丰饶的瑶山，默默地庇佑着她的土瑶子民。

高山下流淌着甘甜冷冽的泉水，喝上一口便心旷神怡，神清气爽。一首热情似火、高亢的敬酒歌，驱散瑶寨的微寒。

在明梅顶看到的令人惊叹的天象，于瞭望台上极目远眺，群山如无边巨浪，逶迤起伏奔来眼底，蓝天上白云缥缈，时卷时舒。这里最高海拔1208米，常年云蒸霞蔚，它远离都市的喧嚣，显得如此宁静。此刻，不觉让人物我两忘。

如今，土瑶以她独特的地理地貌，独特的民族种群，独特的民族文化，独特的生产方式，独特的农副产品，独特的生活习俗，正一步步走出大山，走出一条致富之路。

那一碗碗醇香的米酒，从村头香到寨尾；那一曲曲动听的瑶歌，从这山唱到那岭。

山还是那座山，山已不是那座山。山那边，有光。

[原载于《贺州文学》2020年第3期、《民族文学》2020年第11期]

群山

罗晓玲

罗晓玲，女，瑶族，广西贺州市富川瑶族自治县人。中国作家协会会员，广西作家协会理事，鲁迅文学院第四十届青年作家高研班学员。有作品发表于《诗刊》《民族文学》《飞天》《广西文学》《四川文学》《散文选刊》等刊。散文曾获《广西文学》2019年度优秀作品奖。出版个人诗集《月光照在黛瓦上》。

一

"唰——"

炽光灯在村前的球场边亮了起来，白光瞬间刺破夜幕，溢满了整个球场。

一个魁梧的身影从北面文化楼的暗处走出来，左手提着一把芦笙，右手拿着一些废纸和碎柴。他走到操场中间，摸摸索索地点燃了早就放在那里的火炉，火光很快映出了他轮廓分明的国字脸，一双星目之下是坚挺的鼻梁。炉里的火随着风势，越烧越旺，很快柴火就"噼里啪啦"地响起来。乡亲们还没有出来，任善学翻来覆去地打量手中的芦笙，间或又吹上一吹，反复聆听从笙管里发出的声音。

初冬，风越刮越大，天气越来越冷，傍晚六点不到，天已经完全黑了下来。村的北面，一座并不大的山充当了挡风屏的作用，为大井村挡住了大部分呼啸而来的北风。这是一座独立的山，它并不像远处的群山一样连绵起伏，它更像是亿年前的地壳运动中，在地表聚合时顽皮地跳了出来，兀自落在了巍峨的群山的面前。后来一位瑶族先人看这座山像一只倒扣的大钟，雄浑沉厚，就把这座山当成了后龙山，在山前立了寨子，一住就是几百年。村的南面，一口清冽的泉水从地下汩汩涌出，大井村人用大青石条和石板砌起来，供人们在此取水、洗菜、捣衣。沿着沟渠流淌出去的井水，一路灌溉过去，浇园淋菜，生生不息地润泽着村里的庄稼。村的名字就从这口大井而来。

灯光是一种呼唤。灯一亮，女人们就拿起长鼓，男人们拿起芦笙，撇下手上的活计，自觉地到球场上集合。今天是周六，在校住宿的孩子们也回来了，这样全村的人都更能集中在一起跳长鼓舞。

相传在远古，瑶族始祖盘王在一次上山狩猎时，不幸被野羊抵死在空桐树下，盘王的六个儿子闻讯赶来，联手杀死了野羊。为报父仇，他们用空桐树制成长鼓鼓身，剥了野羊皮制成鼓面。从此，长鼓成了瑶族子孙祭祀盘王的工具。每当瑶族的重要节日，盘王子孙就击打长鼓，跳长鼓舞，祭奠盘王。经过几百年的传承演变，在跳长鼓舞的时候，为了丰富音色，瑶民还加入了芦笙、铜锣一起奏乐，便演变成了芦笙长鼓舞。这种舞就一辈辈地传下来，到了任善学这一辈，已经不知道是多少代了。而他，也成了这种舞蹈在大井村的第一代非遗传承人。

乡亲们一个跟一个陆续出来了，年纪最老的任致京也出来了。按年纪，任善学得叫任致京一声哥，任致京年纪虽大，但舞跳得不含糊，每个动作铿锵有力，丝毫不逊色于年轻人。每回村里的演出，他是必不可少的一个。但侄子任致全一直不见踪影。任善学朝任致全家的方向看了看——灯是黑着的，他心里有些失落。县里准备发展第二代非遗传承人了，文化馆的老师让任善学先物色两三个人选，再由他们最后选定上报。这段日子，任善学的心里在不停地权衡筛选。做一名非遗传承人不仅是一种荣耀，更是一份责任，因此在传承人的推选上要慎重考虑，不能草率。

芦笙长鼓舞的传承人，不仅要热爱这套祖传的技艺，而且还要能吹善跳，有组织协调能力，能协调好村里的舞蹈队参加各种县内外活动。能满足这些条件的人不多，权衡来权衡去，任善学心里最后只有四个人选，吹芦笙的，一个就是任致全，另一个是任荣峰；跳长鼓舞的，是任小妹和另一个女孩。但任荣峰和那个女孩常年在外打工，家里的事他们顾不上，因此只有致全和任小妹是最佳人选了。

正是遴选的关键时候，致全怎么没来呢？任善学心里嘀咕，看到村民们来得差不多了，任善学决定像以往那样，先来先练。

乡亲们以篝火为圆心，分内外两圈站成了一个环。外圈是吹芦笙的男人，内圈是跳长鼓舞的女人，在圈外两侧，还有两组拿大长鼓的人，以斜八字分开，远一点看，这队形就像一张圆张的嘴唇上方，挂着两撇八字胡。

舞蹈起始于任善学举起芦笙奋力一吹，空气中发出一种近似于箫却比箫声低沉迂回的声音，那声音像一声号角，催使村民们齐整地迈出脚步，开始跃动起来。长鼓在女人手上被举起又放下，她们一只手在鼓皮上有节奏地拍，一只手抡动长鼓，细长的长鼓带着细长的腰肢在男人间灵动地穿梭。他们一起喊着号子：

欧吼欧吼——嘿，欧吼欧嘿，欧嘿嘿回，嘿嘿回呀欧……

任善学常常说，把鼓举过头顶，那是代表我们在向神灵呼喊：请赐我风调雨顺，请赐我五谷丰登，请赐族人吉祥安康，请赐万物宁静丰润……

欧吼欧吼——嘿，欧吼欧嘿，欧嘿嘿回，嘿嘿回呀欧……

火尖像狂舞的精灵，随着北风快速地摆动。男人们一边吹着芦笙，一边蹲腾、跳跃、挪移、穿插，女人们击鼓、举鼓、按鼓、抡鼓，队伍时圆时方，村人的脚步时而整齐地行进，时而整齐地后退，或急急地旋转，或高高地腾空。上山落岭、过溪越谷、伐树运木、插秧割谷……那气势像江流滚滚，奔涌而下；又像有千军万马，在疆场上刀光剑影、纵横驰骋，看着令人心旌摇荡、热血奔流。

二

任致全回到家，家里的灯仍是黑着的。他知道，雪花去帮别人摘果子也还没有到家。这个季节，附近村寨的果子都熟了，田野里、山坡上到处是飘香的柑橘。以往这个时候，雪花也忙着在自家的果园里摘果，然后拉到集市上卖。但遗憾的是，今年，他们家的几百棵柑橘树不幸得了黄龙病（柑橘树的绝症），夏天的时候，不得不全砍了。家里唯一的一块产业没有了，雪花只好起早贪黑去帮别人摘果子，赚着每天百来块的零散工钱。

这样的日子仿佛持续有好些天了，多到任致全都已经习惯回到家只看到空冷的屋子。两个孩子，一个在大城市读大学，一个在念初中，都不在家。他和媳妇思前想后，这几年还是选择留在了家里，没有出去打工。一来是家里有产业，这份产业在没有毁之前，得需要在家护理；二来是能在家照顾老小，不像别家的老人小孩，都在家留守着没人管。

任致全抖抖身上的泥尘，伴随而来的是一股撕裂般的腰部钝痛。他倒吸了一口冷气，小心翼翼地用一只脚支撑地面，另一只脚轻轻地从摩托车上跨下来。他托着腰，回到屋里开了灯，直接倒在了沙发上，忍不住发出了痛苦的呻吟。

村前的灯亮了，他知道村里人又在跳舞了。盘王节就要到了，一到这个节日，大井村的芦笙长鼓舞队就会被邀请到县里参加各种文娱活动和各乡各寨的庙会。天气冷了，该收的庄稼也收完了，地上的活基本没有了，村民们开始有闲余的时间来倒腾这门技艺了。村里人年年都是这个季节最开心，他们被争相邀请，面子上特别光彩，那几套祖传下来的芦笙长鼓舞，也越跳越带劲，越跳越有味。

雪花背着摘果的布袋子疲倦地进了屋。她看到致全双手托着腰，问怎么了？致全拿出一瓶药酒，说，你给擦擦，雪花就知道他伤了腰了。她赶紧解下身上的布袋，让任致全慢慢翻过身趴在沙发上，撩开衣服，把药酒倒在丈夫身上，一边给他搓着，一边责怪太拼命。

明年孩子上大学的钱还没攒够呢，再说家里两老身子骨不舒服，经常得看病吃药，现在不努力做工，哪有钱养家啊？任致全语气有点烦躁。

前几年，乡里刚刚开始搞脱贫攻坚工作，政府有危房改造补助，很多乡亲趁机拆了老屋，用这笔钱盖新房子。那几年，任致全给别人做泥水工，常常是忙得不亦乐乎，收入也不错。但几年过去，这片土地上，该拆的也拆了，该建的也建了，现在，建房的人少了，工程也相对少了，靠做水泥工的赚钱是越来越难了。思来想去，任致全还是决定来年到外地去打工，这样钱赚得也容易些。雪花就在家打些临工，照顾好老人和读初中的儿子。

雪花也跟着叹了口气。她又何尝不是早出晚归地为别人打工，一天天扛果子扛得肩膀痛。现在她每伸出手，都觉得肩膀像挂了铅一样笨拙得施不开力。但雪花没说自己累，只是默默地在丈夫身上轻轻揉搓，听他哎哟哎哟地发出一阵阵呻吟。

村外的号子一声声地传过来，两口子听着热血沸腾。雪花突然问：你舍得啊？

任致全知道雪花说的舍不得指的是什么。她知道自己爱跳那套舞，还想成为第二代传承人，他想跟前辈的传承人一样，把这套舞一代又一代地传下去。但现实和理想之间有矛盾，任致全内心也很矛盾。

跳舞是一种多么奇妙的感觉啊，一帮男男女女集中在一起，喊着号子，跳得浑身起劲，跳得让人觉得日子有奔头。任致全深深地迷恋这种感觉，特别是当他吹起芦笙跳起舞的时候，他会忘记一切烦恼，甚至意绪翻飞。他想象着历代的祖先们在吹响芦笙的那一刻，他们的灵魂就已经回到了村庄。他们飘浮在村庄上空，静静地看着子孙们在跳他们当年跳的舞——头拜上四拜、竹鸡扒泥、五足尖、堂堂上……他们甚至在讨论着谁跳得好，谁最适合挑起传承的大梁。

任致全知道，村里的年轻人大多到大城市打工了，剩下多是老老少少在学跳这套舞，像他这样的中坚力量已经少得可怜。他也曾听善学叔说过，要选第二代传承人了。任致全心里痒痒的，他心里也一样权衡过，谁来当这个传承人最合适。

我们还是去跳舞吧，任致全说，他和雪花就是在跳舞中撮合成的。以前男女合跳的时候，他俩就是一对。二人穿梭对跳，配合得天衣无缝，久而久之，就跳出了感情，再跳下去，就结成了真正的一对。

凉凉的药酒渗进皮肤，配合雪花恰到好处的按摩，任致全感觉腰部已经好了不少，他正要翻身起来到操场去，却又"哎哟"一声沉了下去，才发现腰部根本用不上力，只好打消了念头。外面的号子声和乡亲们脚步声在村子上空回荡，任致全心里像被十几把梳子同时抓挠一样奇痒无比。

三

跳了几组回合，任善学让乡亲们自己先跳，他放下芦笙，一个人到了任致全家。

看到趴在沙发上的任致全，任善学马上明白了。他掀开任致全的衣服，往他的腰身上探了探，知道没伤骨头，松了一口气。

第二代传承人，我准备报你的名字上去。任善学很认真地说。任致全激动地要从沙发上跳起来，但身体又被一股疼痛按住了。他的表情既高兴又痛苦，但高兴仅维持了几秒，人就低落了起来。

怎么？任善学看着任致全失落的脸问。这位侄儿样貌不算出众，个子也不是最标准的，但任善学就喜欢他的好学、对乡亲们的热心。任致全吞吞吐吐地对任善学说了他的苦衷，说完转过头去，心虚似的不敢直视这位长辈。

任善学一听，急了，他没有想到，一直在家待得好好的任致全，会突然说要出去打工。

你克服克服吧，没有比你更合适的人选了。你要是走了，我就选不出人了，任善学说。任致全面露难色，一边是生活，一边是传承——鱼和熊掌，他不知如何兼顾。

任善学心事重重地从任致全家出来，又回到了跳舞的队伍中。乡亲们与往常一样，动作还没学会的，在一边练习，动作熟练了的，就在一边休息。男人们都围在篝火边一边说话一边抽烟，小声议论着下一代传承人会是谁。

任善学一挥手，男人女人们纷纷站起来又组回他们熟悉的队形。每一次排练，任善学都是跳得最卖力的。传承人的使命就是这样，在情绪上永远是最高涨的，在动作上也必须是最标准的。对于那些还没有学会的新学员，他必须得反复地跳，反复地教，直到他们学会为止。

连跳了两遍，任善学叫乡亲们解散，各自回家了。

任善学走到南面的井边，随手捧了捧井水，猛喝了一口。他缓了一口气，想到了什么，掏出电话，拨出了一个号码。

电话一开始没有人接，过了一会儿，对方打了过来。

"荣峰啊。"任善学说，"盘王节就要到了，你回来不？"

任荣峰在电话那边匆忙地说："叔，没法回啊，年底了，厂里特别忙，我还在加班呢，先这样了啊。"那边的电话很快就挂了，留下任善学呆呆地举着电话不知所措。

夜色中的大井村在山的环抱下，安静得像襁褓中的婴儿。任善学抬头看看不远处黑色的山峰，它们像神一样端坐着，缄默不语。以前祖先们被迫从一座大山迁徙到另一座大山的时候，是多么艰辛啊，可这个民族还是在峭崖绝壁中顽强地生存了下来，直到他们被接纳，最后离开大山来到平地，衍变成瑶族的另一个支系——平地瑶。瑶族人是离不开大山的，哪怕生活在平坦的陆地上，也要紧紧依靠着大山，大山是他们居所的依靠，也是他们的精神依靠。

他突然希望大山们能给他一些启示，然而大山就像入了定的僧人，不言不语。任善学只好低头，看着井里微微闪动的波光发呆。

任致京在任善学后面来到了井边，在他身边蹲下，捧了口井水，直接往嘴里送。"关于传承人，你是怎么想的？"任致京问任善学。他比任善学大几岁，任善学有心事，逃不过他的眼睛。任善学跟他说了任致全的事，他的困惑对任致京从不隐瞒。

任致京从口袋里拿出了两根烟，一根递给了任善学，一根放进了自己嘴里。任善学拿过来，没有抽，只是呆呆地看着井里的水在夜色中泛着波光。

四

任善学回到他的作坊里，又拿起了笙管反复琢磨。靠灯的一面墙边，摆着一张大桌子，桌上放满了长短不一的竹管、削好的竹片、木块、铁丝、刻刀……房间四周，摆着几十个做好的芦笙，有些已经上了漆，有些还是糙坯没有打磨光滑。任善学又拿起一把芦笙，在灯下开始了改造。

他知道一块铜片对于一支芦笙的重要性，簧片的质量决定了芦笙的音质。以往，为了这块合适的铜片，他会花上整个晚上的时间去打磨。簧片装上了，敲一下，拿起来吹，声音不对，再拆下来，再敲再装再吹，就这样一次次调试，反反复复，直到每一根笙管发出他想要的音质才罢休。

但今天任善学仿佛失去了耐心，才试了两遍，便心烦气躁地把笙管放在了一边，转身拿起一根烟又抽了起来。

夜深了，村后的山就像伏地酣睡的巨兽，身体在暗夜中微微起伏。任善学喜欢在夜深人静时默默地凝视那波浪般的轮廓，有时候也会侧耳倾听，从吹过的山风中辨别可以用在芦笙吹奏里的音符。

村里除了他，只有任致全学会了做长鼓、芦笙。几年前有一次演出中，一位队员的芦笙突然出了问题没法上场，为了救急，他不得不临时担起了修芦笙的使命。这一上手就再也脱不下来。芦笙制作不是一件简单的事，那几年，为了做好长鼓和芦笙，任善学常常一个人跑到山里，把桐树和竹子都移种到了村里，种在自家周围，这样便于他随时取材。尽管现在市场上已经有人专门制作这些乐器了，但任善学觉得，那些用机器批量做出来的鼓和笙，是没有情感和温度的，祭祀老祖宗的东西，总归是本族人自己亲手做来得虔诚、用得称手一些。再说了，如果用破一把就去买一把，村里也没有这么多的经费来供养这支队伍的。

这两年，他已经手把手地把这些技艺全都传授给了任致全，如果任致全不做传承人，那这些技艺谁来传承呢？想到这些，任善学又焦虑上了。

五

第十天，任致全的腰伤好了，他抖擞精神，准备出门复工。

清晨，一座座连绵的山在晨雾中若隐若现。那些山的样子，让任致全想到跳舞结束时，男男女女手牵着手，嘴里喊着"zei za wu——"的号子，站成列队向观众谢幕，那声号子是整个舞蹈中最大声最有力量的，虽然任致全也不知道这声号子意喻什么，但它总是让人觉得浑身有劲，倍受鼓舞。

村庄还在雾霭中沉睡，但已经有乡亲挑着担子出来干活了。任致全扭了扭自己的腰，已无大碍。这些天，村里乡亲知道他受了伤，进山的时候，顺便帮他采了治跌打扭伤的草药。任致全这些天内服外敷的，加上身体底子好，腰伤很快就恢复了。现在，他对着大山深深地吸了一口气，心情说不出的舒畅。小时候，长辈们经常说，在大山的深处，住着神灵，他们只有背靠着大山，靠着神灵的保佑，才有好日子过。但这么多年来，任致全从来没有见过神灵，他只知道，现在的好日子，完全是靠自己的双手一砖一瓦地砌出来的，跟神灵没有多大关系。但他每次望向眼前这片茫茫的大山时，心里还是会升腾起一股敬畏，大山们就像手挽手肩并肩的巨人，高大巍峨充满力量。

工作缺失了好几天，任致全算了算，总共损失了一千多块。这笔钱，是孩子在大城市大半个月的伙食费了。任致全动着心思，想着怎么样才能把这笔钱赚回来。

东家住在离大井村几里远的另一个村子，新房子刚建到第三层，今天，是第三层封顶的日子。房子封顶是盖房中关键的一步，意味着房子主体结构已经完成，主人在漆好墙面、做好装修之后，就可以搬进去住了。

东家两夫妻都在深圳打工，每年从外面赚回好几万，做个两三年，就可以在家里建一所新楼房了。任致全的房子却是在家靠打了好几年泥水工赚钱建上的。那些年，任致全家还住着老房子，家里没有多的房给他娶媳妇，他们家因此还被评上了贫困户。任致全觉得被评上贫困户是一件很丢脸的事，意味着家里的几口人连自己都养不活，意味着自己就是比别人怂上几倍。任致全咽不下这口气，跟着村里有经验的泥水工出来混，学习拌浆、砌墙、上梁、刮腻子……经过几年的砖土淘炼，他也成了一位娴熟的"建筑师"，直到这门技艺让他为自己砌上了一座新的房子，娶上媳妇，他们家贫困户的帽子才被摘了下来。

东家忙得热火朝天。主人正在楼下，指挥着工人用起降机将钢筋拉到楼顶上去。楼顶上，几个工人忙得不亦乐乎，楼房封顶，意味着这项工程就接近尾声了。

任致全在楼下与东家打了一声招呼，便很快投入到工作中去。楼房封顶很顺利，傍晚太阳落山之前，楼上的工人刷平了所有的水泥浆，只等那些水泥变成坚硬的水泥板，就大功告成了。吃过完工酒，东家把一匝匝的工钱递到了大家的手里。

拿到钱的时候，任致全一数，他的工钱和大家一样，一分也没少。

任致全跟东家说，你多给我了，我请了十天假呢。边说边把多的那部分钱往东家手里递。

东家说，兄弟，没少，有人替你来做了你的工了，这十天的工钱还是算你的。

谁呀？任致全问。他万万没有想到，这样的苦力活还会有人替。

你们村的，他们两个都比你年纪大，一个是舞跳得最好的那位大叔，另一个年纪大些，颧骨有点高，人瘦，那位大叔叫他哥。他们一个替你来了四天，一个来了六天。东家记不住那二人的名字，但是却记得他们在长鼓舞中俊美的舞姿。

任致全拿着钞票的手停在空中，呆呆地愣了好久。

六

两年后一个夏天的黄昏，我走在新华村委那条经常走的水泥村道上。血红的夕阳从山顶斜射下来，照在村外的田野上，正好也落在一栋新建的房子上。

我看到一位中年建筑工人从一位老者手上接过拆下的圆木，把它塞进了拉木头的方拖，不一会儿，那方拖载着一整车圆木，"哒哒哒"地开走了。

又一栋楼建成了。他们深深地吁了一口气，同时看到了我。

"你——不是小罗吗？"

我回头，是刚才的那个老人。是的，一张熟悉的脸，我却总也想不起在哪里见过。我说：是啊，您是——可是短路的记忆让人尴尬，我叫不出这位老人的名字。

他笑笑说："你不记得我了，前两天还是你带我们去省城演出呢。"

演出？我在那帮演员里拼命搜索熟悉的面孔。思路终于接上了——我分辨出了这张沧桑的脸——任致京大爷，大井村原生态瑶族芦笙长鼓舞传承的领头雁之一。这两年，大井村已经被列为芦笙长鼓舞的传承基地。前段，县里邀请他们跟随一个叫《盘王大歌》的史诗剧，去省城演出了几场。他们的原生态舞蹈吸引了众多城市人的眼光，在终场谢幕的时候，这个舞蹈队里最年长的舞者——任大爷，他的高颧骨瘦脸，典型的瑶族异域样貌特征，成为众多观众追捧合影的对象。

而现在的任大爷，身上穿着一件发旧的蓝色T恤和一条黑色裤子。是的，他穿上民族服装与穿着日常装判若两人，我一时无法从他当下的五官神态与舞台上的他对上号来。

他们看上去很疲惫。地上有几个水泥砖，他们示意我一起坐下来与他们说话，谈论那场精彩的演出。

一谈到演出，他们的眼里都放着光彩。中年人是任致全，现在已经是大井村芦笙长鼓舞的第二代非遗传承人，就是他和任善学作为村里的领队，跟着县里一起到省城去演出的。这是我到新华村扶贫几年，第一次看到他们在工地上干活。任致全告诉我，为了他能留下来传承这个舞蹈，村里的乡亲们都在努力地帮助自己搞建筑、种花生、搞养殖，最后他发现，只要有产业，生活也并没有想象中那么难，他选择留下来，是对的。

任致京大爷今年年底就七十岁了，但身体依然硬朗，长年累月强体力活和不间断地跳舞，练就了他一副好身板。每每附近的村寨有谁建房子，总还是要请他到场的。他笑着说，他这一辈子做得最久的事，一件是当建筑工，另一件就是跳舞。

任致全给我们二人递过来一杯水，提醒他早点回去。这时夕阳也下山了，晚风轻拂，暮色四合，零星的灯火开始在山野次第闪烁起来。

看了看远处的山，任大爷啜了一口水，缓缓问任致全：今晚跳不？

任致全说，当然跳了。

叔侄俩相视一笑，收拾好东西，与东家告别，与我告别。他们骑上摩托车，回到他们的大井村去。

弯弯的村道上，他们的背影慢慢地隐没在黛青如墨的群山之下。

[原载于《广西文学》2022年第7期]

他们眼里的光

林 虹

林虹，女，瑶族，广西贺州人，中国作家协会会员，鲁迅文学院第22届高研班学员。曾在《作家》《诗刊》《民族文学》《广西文学》等发表小说、诗歌、散文。有作品入选各种选本。出版有小说集《清澈》、散文集《时光深处》《两片静默的叶子》、诗集《十万朵桂花》。获2014年度华文最佳散文奖、2017年度中国少数民族作家学会文学奖、第五届广西少数民族文学创作花山奖，创作剧本获第八届广西剧展金奖、剧作奖等。

寒露过后，山里越来越凉，满山的绿意，也没觉察秋意渐浓了。除了凉意，就是安静，在这群山包围的大冲瑶寨，时间似乎是静止的。盘大哥像平常一样，推开土屋的木门，我站在门外，就闻到了淡淡的茶香。盘大哥开始烧火塘，火很快就燃了起来，袅袅的烟在土屋慢慢散开。盘大哥又往火塘上的鼎锅加水，不一会，锅的水也开了，水汽氤氲，通过一根长竹筒伸至被烟熏得黑乎乎的楼梁。盘大哥抬头看着楼梁，嘴角漾起笑意，楼上摆放着方形的竹篓，竹篓里装着茶叶。楼梁上挂满了三角粽形状的茶篓和编织精致的圆形手提竹篮茶，门边还靠着一个超大的长粽子形状的茶篓。"想不到还有这么艺术的养茶。"我看着那些茶篓感叹道。"这就是我们狮东村大冲瑶寨养的黑茶。"盘大哥拨弄着火塘的木柴。"养茶有什么条件吗？"我很好奇。"当然有啊，要像这样的土屋、火塘、一锅热水，不能有油烟。养茶，就是靠这些烟和水汽，只需每隔一段时间把茶调换，让茶均匀被熏到就好。经过长年累月地熏，养的时间越久，味道越好。"盘大哥说起养茶，眼里放光。这个常年生活在瑶山的瑶族男子，开朗健谈，有一种自信，这种自信让我惊讶，完全超出了我来之前的担心。我担心他不善言谈，而我本身就是不擅交际的人，比如我害怕和不熟悉的人交谈等，而盘大哥的自信，感染了我。这曾经是深度贫困村的瑶族村，在脱贫攻坚中，在贺州市平桂区党委、政府的领导下，实施了"人均一亩茶，户均两亩姜、村均万亩杉"的特色产业规划，村民们种茶、养茶、编竹篓、种姜、种杉树等实现了脱贫。道路畅通，建起了小洋楼，村里水电、医疗、学校、网络等设施全到位，村民的生活越来越好。想来，盘大哥的这种自信，就来自这种幸福感和获得感，兜里的钱越来越充实，自然，人的精神面貌就不一样。因为大冲瑶寨的养茶和编织工艺延续了脱贫攻坚的特色产业，是有效衔接乡村振兴工作的典范，所以我们来拍摄乡村振兴的纪录片。而盘大哥，他的编织手艺是大冲瑶寨最好的，他也是瑶寨编织扶贫车间的技术总监，他家的养茶也很有特色，因此，盘大哥是这个纪录片的采访对象之一。

　　我问起养茶的历史。盘大哥说他的父辈种了茶，因为路不通，出一趟镇上，要走四五个小时的山路，茶无法及时拿出去卖，只好把茶炒好，用竹篓装着挂在梁上，用以保存。他们的生活习俗是每天都要烧火塘，火塘上再放一锅水，发现茶被烟和水汽熏之后，口感更好，于是有了养茶的习惯。这习惯从20世纪60年代传下来，成了日常生活的一部分。这真是一个智慧的民族。我们刚去村里参观了瑶族生活展示馆，了解到这里的瑶族是中国瑶族稀有的分支，八千多瑶族同胞仅生活在广西贺州平桂区鹅塘镇和沙田镇的槽碓村、明梅村、大明村、狮东村、金竹村、新民村六个瑶族村。在这莽莽的大桂山腹地的二十四条山冲，瑶族同胞在此生活了七百多年，开垦荒山野岭，种植各种旱地作物。他们至今还保留着传统的习俗，比如吃长桌宴、跳长鼓舞、过盘王节等。特别是服饰，很独特，男子蓝色短衫，衣襟为白色，蓝色宽裤，干净清爽。女子则戴树皮型帽，配以五色丝线，蓝色短衫，着彩色裙或系蓝布兜。在瑶族展示馆，我看到一台1964年生产的手工制茶机，这台木制的制茶机是受到毛主席接见的瑶族同胞盘少明用过的。之前我们到马窝瑶族村去看盘少明当年种的茶叶地，他的儿子和我们说起了他父亲当年进京的事。"1957年，我父亲带领村民种茶，茶叶增收，被评为全国劳模，要去北京开劳模表彰会。我父亲很激动，想着要把自己种的茶拿到北京去给大家尝尝，于是，他挑着一担茶叶，从瑶山走到镇上，再坐车去北京。开会期间，毛主席要接见代表，我父亲写了申请书，成为七个被接见代表之一。轮到我父亲时，他站在门口很紧张，毛主席亲切地向他招手，叫他进会议室。毛主席握着我父亲的手，问他是哪里的，做什么的。我父亲说，我是广西贺县（今贺州市平桂区）沙田镇瑶族村的盘少明，种茶叶的。毛主席笑呵呵的，称赞我父亲做得好，叫他回去带领瑶族同胞把茶叶种好，明年再到北京来。没想到，第二年，我父亲因为在林业种植有贡献，再次被评为全国劳模，进京开会，又见到了毛主席。""您父亲很优秀啊，不知道毛主席有没有喝您父亲带去的茶？"我想知道这个结果。"没听我父亲说，估计我父亲没想到会得到毛主席的接见，他的茶叶可能都分完了。"也是，谁能想到一个瑶族村种茶的村民会两次到北京开会，得到毛主席的接见呢？我们看着满山青翠的茶叶，像绿色的海洋。当年盘少明带领村民种的茶，现在村民还在种，而且已经成了村里脱贫致富的产业之一。"我们自己种有茶，也去摘野生茶。"盘大哥说，我拿点野生黑茶给你们尝尝。我回过神，从布袋里抓了一把，看着掌心里的茶，已经被熏得颜色深黑，一看就是好茶。盘大哥把茶叶放杯里。"第一杯洗茶，第二杯才喝，通常第二杯的味道不如第三杯，第三、第四杯最好喝，这种茶非常耐泡。"盘大哥边倒开水边说。想不到盘大哥这么懂茶。我拿起一杯，还未喝，就已经闻到茶香了。喝一口，味道醇香，口舌生津，有点回甘。野生茶，就是不一样。我问盘大哥养茶的收入，他笑呵呵的，养一件茶三十元，他这有差不多一千件。我算了下，如果养一年，有三万多，养两年，有六万多，养三年，就九万多。"收入很不错啊。"我伸出拇指点赞他。"确实，我们就靠种茶、养茶、竹编、种姜、种杉树等脱贫的，现在生活越来越好了。"盘大哥的幸福感是油然而生的。他的眼里自始至终都洋溢着一种光亮，那是内心富足自信的体现，也是他健谈的底气所在。

这种光亮让光线不是很明亮的土屋有了生气。"这些养茶钱,我准备拿来装修房子。易地搬迁,政府安排了一套一百四十平方米、四房两厅的搬迁房,想不到,我这辈子还能在城里有套房子,像做梦一样。"盘大哥感叹道。"哇,真好,这么宽。那你们在城里有了房子,这里的房子不拆吗?""因为我们的土屋用来养茶,所以不用拆。""在大冲瑶寨,还有十一户这样的土屋,因为养茶需要土屋,所以这些房子都保留下来。还有木屋,这些房子在六个瑶族村中,仅有大冲是保存最好的,以后我们做旅游开发,也是一种瑶族风情特色。"驻村第一书记小刘在一旁补充。"因为土屋冬暖夏凉,适合养茶。"盘大哥答着。"而且养茶也不需要什么成本,你们烧好火塘,把茶放到木楼养,就可以去做别的活了。"我看着竹篓说。"是的,周老黑把我们种的茶收回公司,在狮东村的黑茶扶贫车间,工人把茶按斤称好,放进我们编织的竹篓,再返回给我们养茶。茶叶钱、竹篓钱、养茶钱,这些都是收入。"盘大哥脸上漾着笑意。"周老黑?"我听过他的名字,之前就听说他的黑茶很出名。来大冲瑶寨的路上,经过他的黑茶扶贫车间,但他不在公司,在另外一个瑶族村的仓库看茶,因此还未谋面。虽未谋面,但已看到了他黑茶扶贫车间的规模。车间里,工人在忙着,把收上来的茶蒸好,然后倒进制茶机器的模具中,再把机器压上去,到一定的时间再取出来,就成了黑茶饼。这些黑茶饼印有各种图案或文字,都是定制的。我在展示柜里,看到各种定制的黑茶,比如印有"建党一百周年"字样的黑茶饼,这是拿来收藏的,很有意义。我和扶贫车间的一位女工聊天,她戴着口罩,虽然看不清她的面容,但能看到眉梢舒展的笑容。我问她工作辛苦吗?她笑:"不辛苦,在自己家门前就能打工赚钱,又能照顾家里,很好了。""周老黑是当地人给天洲黑茶老总起的外号,他的黑茶主要是定制茶,口碑好。之前他的茶叶公司助力脱贫攻坚,如今又助力乡村振兴。"刘书记介绍着。周老黑,外号有点土气,被瑶族同胞叫得这么自然亲切,应是一位得人心的商人。"这是我们瑶族村在脱贫攻坚的产业项目上,延续了'企业+基地+合作社+贫困户+养茶+竹编'的新模式。"刘书记继续介绍着。这位年轻的第一书记,目光如炬,很精干,有着蓬勃的朝气,有想法,有创新的工作能力,在他的带领下,狮东村的乡村振兴工作做得红红火火。刘书记是司法部门派来的驻村第一书记,他不仅带领大家一起做好村里的产业项目,还将自己的专业知识普及给村民,经常给村民上法制课,让村民学法、懂法、守法。走出土屋,我看见养茶的土屋门边,挂着一个竹牌子,上面写着:天洲黑茶。往下,写着:养茶合作户。再往下是盘大哥的名字,然后是编号、时间和电话号码。太阳晒到地坪了,深秋的太阳,暖暖的,像金子一样。盘大哥的妻子坐在阳光中麻利地破着竹篾，她神情平和，脸上是淡淡的笑容，完全不介意镜头的存在。山里人就是这么朴实自然，你拍你的，我做我的，不像城里人，如果镜头对着自己，会平整下着装什么的。"盘大哥，你们编织的手艺有多久了？"我拿起一根竹篾看着。"祖辈传下来的，哪晓得啰。"盘大哥笑着。刘书记说，瑶族村地处深山老林，盛产麻竹，加之村民有竹编手艺，所以，他们在村里办了竹编扶贫车间。村民编织的竹篓，周老黑的茶叶公司收购回去装茶。村民除了编制装茶的竹篓，还可以编织簸箕等各种竹器。是的，这是一个朝阳产业，村民们在家门口就可以打工赚钱了。

盘大哥的母亲靠着土墙，在编一个簸箕。一群毛茸茸的小鸡，摇摇晃晃地走着，叽叽喳喳的。这样的场景让我想到岁月静好，我拉过板凳，坐在土屋旁，和盘大哥母亲聊天。"阿姨，你编的簸箕，一个可以卖多少钱？"盘大哥的母亲停下手中的活，看看我，眼里透着安详的光，只是笑着。她听不懂我说的普通话。盘大哥用瑶语说了一遍，然后接话说："六七元一个，一天可以编两三个。""那装茶的竹篓呢？"我指着编好的方形竹篓问。"九元一个，一根竹子可以编十个竹篓，编一个竹篓要一个多小时，如果编得快，一天可以编十个左右。""如果每天都编，一个月有三千元收入，一年有三四万元的收入啊。"我帮他们算这个数。盘大哥依旧笑眯眯的："不一定的，要周老黑来收购或者市场上有销路才得。""也是，这要看市场的行情来定。"我答着。"周老黑来了。"我听到盘大哥说，我转头，看见两位男子大步流星走来，其中走在前面身着黑色休闲装的想必就是周老黑。驻村刘书记上去迎接。周老黑脸带微笑，很温和，没有老总的架子。他们在地坪的长凳上坐下，刘书记和村委的凤支书在这里召开企业和合作户的一个调解会。刘书记简单介绍了这个调解会的情况，原来周老黑的公司拒收盘大哥他们的竹篓，说是不合格。盘大哥他们想不明白，编织了那么长时间的竹篓，怎么会被拒收？因为产品销不出去，他们就没了编织的积极性。刘书记和凤支书了解到这个情况，就召集了这个会。刘书记让盘大哥先说。盘大哥拿出个袋子，拿出烟丝放在纸上卷起，点燃，吸了口。他问周老黑，我们的竹篓编得那么好，为什么不收？周老黑许是平时忙，这种质检的事，自是不会亲自去做的。他叫盘大哥拿出编织的竹篓，他把竹篓拿起来看了一遍，然后拿出其中的两个，对比了下，说，你看下，这个明显就少了两厘米，这个是装两斤茶叶的，少了两厘米，你让我们怎么实现产业标准化？盘大哥拿过来一看，确实是，这是他没想到的，产品竟然出现了这种问题，作为村里扶贫车间的技术总监，显然他没有做好这项工作。"我这段时间忙着自己的事，没有尽心尽责做好村里技术指导和监督工作，这是我的责任。"盘大哥自我检讨。"你有这种自我批评的意识挺好的，现在乡村振兴，我们企业要不断发展，不断提升产品的品质，合作户也一样要有这种品牌意识。我们的黑茶虽然是小众品牌，致力于挖掘民族和地方的特色，我们公司和瑶族村的村民一起合作，让大家找到这种参与感、获得感和幸福感，但你们要保证供应给我们的产品是合格的，才有合作的双赢。"周老黑说得很中肯，他对盘大哥的自我批评显然是满意的。"我会做好产品的技术指导和质量把关的工作的。"盘大哥把手上的烟灭了，按了下，很用力，似乎是在表决心。"还有，我们需要产品的升级，不能停留在原来的编织上，比如这种方形的竹篓就不能二次使用，造成资源上的浪费。作为技术总监，在产品的设计上也要有创新，比如花型竹篓等更有艺术品质的养茶竹编，你们可以拓展这些产品。"周老黑提出新的建议。这是一个产品创新的问题，也是摆在瑶族村民面前的一个理念更新的问题，不能再停留在原有的产品上，要和市场的需求接轨，那么就要不断地去学习新的技术。"那要走出去学习，我们以后会做好培训这一块的工作。"驻村第一书记在一旁答。

　　一行人在阳光下谈论着，之中又谈到了养在地窖的茶酒，这款养生茶酒，虽然小众，但也得到了像周老黑这样喜欢收藏酒的人的青睐。看来，养茶、养酒，可以拓展的乡村振兴的产业项目有很多。调解会结束后，我们漫步溪水边要去另一户村民家，因为城里有一对姐弟约好了要去他家私人订制养茶，作为送给母亲七十大寿的生日礼物。"私人订制养茶，这真是一个新的产业项目。"我边走边和刘书记聊，在参观瑶族生活展示馆时，刘书记已经告诉我了，在那木楼上养的黑茶中，有三件是城里人的定制茶。"怎么订制？"我当时对这个项目很感兴趣，没想到在这深山老林，还有这么高雅的养茶。"比如结婚周年纪念日，夫妻俩来瑶寨编竹篓、采茶、炒茶，把茶放到竹篓里，写上祝福语、养茶人名字和日期，然后放到木楼上养。每到结婚周年纪念日，就来看看养的茶，养多久随意。养茶，也是在养自己的婚姻，这些烟火、这些水汽，就是生活本来的模样，有烟火味的婚姻，才是接地气的、长久的。"没想到刘书记这么有文采。"对的，比如小孩的出生日，父母给自己的孩子养茶，等到孩子十八岁，作为成人礼物，这很有意义啊。"同行的义导被刘书记的想法启示又拓展了定制茶的范围。"是的，这样，我们大冲瑶寨的乡村振兴工作就可以拓宽很多了，竹编、采茶、炒茶、养茶加旅游，成为一个新的乡村旅游点。你看我们这，空气好，水好，有清水鸭、清水鱼，农家乐也很受欢迎。"刘书记说起乡村振兴的工作，话语充满了喜悦，那些眼里的光，有一种昂扬的力量。

我看向溪水边，清澈的溪水里，十多只鸭子在嬉戏。岸边就是农家乐。听凤支书说，老板原来是贫困户，脱贫之后，建了小洋房，开了农家乐，主打清水鸭、清水鱼、清水鸡和野菜。这样的美食，让人向往。我们沿着山中的景观木栈道而行，栈道下，是清澈的溪水，路边，红色的三角梅开得很热闹，狗儿豆肥嘟嘟的，门前的柿子也熟了，树上挂满了山梨……大冲瑶寨在群山包围之中，像世外桃源一样。

"这些木栈道，就是用村集体经济中的养茶收入建的。"憨厚的凤支书介绍道。这位土生土长的瑶族男子，见证了瑶族村"一步跨千年"的沧桑巨变，他谈着怎么让村里的集体经济活起来，眼里充满了光。他和驻村第一书记同心同力，拧成一条绳子，一起发力，为如何做好大冲的乡村振兴产业而努力。"就是瑶族展示馆的两个厢房吗？"我想起那两间飘着茶香的茶房。"是的，那是村集体的养茶房。在瑶族生活展示馆里养茶，既展示了养茶，也让村里有了收入，一举两得。"凤支书边走边说。"竹编车间的长廊，可以设一个农产品展示厅，展示瑶族的黑茶、竹编、香菇、木耳、笋干、红薯等土特产，还有各种小吃。这里还可以摆长桌宴。晚上举办一个实景的民俗晚会，让村民参与其中，表演舞龙的村民从这条山路下来。树林的木栈道打上灯光，村民们唱着原生态的山歌从木栈道走过桥，水边的地坪，村民们跳起长鼓舞。篝火燃起，映照着打油茶的瑶族姑娘。再往那边的山脚，采茶的村民们跳起采茶舞……"一行人，在策划着一台晚会，乡村振兴，文化振兴也是其中之一，要让村民享受文化的盛宴，得到艺术的滋养。鹧鸪在山林中鸣叫，山风轻轻地吹着，我闻到了八角的香味，今年的八角收购价每斤七八元，对于种植八角的瑶族村民来说，这真是一笔非常可观的收入。

隐约传来一首瑶族山歌："瑶家通电通公路，山货用车运到市。吃喝不愁衣穿暖，建成洋楼谢党恩……"这朴实的瑶歌唱出了瑶族村民的心声和幸福。山歌悠悠，随淙淙的溪水欢快地流淌着……

[原载于《广西文学》2023年第1期]